2024年度河北省高等学校科学研究项目青年基金项目"中国古典小说的跨媒介叙事及其审美演绎"（项目编号：SQ2024287）结项成果

中国古典小说的跨媒介叙事与美学研究

王　譞　朱　燕　王紫研◎著

安徽师范大学出版社
ANHUI NORMAL UNIVERSITY PRESS
·芜湖·

图书在版编目(CIP)数据

中国古典小说的跨媒介叙事与美学研究 / 王譞, 朱

燕, 王紫研著. -- 芜湖 : 安徽师范大学出版社, 2025.2(2025.6重印).

-- ISBN 978-7-5676-6942-0

Ⅰ. Ⅰ207.41

中国国家版本馆 CIP 数据核字第 2025FF2238 号

中国古典小说的跨媒介叙事与美学研究

王　譞　朱　燕　王紫研◎著

责任编辑：潘　安

装帧设计：张　玲　姚　远　　　责任印制：桑国磊

出版发行：安徽师范大学出版社

　　　　　芜湖市北京中路2号安徽师范大学赭山校区　　邮政编码：241000

网　　　址：https://press.ahnu.edu.cn

发　行　部：0553-3883578　5910327　5910310(传真)

印　　　刷：苏州市古得堡数码印刷有限公司

版　　　次：2025年2月第1版

印　　　次：2025年6月第2次印刷

规　　　格：700 mm ×1000 mm　　　1/16

印　　　张：14

字　　　数：180千字

书　　　号：978-7-5676-6942-0

定　　　价：56.00元

凡发现图书有质量问题,请与我社联系(联系电话:0553-5910315)

目　录

中国古典小说的跨媒介叙事与美学研究

第一章　中国古典小说的跨媒介叙事研究概述

第一节　相关研究现状

早在 1964 年，克劳德·布雷蒙（Claude Bremond）就提出过，故事是独立于承载其自身的技术的，它可以在不是去本质特征的情况下从一种媒介转移到另一种媒介[①]。"跨媒介性"由德国学者汉森—洛夫（Aage A. Hansen-Löve）于 1983 年提出。他在互文性（Intertextuality）概念的类比中创造出跨媒介性概念，旨在捕捉俄国象征主义文学与音乐、视觉艺术音乐间的关系。此后，跨媒介性与互文性概念时有混淆，有部分学者认为跨媒介性研究是互文性理论的一种延伸。然而，随着研究的推进，跨媒介性研究与互文性研究的本质差异日渐凸显。1983 年美国学者伊契尔·索勒·普尔（Ithiel Sola Pool）提出"媒介融合"（Media Convergence），认为电子科技的不断发展，推动着原本看似毫无关系的各种媒介逐渐走向融合，形成多功能一体化的媒介呈现趋势。而这种经过多种媒介技术融合起来的新的媒介形态，经过量变的叠加形成质变，比之前各种单一媒介综合的功能还要强大。2003 年，美国媒介理论家亨利·詹金斯(Henry Jenkins)正式提出"跨媒介叙事"概念。在他看来，将一个固定的故事框架通过不同的媒介叙事展现出来，这种呈现方式使得文本的传播模式更加多样化，而每一种媒介叙

[①] 玛丽—劳尔·瑞安.跨媒介叙事[M].张新军、林文娟译.成都：四川大学出版社,2019:30.

事模式又在故事主线的贯穿中显得独立而不缺关联性。亨利·詹金斯在《融合文化：新媒体和旧媒体的冲突地带》中对"跨媒介叙事"做出了更加深入的解读，他提出，一个完整的故事文本，经过不同手段进行再叙事的创作过程，再由不同的媒介平台呈现出来，其中每个生产出来文本都对这个完整的故事文本起着独一无二的作用[①]。沃尔夫2002年以一篇开创性的文章《文学、美术和音乐中叙事问题》引发了广泛讨论。沃尔夫通过汇集跨媒介性研究和文学叙事学的发现，系统地考察了音乐、绘画和图像的叙事潜力，从而开发了一种新的跨媒介叙事学。关于跨媒介叙事模式的研究亦有所突破：玛丽—劳尔·瑞安在《叙事性的模式及其视觉隐喻》一文中借助视觉艺术的类比首次列举了12种叙事性模式：简单叙事性（simple narrativity）、多重叙事性（multiple narrativity）、复合叙事性（complex narrativity）、增殖叙事性（proliferating narrativity）、编织叙事性（braided narrativity）、冲淡叙事性（diluted narrativity）、胚胎叙事性（embryonic narrativity）、意识叙事性（underlying narrativity）、比喻叙事性（figural narrativity）、反叙事性（antinarrativity）、工具叙事性（instrumental narrativity）和延宕叙事性（deferred narrativity）。在《故事的变身》中，玛丽—劳尔·瑞安又提出了关于叙事性的语用模式，包括外部式/内部式（External/Internal）、虚构式/非虚构式（Fictional/Nonfictional）、表征式/模拟式（Representational/Simulative）、讲述式/模仿式（Diegetic/Mimetic）、自为式/功利式（Autotelic/Utilitarian）、自主式/说明式（Autonomous/Illustrative）、脚本式/自生式（Scripted/Emergent）、接受式/参与式（Receptive/Participatory）、确定式/不确定式（Determinate/Indeterminate）、字面式/隐喻式（Literal/Metaphorical）、回顾式/同步式/前瞻式

①亨利·詹金斯.融合文化：新媒体和旧媒体的冲突地带[M].杜永明译.北京：商务印书馆，2012：157.

（Retrospective/Simultaneous/Prospective）①。

21世纪初"跨媒介叙事"随着后经典叙事学逐渐被国内学者注意到。2007年开始"中国中外文艺理论学会叙事学分会首届国际会议"第一次把"跨媒介叙事"作为议题之一，自此"跨媒介叙事"的研究在国内展开了；2008年江西省社会科学院中国叙事学研究中心专门主办了"跨媒介叙事"学术研讨会。此外，龙迪勇和凌逾是国内较早关注"跨媒介叙事"的学者。龙迪勇是国内首批研究"跨媒介叙事"理论的学者，他的论文多涉及线性文字和空间性图像之间的"跨媒介叙事"，即时间媒介和空间媒介的"出位之思"，一种媒介超出自身的表现性能而表现另一种媒介擅长的状态现象，在《江西社会科学》期刊上发表了数篇相关论文，如《时间性叙事媒介的空间表现》等。龙迪勇的学术观点对于后来研究者于国内文艺视角下思考"跨媒介叙事"理论有较大的指引意义，在视角的新奇和理论的深度上给人耳目一新之感。凌逾对于以西西为代表的香港作家和作品中呈现出的"跨媒介叙事"有着深刻的洞察。

文学走入视像化已经成为一种趋势。把艰涩难懂的文字符号转化为绘声绘色的视听符号已成为传统作品当代传播中必不可少的过程。文学和大众传媒之间的互动已成为一个作品传播的重要新生领域。从文学理论到媒介理论，一方面追踪了古典小说跨媒介性的发展演变，另一方面探究其同媒介间的叙事模式和美学形态。与国外跨媒介研究的发展状况相比，国内研究起步较晚但关注度强。在以中国传统故事为起点的跨媒介研究有如下几点较突出。

一、关于艺术类别间的跨媒介传播研究

在中国古典艺术理论中，"诗画一律"论及王国维的"诗中有画""画中有诗"说探讨了诗与画的主题。进入20世纪以后，文

---

①玛丽—劳尔·瑞安.故事的变身[M].张新军译.南京:译林出版社,2014:12—15.

学理论和比较文学的研究陆续提出过关于文学和媒介关系的重要议题，如文学与图像、文学与音乐、文学与动漫、文学与电影、文学与戏剧等，集中讨论了如何用媒介材料和媒介形式来描述文学。

龙迪勇作为国内较早研究跨媒介叙事的学者，注意到汉画像石对历史故事的叙事手法，他比较了汉代戏剧表演与汉画像石的内容，对图像模仿戏剧这一跨媒介叙事现象进行了考察，并从符号学角度对这种现象进行了理论阐述，并认为叙事性图像所模仿的故事，既可以通过语言文字"讲述"出来，也可以通过戏剧表演"展示"出来①。何嘉妮以电影《柳浪闻莺》为对象，从戏曲和电影的媒介共通性、化物象为意象两个角度展开分析，探讨跨媒介视域下戏曲题材电影的独特表现力。在各类艺术跨媒介融合的过程中，找到媒介之间的连接点和契合点尤为重要，无论是小说、戏曲、音乐还是诗画作品，将其片段化、孤立化的局部或段落转化为某一类艺术具有生命力的意蕴内涵，即跨媒介融合的核心所在，也是此类研究应当关注的方向。

二、文学作品的跨媒介改编研究

关于文学跨媒介传播研究文献的归纳整理以影视改编为主。以文学原著作者与影视改编导演作为研究本体的，如吴丹珊通过对张爱玲小说的三部经典影视改编进行分析，认为从小说到影像的改变不只因为媒介、叙事、导演风格等的差异，这些改变更深层次的原因要从社会文化思潮的角度去思考；曹小晶从新时期之初、新时期中后期、21世纪以来三个不同的时代为时间线索，根据时代的变迁、社会语境的不同，分别梳理出贾平凹每个时间段作品的不同风格，以及每个时代对其作品进行影视化改编与传播的不同特点。有针对某一类作家的研究，如许乃伟就以莫言、余

①龙迪勇.从戏剧表演到图像再现:试论汉画像的跨媒介叙事[J].学术研究，2018(11):144.

华、苏童为例对先锋作家的作品改编进行深入分析。关于影视改编导演的研究中，有针对某一导演的研究，如杨天豪对张艺谋导演电影作品存在的问题做了深入剖析；柏溪灵对导演霍建起从文学到影视的跨媒介传播研究。

亦有以文学改编为本位展开的，一部分研究致力于对具体文学作品的影视改编，如李战权的《从〈白鹿原〉电影热播看消费时代文学传播媒介》以电影《白鹿原》为例，对文学在影视改编方面的跨媒介传播进行论证；朱明胜和徐芹《〈西游记〉的跨媒介传播研究》通过媒介融合的角度，提出了各种媒介的发展为《西游记》这部经典作品通过不同形式的传播提供了条件，并通过分析不同媒介传播的效果入手对《西游记》的跨媒介传播进行分析。还有围绕某一文学题材展开研究，如刘桃《中国古典文学名著的电视剧改编研究》通过史论结合的方法，根据对古典文学名著在中国的两次翻拍热潮的梳理研究，结合时代背景，总结了古典文学名著在电视剧改编中存在的问题；近些年网络文学的跨媒介传播也是研究的热点话题，如吉喆《中国网络文学影视改编研究》采用SWOT的方法，对近20年以来中国网络文学改编的历史进程进行梳理和剖析。以文学改编为本位出发的更多集中在跨媒介改编策略的探索上，此类研究的个案分析较多，如陈良栋《"跨文化"与"想象体"：〈小萝莉的猴神大叔〉的叙事策略》通过对典型个例的深入分析，运用电影叙事学和文学阐释学，对文学与电影等媒介转换过程进行深入探讨，总结出文学改编电影的内在规律、基本模式、艺术实践和改编过程中的成败得失；姜淑淑《叙事学视域下从小说到电影的改编策略研究》认为电影的叙事学理论是小说叙事学理论的延伸和发展，通过对冯小刚三部文学改编电影的细致分析，总结出文学改编电影中的叙事手法，并提出了小说改编电影过程中形成叙事理论的思考：一是"度"的把握，二是大众文化的影响。包括一些著作如尹邦满等学者共同编著的《刚好遇见你：从小说到电影》、李晶的《魔方：小说电影改编的艺术》等，都对文学到电影的改编实践理论进行了多方面论述和总结。

可以看出，此类型的研究较为集中，最初只是单方面寻找人物形象、故事情节的关联和在某种技巧上的转喻式借用或影响。近年随着对电影、短视频等媒介表征特性、技术手段、文化现象、艺术观念的深层次研究，转向了对媒介形态本质上的深层解读，从而在跨媒介的叙事策略和美学观念上做出进一步的探索。

三、"跨媒介叙事"理论下的各类故事改编研究

对于"跨媒介叙事"理论的运用，是近年来故事改编研究的一个热点方向，尤其集中在经典的文学作品的改编和影视呈现上。如对于《红楼梦》的跨媒介叙事，不限于对文本故事到戏曲影视的跨越，还涉及了对改编而来的作品的再度跨越，如单永军的《昆曲电影〈红楼梦〉的跨媒介考察》，提到昆曲电影《红楼梦》是昆剧《红楼梦》与电影跨媒介融合的产物，成了较为独特的跨媒介效果，昆曲与电影的跨媒介融合要处理好主辅关系，找准共通性和关联性。再如对于《千里江山图》的跨媒介传播进行讨论，剖析《千里江山图》的跨媒介形式重构、内容再造及传播价值，再从《千里江山图》到《只此青绿》跨媒介传播的现代性表达中，探究中华传统优秀作品现代化传播和跨媒介呈现的有效路径。车晨菲《细说〈山楂树之恋〉的跨媒介传播》，关注到从纸质媒介向其他媒介转换的过程中给小说传播带来的影响，但忽略了"跨媒介叙事"不仅是转换一种媒介表现平台，还与媒介变迁引起的故事世界的改变有关。赵鑫程《真人秀的跨媒介叙事性研究：以〈爸爸去哪儿〉和〈中国好声音〉为例》，看到"跨媒介叙事"之于电视真人秀的价值，借助于多平台、多媒介，电视真人秀可以取得可持续发展。另有周悟拿在《〈时间里的痴人〉中的跨媒介叙事策略》中提到媒介属性对表达和传播效果有不可忽视的影响，小说通过新闻报道、音乐元素渗入和幻灯片演示这三种跨媒介叙

事方式，突破线性发展的时间叙事形式，造就了碎裂无序的时空感。

凌逾较早关注到传统故事题材的跨媒介叙事问题，他的《复兴传统的跨媒介创意》以赖声川戏剧《暗恋桃花源》、林怀民舞剧《水月》、侯孝贤电影《刺客聂隐娘》等为例，论述当今跨媒介创意不再一味强调前沿，而更注重吸纳几千年中华传统文化宝藏，方法多元。化古通今，元素再生。异质同构，符号再造，呈现虚静、空灵、禅悟的审美意趣。随着媒体多元化时代的到来，经典的故事题材引起人们的关注，编创者纷纷在影视、微视频、直播等新媒体运营方式上进行探索创新。这对传统经典作品的传播起到积极的推动作用，但在传播有效性上不尽如人意，体现为传播方式的单一性、传播内容的低可看性、传播渠道的碎片化等，于是研究者从跨媒介叙事理论中寻找对策。

四、关于"跨媒介"概念的解读与发展走向研究

对"跨媒介"概念辨别与界定亦引起学界的关注，之所以引发讨论，是因为概念的本身存在复杂性。跨媒介性这个术语是指媒介之间的关系，这个概念因而被用来描述范围广大的超过一种媒介的文化现象。之所以无法发展出单一的跨媒介性定义，原因在于它已经成为许多学科的核心理论概念，这些学科包括文学、文化和戏剧研究，以及历史、音乐学、哲学、社会学、电影、媒体和漫画研究，它们均涉及不同的跨媒介问题群，因而需要特殊的方法和界定。张伟《当代文学批评的媒介间性及其话语生产——兼及构建跨媒介文学阐释学之可能》一文从"媒介间性"[①]这个概念出发去讨论跨媒介对当代文学阐释的问题，认为当代文学批评的媒介间性成就了跨媒介文学阐释的可能性，在催生媒介时代特定文学批评范式的同时，也改写了媒介在文学场域的价值

---

① 张伟.当代文学批评的媒介间性及其话语生产:兼及构建跨媒介文学阐释学之可能[J].中州学刊,2023(3):164.

认知，对构建当代中国文论自主性的知识话语具有启发意义。

许多研究者并未单单局限于跨媒介叙事的概念研究，更将眼光放在对作品的解读和探索上，多数论文以文学为本位，从跨媒介的角度来寻求文学的价值与意义。喻子涵的《跨媒介文学视野下的文学性探寻》认为尽管文学面临着存在方式和传播方式的革新，传统文学在传播过程中其文学性也受到前所未有的冲击，但是文学性作为文学最恒定的本质特性并未改变。钟雅琴《超越的"故事世界"：文学跨媒介叙事的运行模式与研究进路》是一篇值得关注的文章。作者提出了文学跨媒介叙事研究的重点不应是着眼于权力关系视角下，对纷繁复杂的媒介产品或艺术形式进行高下判断，而应超越比较，关注跨媒介性的整合框架，不断探索各种媒介如何产生不同类型的故事世界，以及体验它们的不同方式，是在新的媒介语境中理解文学跨媒介实践的题中要义，也是推动文学研究随着媒体时代的发展而演进的重要议题。

五、从文学文体类别的角度探究跨媒介叙事

少数学者关注到了文体类比于跨媒介叙事的结合。如张伊扬的《从散文到电视剧》论散文跨媒介叙事转换的困境与可能，提及与小说丰富的虚构题材、细腻的形象刻画、完整的故事情节建构相比，散文偏重记录现实和抒情，因而题材平实、重写意而弱叙事、故事结构片段化。散文也因其特殊性，在进行影视化改编的过程中存在种种困难。

从以上研究得知，当今跨媒介理论和批评依然在语—图、语—音作品中运用最广。跨媒介性在文学理论领域的发展和运用得到媒介理论学者的关注，于是在媒介理论领域里，跨媒介性得以脱离文学理论，并作为一个整体的居间的概念具有了其媒介特性，这也使得跨媒介性得以被灵活运用到各门类艺术中。从文体类别角度来谈论跨媒介叙事的研究尚未形成规模，文体本身具有其多变的历史形态，其跨媒介的形态亦是复杂多变的，中国传统

故事多源于中国古典小说，中国古典小说的丰富的历史形态导致跨媒介改编的复杂性，这使得本研究具有了强大的动力和广阔的空间。

第二节　相关研究目标、层面与内容

跨媒介叙事作为媒介融合的重要探索方向，已逐步渗透到传统故事媒介组织架构与生存的诸多流程中。在媒介融合的背景下，中国本土传统故事，传统文化的发展获得新契机。经典传统故事不再局限于单一媒介传播，而是巧妙借助新兴传播媒介进行扩散，呈现出全方位、多角度、发散式的跨媒介叙事特征。在过去，传统经典的小说往往通过画本、收音机、电视剧来传播，在制作过程中严格遵循原著内容与结构进行展现或翻拍，而随着时代的进步，影视剧制作手段日益精进，面对着丰厚的文化故事资源，电影、网剧、动画片、短视频等艺术形式在以此为蓝本的基础上，运用独特的跨媒介叙事思维与发达的影视制作技术，不断进行着传统故事的再现与更新，诸如《白蛇传》《封神演义》等民间故事与历史小说，在几十年来通过层出不穷的影视体裁"现身"，并逐步脱离了传统翻拍的模式，向创新化、大片化、现代化的方向演进，如《白蛇2：青蛇劫起》的游戏式叙事镜头，《封神第一部》虚实相融的视听效果，等等，无不让人在感受到中国传统故事之美的同时，又被创作者的创新与巧思所折服。民间题材传统故事题材在媒介融合时代的新发展，应该根据媒介发展的新方向进一步建构跨媒介叙事新体系。建构传统故事题材的跨媒介叙事体系，探寻这一题材在当今跨媒介传播中的策略，符合当下国家对中华优秀传统文化创新与发展的新要求，在传统经典的现代传承中发挥着不可或缺的作用。

一、研究目标

第一，寻找中国古典小说故事的根脉及跨媒介的传播历程和相关背景原因。

第二，梳理经典故事的不同文体形态与所跨越的媒介类型及跨越形式。

第三，探究当代背景下传统故事跨媒介叙事的主要类型和外在表现，探究当代背景下传统故事的跨媒介叙事的理论运行模式与本质规律。

第四，以不同类型的影视作品为例，找寻当代媒介在传播或改编传统经典故事时所采用的策略，建构适合传统小说作品当代传播的美学体系。

二、研究层面

本研究计划分为三个层面：

第一个层面为基础性研究，探究故事文本语言与当代媒介镜头语言的差异性，并对当代媒介的再生产性进行探知。

第二个层面为形态研究，分为两点。第一点对传统故事的跨媒介历史形态进行梳理，从纵向看传统故事以古典小说为基本载体，经历了多个跨媒介的形态阶段，这些阶段呈现出互文的多样性和交织互渗的特点。第二点集中在对传统故事的当代跨媒介叙事类型研究上，这一点较之上一点的研究范围更为集中，集中在对跨媒介叙事类型外部和内部形态规律的探索上。

第三个层面是策略性研究，探索传统故事跨媒介下的异化叙事策略，以求在当代媒介中更好地与原故事内蕴对接。对传统故事跨媒介的美学体系建置，也是本层面的一个讨论重点。

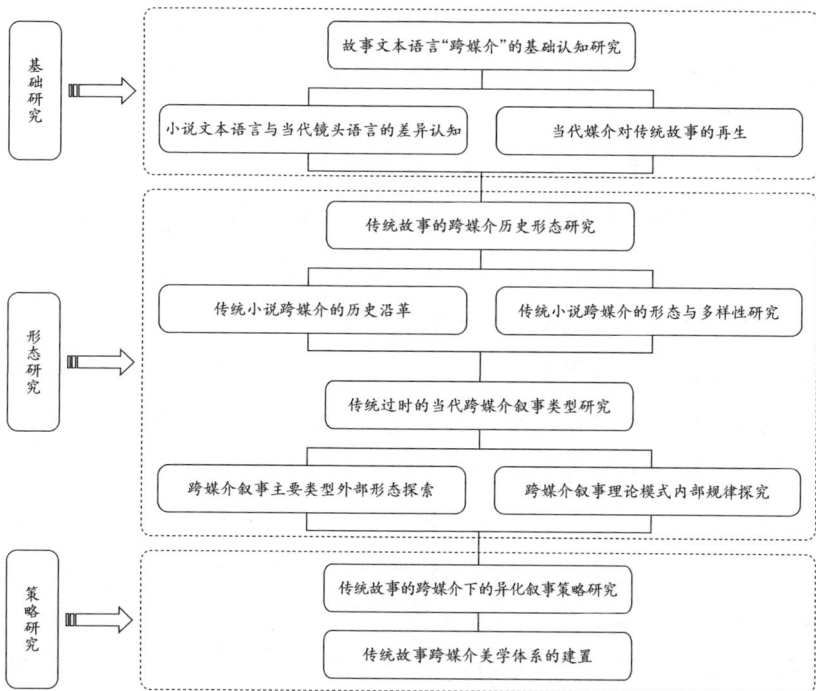

图1—1　研究层面

三、研究内容

1. "跨媒介"的基础认知研究

（1）小说文本语言与当代镜头语言的差异认识——"不可通约"现象的存在

当今许多传统故事改编之后遭遇观众的贬义讥评，观众直观感觉影视中人物形象、情节安排和逻辑结构与原著也不完全一致，缺乏原著的韵味和艺术感染力。关键因素在于小说与电影是两种不同媒介的艺术形式，而中国古典小说更不同于西方和当代的叙事长篇。中国古典小说往往以诗歌为本位来创制故事情景、造就虚化意境，而这些本身是难以用影像语言来呈现出来的。富于想象力的意境语言挣脱了文本的束缚，转换成受众可以进行身体感官感知的影像画面，在转译的过程中难免丢失一些信息，由此认清不同媒介语言的差异性成了必然，我们须承认不同媒介语言具有"不可通约"①的现象存在。对于两个媒介的差异的认知是本计划研究的基本前提。

（2）当代媒介对传统故事的再生产——媒介的生产格局

当代媒介不只传递着故事亦对故事进行生产再造。随着融媒体的到来，用户生成内容（UGC，User Generated Content）和产销合一者（Prosumer）模式相继到来，这些改写着文学创作和媒介运行的格局，构建了参与式媒介平台。这里的参与不仅指人们主动地参与网络平台或网络内容，还包括人们在进行个体的或个体文化的选择对共享经验所产生的影响，亦即大众可以直接或间接地介入包括文学生产、传播、接受的各环节和全过程，文本故事生产日益由私人性的个体活动转变为公众性的集体事件。创作者和受众共同的参与式文化不断修改、扩展了故事的类型和疆域，虚构的叙事表现与真实的社会互动之间实现了一种更直接的相互关系，这将故事世界的概念与传统叙事理论中诸如小说世界或作者营造的故事世界等描述区分开来。故事世界是一个更广泛的概念，它涵盖了虚构故事和文化交互的现实。

在与观众、与当代文化的互动之中，电影叙事不仅是流动的，并且是开放和有待完成的，故事世界永远处于意义增值的状态中。作为一个媒介生态学概念的"修复"被杰伊·戴和理查德·格鲁辛（Richard Grusin）视为一种特殊的跨媒介关系，一种媒介化的重塑过程，通过新媒体重塑先前媒体的形式逻辑。故事世界是一个动态生成的过程，各媒介能在不同时间、不同层面介入和离开。从这个意义来看，文学的跨媒介生产对文学文本和叙事传统具有复活和再生的功能，这在中国玄幻影视文本中表现得尤为突出，此类文本往往对汉魏六朝笔记小说中神仙系谱、仙境空间的文本嵌入进行一番修饰和再现，如《搜神记》《新神榜：杨戬》《精卫

---

①托马斯·库恩.科学革命的结构[M].金吾伦、胡新和译.北京：北京大学出版社,2003:95.

填海》等。而正是这种修复关系使得故事世界内部的各种类型媒介文本的叙事需具有逻辑上的内在连贯性。文学跨媒介叙事意味着文学得以超越单一的媒介本位，将多种类型的媒介文本进行有机整合，并通过协同叙事的方式实现对传统媒介文本间的修复功能，进而建构一个宏大的故事世界。对于当代媒介对传统故事的再生产的研究是接下来开启跨媒介叙事与美学形态研究的另一基础。

2.传统故事的跨媒介历史形态研究

（1）传统小说跨媒介的历史沿革

游戏说、巫术说、劳动说等是关于文学起源的几种解释，虽然角度不同，但都指向集体活动，这些集体活动无一不需要调动人类感官的同步展开，说话与手势、表情、身体是相伴而生，听、说、看的同时"在场"性表明文学的传播从起源之时就具备跨媒介性。从汉代画像石对民间故事的叙事开始，中国古典小说在历史传播的进程中伴随着跨媒介的历程。从对"口语文学"转化为便于传递、易于保存的书面作品起，到民间说话艺术对流传于"公共空间"的各类故事进行取舍和加工，到戏曲对明清长篇的改编上演，再到当今影视媒体对传统经典小说故事的上映，小说的跨媒介历程亦是作品传播接受的过程。

（2）传统小说跨媒介的形态与多样性研究

在古典小说中涉及神话、六朝笔记、唐传奇、宋元话本、明清章回小说等不同类别，不同类别的小说文体涉及不同类别的交融互渗，构成了一种互文性的叙事张力，和美学的感染力不同类别小说所跨越的媒介有所不同。

神话：声媒—纸媒—版画—影视。

六朝笔记：纸媒—动漫。

唐传奇：纸媒—影戏—戏曲—版画—影视。

宋元话本：声媒—纸媒—版画—影视。

明清章回小说：纸媒—版画—戏曲—连环画—影视—网游。

中国古典小说形态复杂，形制多样，其跨媒介的历程和形态也较为繁复。

3.传统故事的当代跨媒介叙事类型研究

（1）当代背景下传统故事跨媒介叙事的主要类型（外部形态探索）

随着当代媒介的多元化与丰富化，纸媒与艺术、网络、科技、媒介融合，在外部形态上具备系列特点。当代跨媒介讲究交叉互联，渗透融合，这不仅指不同艺术的嫁接，且有更丰富的意涵。一是各门艺术巧妙跨行，糅合图像、影像、舞蹈、武术、音乐、网络或科技等符号灵感，创造新叙事。二是在不同媒介载体中转化，从一媒介向他媒介变异。三是运用多媒介，集听、说、读、写、音、像、文于一身，经横向、纵向或斜向整合，成为综合媒介。四是借数字网络平台，进行跨媒介传播，向全球输送。跨界则是比跨媒介更广的词，还包括地域、学科、文化等一切元素的跨越转化。文学的跨媒介叙事不能简单地归结为物质性的媒介技术转变，一个更重要的问题在于文学跨媒介叙事中的文本移动策略，及与其作为运作资源的媒介技术之间的相互作用所产生的文本运作新方式。几类文本跨媒介典型形态值得关注，视听文本、游戏文本、微媒体文本和海外授权文本等。众媒介聚集了大量意义丰富的文化符号，更是成为一种文化景观的拼图。

（2）当代背景下传统故事的跨媒介叙事的理论运行模式（内部规律探究）

从文学跨媒介叙事的理论建构角度看，从框架和方法论上对文学跨媒介叙事进行更深入的分析，此问题是跨媒介性研究中关于文学跨媒介叙事的主要内容。参考拉耶夫斯基和沃尔夫的类型学研究，可以将文学跨媒介叙事的主要运行模式大致分为媒介组合、媒介转换、跨媒介参照、超媒介性等四种类型。其中媒介组合和媒介转换作为作品内的跨媒介性是人们较为熟悉的跨媒介运行方式，而跨媒介参照和超媒介性作为作品外的跨媒介性，是更隐性的跨媒介方式。

①媒介组合：媒介组合是指基于至少两种媒介形式的结合，也被称为多媒体或混合媒体，在这里跨媒介性被视为一种"传播—符号学"概念。媒介组合具有悠久的传统，近年来学术界对文字和图像组合的关注就引发了研究的视觉转向。而近年来随着移动互联网的发展，文字和声音的媒介组合焕发了蓬勃生机.

②媒介转换：媒介转换指将一种媒介文本通过产品化运作转换为另一种媒介产品，如将小说改编为电影或电影的小说化等。拉耶夫斯基特别强调这一类别是以生产为导向的，因而非常接近于詹金斯所倡导的跨媒体叙事，也是最易为人们所识别的一种跨媒介运作。特别是近年来在我国传统文学故事的IP开发中表现得尤为突出，文化企业借助以"传统文化+科技"为核心手段的文化生产传播方式对传统文学作品，特别是传统故事全产业链开发，将文学文本转换为影视、游戏、动漫等媒介产品，具有典型的跨媒介和跨平台性。

③跨媒介参照：此种类型着重考察媒介混合文本。在拉耶夫斯基和沃尔夫的讨论中，跨媒介参照主要包括在文学文本中引用一段音乐（即小说音乐化）、在小说叙事中模仿电影蒙太奇剪辑技术的手法以唤起视觉效果、在艺术展览中参照文学叙事进行设计等。

④超媒介性：超媒介性作为一种隐形的跨媒介性，指的是不同的媒介产品之间的相似性。其中叙事就是一种典型的超媒介性，叙事是文学表现的最重要手段，但是我们同样可以在音乐、舞蹈、绘画、戏剧、电影等各种媒介艺术形式中发现叙事性。这也是文学跨媒介叙事得以运行的重要基础。而一个更具现实性的问题在于：经由文学IP概念的发展，以网络文学为中心的文学在创作之初就已具有较强的跨媒介意识，直接影响了网络文学的叙事方式。整合性的文学跨媒介作品快速发展，生发文学跨媒介叙事的新的

理论问题。

4.传统故事的跨媒介下的叙事策略研究——故事的解构与重构

同一故事在不同媒介中所呈现出的结构形态和叙事模式有所不同。当今媒介对传统小说进行了一次又一次颠覆的异化叙事，在时代洪流裹挟下，传统小说主旨内涵与人物形象也在发生改变，与现代审美需求与精神观念更为契合，这是在"互联网+"背景下的必然选择，是对传统IP的一次反思与创新。在媒介转换中，无论是形象塑造还是情节构建，都对传统故事进行涅槃式的解构与重构。如何结合当代价值观念，对传统故事进行新的改编与重构，需要在叙事模式、叙事策略上进行探究。在此注意媒介对于传统故事的叙事缝合与推动的问题。

中国传统小说具有场景化和连缀性叙事情形，在某种程度上情节是弱化的，往往依靠读者对时代背景的想象和感受，通过情感连续的共鸣对叙事的空白来进行想象。文字通过文字间的想象来建构画面，而影像需要通过既有的形象组合来让观众理解、串联叙事。与当代和外国小说的完整的起因、经过、转折、结局、故事构成相比，传统小说将情感作为主要脉络贯穿始终，叙事则呈现碎片化。因此，传统小说改编电影出现的叙事的断裂，需要叙事补充、缝合以及人物、叙事推动力的多维塑造，如《妖猫传》《长安三万里》以唐朝为历史背景，以李白、杜甫、白居易等诗人的名作为文本主线，在此基础上创作者进行了大量的改编、虚构、再创作，使影片更加连贯且丰满，但也引发了不小的争议。在进行创作的同时需要在跨媒介策略上做出探索，这一点的研究是本计划的关键核心。

5.传统故事跨媒介美学体系的建置

与注重模仿的西方小说比较而言，中国传统故事，特别是古典小说中的故事更侧重于文人美感经验的抒发。当代影视动漫媒介共同参与了文学作品的故事传达和美学传达，这些媒介起到什么样的作用，文学情性的传达并不是仅仅由语言符号单一媒介完成的，声音的、图像的、身体的以及空间的各种媒介要素相互作用，文学精神性征的舒张因这些媒介物自身机制和结构偏向呈现出不同的特点，多媒介跨场作用生成了不同形态的美学内蕴。如动画电影《白蛇：缘起》运用成熟的数字技术，展现出与原作匹配的唯美浪漫之景，一幕幕流畅动人的奇幻场面令观众跨时代感受到古典文化之美。存在于它类媒介中的美学形态根植于传统小说的美学命题当中。所跨越的媒介只有与文本故事的美学形态保持同频共振，才能够更好地传达作品的主题意蕴，达到更为优质的传播效果，跨媒介美学体系的研究当引起关注。

第三节　相关研究方法、重难点与创新

一、研究方法

采用文本细读、个案研究和文献研究三种方法进行：

①文本细读法：了解任何理论都需要文本的细读，笔者首先通过对涉及该理论的专著和论文，尤其是亨利·詹金斯和玛丽—劳尔·瑞安的专著进行细读，从中找出"跨媒介叙事"的特点，进而梳理出"跨媒介叙事"的完整脉络。

②个案研究法：在文本细读的基础上要想体会"跨媒介叙事"在实际文本中的魅力，就需要选取个案，并在挖掘个案中对"跨媒介叙事"有更深的体会。本研究选取的是中国古典小说中的各类故事在历史时代中的跨媒介形态，将理论与个案结合到一起来阐释该理论的丰富内涵。

③文献研究法：在选取要阐述的内容之后，搜罗文献，了解当前学界对这一理论的阐释，找到本次研究的创新之处。

二、研究重难点

研究重点：在立足当下、追求媒介技术的同时，关注对原文本故事的解读，挖掘恰当的小说母题原型与当代意识的对接、思索跨媒介下的叙事形态的转换，深思跨媒介下的集体意识下的美学符号。

研究难点：传统小说与当代数字、网络、音频、视频等全方位交叉融合，跨媒介的形态多样复杂、形式杂糅、模式多变，增加了研究的难度。

三、研究创新

①研究对象方面：对"跨媒介叙事"理论进行了系统梳理；学界对"跨媒介叙事"理论的研究多以案例来阐述，没有对其进行时间角度的理论梳理，而且在论述过程中，大都缺少对某一类型文体或题材故事的强调，本研究计划对准中国传统故事，特别是传统故事的载体中国古典小说上，从研究对象来说，这是一次此类故事题材的全新研究的尝试。

②研究视角方面："传统故事跨媒介叙事与美学形态建构"涉及文学、传播媒介和叙事学、美学等几个交叉学科的交织互渗。将几个学科交融在一起才能够对本研究有一个完整的认知。

③研究方式方面："跨媒介叙事"是围绕同一个故事世界有机整合多样化的媒介平台进行的生产、传播与消费的活动，它是媒介发展中出现的崭新图景，同时也是经典叙事学向后经典叙事学的延伸中出现的重要分支。笔者将从"跨媒介叙事"的历史性出场着手讨论该理论出场的必然性；接着，通过对"跨媒介叙事"思想渊源的梳理来展现该理论深厚的文化底蕴；再次，结合该理论涉及的三个关键词来完整地阐释该理论；最后，通过对"跨媒介叙事"中最具发展潜力的互动叙事、其带来的叙事开放与泛化的阐述表现该理论在叙事学上的超越与消解。

第二章 跨媒介叙事理论

第一节 "跨媒介"的提出

一、媒介融合

媒介融合是一个较为新潮的文艺学概念，最早由美国计算机学家尼古拉斯·尼葛洛庞帝提出，他预言计算机、印刷和广播的交会处成为发展迅速的新领域。伴随数媒技术的飞速发展，这一预言慢慢走向了现实。我们如今能够通过一个终端传输和显示图片、影像、文字、声音等多种符号形式。在当今时代，在融媒体这一广阔背景下电视、电影、广播等原本独立的媒体形式已经能够融合在一起，所有的内容都被转化为比特分子，同时呈现在不同媒介平台上。这使得受众能够根据个人需求随心所欲去捕获他们感兴趣的焦点与话题。新媒体和旧媒体的共存，特别是草根媒体的地位日益提升，其影响力与公司大媒体不相上下，它们改变了媒体受众的接收方式，从商业运营角度来说，同时对各类媒体的运营模式、营销途径产生较大影响。

回顾媒介的发生发展历程，大致将其划分为以下几个阶段：口语媒介、文字媒介、印刷媒介、电子媒介和新媒介。这些阶段在媒介传播史的过程中呈现出不同的时代特点和模式特征。时代在发展，技术在更迭，媒介形式也在不断地演进和革新。在口语媒介占主导地位的时期，人类获取信息主要依赖于面对面的交流，这种口口相传的模式也常常存在于各民族古老的神话或史诗当中，这种传播模式被加拿大原创媒介理论家马歇尔·麦克卢汉称为"部落人"模式。

随着文字媒介的兴起，人们开始通过传抄来交流和保存信息，文字的出现刺激了人们的思维的发展，将原本整体的部落人分割成了分裂、残缺的"非部落人"。印刷媒介的诞生为大量复制信息奠定了基础，为报纸、杂志、图书的产生做好了准备，在传播过程中突破时空界限，推动了人类思想的理性化，使得"非部落化"的社会达到了顶峰。而电子媒介如电视、电报、电话、电影的出现，又一次将信息传播的速度进行了无限提升，人们亦感受到获取信息的方便快捷，且获取信息的容量巨大。例如广播能够瞬间将信息传递到地球的每一个角落，电影和电视则通过声像并茂的效果感染观众，这种突破时间地域限定的信息传播方式得到大众的广泛喜爱。

伴随着数字媒体网络的兴起，新媒体的出现就如人们在广袤的海域航行发现新大陆一般，信息的传播爆发开来，信息的容量之大，速度之快都达到前所未有的新高度。与此同时传播者和受众之间的界限亦消弭了，人们实现了两重角色的随意切换。人类的多重感知系统被开发出来，人类重新回到了"部落化"的状态，全球村的出现标志着一个新的媒介时代的到来。在此也需要清醒地认识到一种崭新的差异较大的新媒介的产生会给人们的生活产生较为剧烈的冲击。

但新媒介和旧媒介并非截然对立，媒介技术的更新迭代只是改变旧媒介的地位和承载模式，而非完全取代。因此在历史上存在多种媒体相互混融交叠的场景。亨利·詹金斯提出"黑匣子谬论"，即"存在这样一种观点，迟早所有媒体内容都会通过唯一的一个黑匣子传送到我们家中的起居室"。按照麦克卢汉的观点，"媒介是人的延伸"，而我们身边的电子媒介好比是人类中枢神经系统的补充系统，而其他类型的媒介，尤其是机械媒介，被看作是人体个别器官的扩展。媒介与人类的感官系统紧密相连，每种媒介都对应着人类感官的一个方面。例如，语言文字扩展了我们的视觉感知，而影视类的电子媒介则同时延伸和满足了人们的视听感知。随着新媒介的出现，如虚拟现实技术，人类的触觉感知也得到了扩展。通过综合运用这些不同的媒介，我们能够充分激活和利用所有的感官系统，从而全面而深入地理解和把握信息。这种多感官的协同作用，不仅增强了人们对信息符号的接受转换，也使得信息获取的过程更加丰富和立体。当今媒介时代具有高超的新技术融入，与此同时旧媒体仍未退出历史舞台，这些平台不仅涵盖了各种感官体验，而且各具特色来满足受众们的各类体验。例如，一个故事可能开始于网络小说，接着通过电视剧的形式继续发展，最后在电影中达到高潮。在这个过程中，受众可以在不同的平台上跟进故事的发展，利用新媒体的互动性和旧媒体的深度叙事特性，享受一种全方位的、连贯的叙事体验。这种跨媒介叙事的方式，使得故事的世界观更加丰富和立体，同时极大地满足了受众对于多样化媒介体验的追求。

二、媒介融合催生"跨媒介叙事"

随着媒介技术的演进，我们见证了从"第一媒介时代"到"第二媒介时代"的过渡。在这个转变中，信息制作和消费的角色经历了重大的调整。在早期的媒介时代，如声媒、纸媒的信息传播多呈现端点扩散的形态，即以少数人为端点向大众扩散。这一模式是较为传统和古老的传播模式，简单称之为海胆式的放射型。随着电子媒介乃至数媒的到来，所有信息以编码的形式传递开来，去中心化的模式开始呈现出来，而信息的输出不再呈单向型，更向双向型乃至多向型发展开来。与此同时信息不再受限于特定的媒介载体，从而可以在多种媒体上以不同的方式呈现。这种跨媒介传播的特性，不仅丰富了信息的表达形式，也极大地扩展了信息传播的覆盖范围和影响力。因此当今受众生活在一个信息制作和消费更加民主化、多元化的时代。

降低技术手段和经济成本对媒介的广泛普及有着极大的决定性。正如亨利·詹金斯在《融合文化》所提到的一部名为《玩具士兵》的影片，当中的玩具原本是为儿童游戏所设计的相机，因为操作简便，易于掌握，备受大众的喜爱，甚至被应用到专业影视拍摄的领域。技术操作手段的降低，意味着人力的节省，更意味着成本得以把控，因而具备了流通到大众领域的先决条件。当今的受众或者是制作者能够以这种方式借助视频、音频等要素来呈现出个性化的内容，并且能够实现在表演者和受众间的随意切换。同时在线的各类群体都可以采用发言、弹幕等多种形式来实现沟通交流。无论是大规模的传媒公司还是民间草根群体，在各自推广传播的道路上各放其彩。不同媒介平台间不断交流共融，实现了媒介的大融合。各媒体平台与媒介平台在交流中彼此增进，在碰撞中得以共赢。在媒体产业链中，这种合作模式已经非常普遍。我们经常可以看到，围绕一本小说作品或一部电影，产业链上会展开一系列的延伸产品，如衍生剧、游戏、创意商品等。在这种多元文化背景当中，"跨媒介叙事"作为一种内容传播方式，通过利用不同媒介平台的优势互补，使得内容能够在产业链上实现多向涌动。

三、跨媒介叙事的当代形态

在艺术史和文化史上都存在不同艺术门类之间的相互借鉴、转换、融合，这些艺术门类间的交互是推动艺术创新的重要途径。而在当下数字技术的推动下，跨媒介创作更是成了一个引人瞩目的社会热点。在所有跨媒介的案例中，文字和图像、影视之间的跨媒介无疑是最具代表性的。在《故事的变身》一书中，叙事学家玛丽—劳尔·瑞安引用了罗兰·巴特在《叙事作品结构分析导论》中的观点：世界上叙事作品之多，不计其数；种类浩繁，题材各异。对人类来说，似乎任何材料都适宜于叙事：叙事承载物可以是口头的或书面的有声语言，是固定的或活动的画面、是手势，以及所有这些材料的有机混合；叙事遍布于神话、传说、寓言、民间故事、小说、史诗、历史、悲剧、正剧、喜剧、哑剧、绘画、彩色玻璃窗、电影、连环画、社会杂闻、绘画。而且，以这些几乎无限的形式出现的叙事遍存于一切时代、一切地方、一切社会跨媒介叙事是小说类叙事作品的焦点，更是当代艺术的命题。①

在中国传统故事的传播之旅中，主流媒体扮演着举足轻重的角色。它们以各自的优势和特点，将故事以文本、短视频、游戏等多种形式传递给广大受众。在传播过程中，故事情节跳跃到图像上、活动在动画里、回荡在声媒中，同样的故事同样的蓝本在转译编码的过程中焕发出别样的活力。这种再媒介化传播，类似于网络文化中的IP概念，已经超越了内容本身的局限，更多地聚焦于媒介自身的独特魅力。主流媒体深谙此道，它们将表现形式与受众紧密捆绑，让受众在接收故事的同时，也能感受到强烈的共通情感和主观代入感。在这个过程中，主流媒体不仅传递了中国故事的精神内核，更在无形中拉近了与受众的距离，让中国故事以更加生动立体的方式呈现在世人面前。

近年来在各媒体中上映许多颇为优秀的作品，如央视文化类节目《典籍里的中国》，以中华传统经典典籍为蓝本，采用古今穿梭对话的方式，以"口媒+戏剧+影视"的多媒介融合方式，讲述典籍在五千年历史长河中源起、流转及书中的闪亮故事。以独特的视角切入，让古籍在现代社会中焕发出新的生命力。更是通过巧妙的叙事手法和创新的表现形式，将观众带入一个个充满历史韵味和文化底蕴的故事情境。舞台空间的切换、历史时空的对话以及电影级的戏剧表演，无不展现出节目制作团队的匠心独运。这种将虚拟与现实相融合的呈现方式，不仅大大增强了观众的沉浸式体验，更让人们在欣赏精彩表演的同时，深刻感受到中华优

---

① 尚必武.跨媒介的故事讲述及其相关叙事学命题[J].湖南师范大学社会科学学报,2023(6):2.

秀传统文化的博大精深。此节目在打造新媒体平台传播矩阵方面做得颇为到位。更是通过推出衍生节目《有"典"意思》和融媒体衍生品《"典"赞加关注》，丰富了节目内容，成功吸引了更多观众的关注。这种跨平台的传播策略，让主流媒体与全平台领域实现了有效覆盖，提升了节目的影响力和传播效果。

在跨媒介的历程中，不乏优秀经典案例，如河南卫视的传统文化类节目总能令人耳目一新，创作者以典籍故事与网游、伴之以 AR 技术，不仅尊重了圈层文化，更满足了受众的差异化需求，成功抓住了年轻人的心。除此之外河南卫视在抖音、小红书等当代青年聚集的平台投入短视频宣传，持续吸引观众的注意力，为节目播出做好铺垫。同时，在 B 站等平台的完整和持续宣传，以及节目播出后的解构与二次创作，增进了节目的传播时效和传播领域。这种跨平台的传播策略，不仅提高了节目的曝光度，还增强了观众与节目的互动和粘性。从而成功地将传统文化典籍呈现给现代观众。节目中的创新元素和多元化表现形式，不仅拓展了受众群体，还传递了全民识典诵典的文化意识，牢牢把握了时代脉搏。这种跨媒介叙事的方法，也为各类媒体的创新和发展提供了新的思路和方向。这也充分证明了跨媒介叙事在主流媒体中的成功应用。跨媒介叙事并非简单地将几个不同媒介拼凑在一起，或者原封不动地将故事以不同形式的媒介去改编。跨媒介叙事的内核仍然是故事，但如何通过媒介的跨越呈现出一个精彩而完整的故事，再以情感性和美感特性来撼动观众，从而实现故事的增殖与夸张，同时为故事蓝本赋予灵魂的意义，这是当前应当思考的关键问题。通过跨媒介实现传播的广泛性和深刻性，让故事始终展现蓬勃生机，这才是跨媒介叙事的最终目的。

四、跨媒介叙事理论的范围

前面提到在探讨叙事学的广阔领域时，巴特所列举的诸多媒介，如语言、画面、手势、表情等，无疑为我们揭示了叙事无处不在的本质。关于艺术媒介是什么的问题，张晶教授认为艺术媒介是凭借特定的物质材料并以一定的形式形成的符号体系，是材料与形式的综合，但绝非两者的简单相加。瑞安对此进行了较为深入的解读，她认为这些古典叙事学的学者们在研究这门学科时，实际上是在追求广而全，一个超越学科与媒介界限的研究领域。但是随着叙事学研究的深入展开，叙事学逐渐聚焦于文学叙事，这在一定程度上应当受到了热拉尔·热奈特等法国叙事学家的影响。热奈特在他的作品《叙事话语》《新叙事话语》中提出的诸多叙事学术语和批评体系，如叙事时长、叙事节奏，叙事视角等，均以文学作品为本位来进行分析，为文学叙事的研究提供了有力的工具，但同时也使得叙事学的研究范围变得愈加狭窄。瑞安在她的著作中提到将叙事研究再一次推向原本所设计的打破学科打破文学单一界限的大而广的研究层面上，她在著作中提到，跨媒介的叙事研究使得媒介研究和叙事学均受益匪浅。①既然跨媒介叙事如此重要，为何迟迟未能开展，瑞安也提到了两个重要的原因。第一，叙事学内部过于强调语言行为的立场，导致其他非语言媒介的叙述行为被排除在研究范畴之外。这无疑限制了跨媒介叙事研究的发展空间。事实上，叙事不仅仅存在于语言之中，图像、声音、动作等非语言元素同样能够承载丰富的叙事信息。这种思维的限定导致人们未能将各种媒介的叙事行为纳入研究视野。第二，媒介研究阵营中的"激进的媒介相对主义教条"也是跨媒介叙事研究难以展开的原因之一。这种教条过于强调不同媒介之间的差异性，而忽视了它们之间的共性和联系。跨媒介叙事研究恰恰需要我们从不同媒介中寻找共同点，探索它们之间的互补性和协同作用。只有这样才能真正理解跨媒介叙事的力量和价值所在。

瑞安引用意大利学者翁贝托·艾柯的观点，艾柯曾针对文学与电影之间的关系展开讨论。另外又提及媒介理论家所信奉的"激进的媒介相对主义教条"。这些观点和理论都在探讨不同媒介

---

① 玛丽—劳尔·瑞安.故事的变身[M].张新军译.南京:译林出版社,2014:4.

之间的表达和沟通问题。瑞安通过艾柯的例子来说明，即使两部作品名字相同，但因为媒介不同，它们所表达的意义也可能截然不同。这反映了不同媒介在表达上的独特性和不可通约性。媒介理论家则更进一步，认为不同媒介之间的资源是无法共享的，每个媒介都是一个自足的符号体系。这种观念在一定程度上阻碍了对于跨媒介叙事理论的深入开展。

关于跨媒介叙事研究的发展，丽芙·豪斯肯也持有上述相似的观点，将媒介进行了类型的划分，即"总体的媒介盲视"和"冷漠的媒介盲视"。前者无视媒介的重要性，后者则试图用一种媒介的理论去研究另一种媒介，无视了具体媒介的特殊性。他论述了媒介失明以及文本失明的各种类型，阐明了媒介研究领域特别是跨媒介叙事研究中的理论挑战，呼吁跨媒介叙事研究需要放慢速度、抽出时间进行反思。

美国叙事学家西摩·查特曼在《故事与话语》中引用法国叙事学家克劳德·布雷蒙的观点：独立的意义层次，它被赋予一个可以从信息整体中分离出来的结构：故事，这样，任何一种叙事信息（不仅仅是民间故事），不管它运用什么表达过程，都以同样的方式显示出这一层次。它只是独立于其所伴生的技术。它可以从一种媒介转换到另一种媒介，而不失落其基本特质：一个故事的主题可以成为一部芭蕾剧的情节，一部长篇小说的主题可以转换到舞台或者银幕上去，我们可以用文字向没有看过影片的人讲述影片。我们所读到的是文字，看到的是画面，辨识出的是形体姿态。但通过文字、画面和姿态，我们追踪的却是故事，而且这可以是同一个故事。被叙述的对象则有其自身的意指因素，即故事因素既不是文字，也不是画面，又不是姿态，而是由文字、画面与姿态所指示的事件、状态或行动。[①]这位法国结构主义叙事学的代表人物坚信，故事的本质并不会因为媒介的改变而发生变化。

---

① 西摩·查特曼.故事与话语：小说和电影的叙事结构[M].徐强译.北京：中国人民大学出版社,2013：7.

无论是通过芭蕾舞、小说、电影，还是文字、画面、手势等媒介来讲述，故事的核心内容和意义都能够得到完整的传达。这是因为真正的故事并不仅仅依赖于其表现形式，而是深植于其所要传达的信息和情感之中。不同的媒介只是为故事提供了不同的呈现方式，让观众可以从多个角度去理解和感受故事。但无论媒介如何变化，故事的本质和意义都不会受到影响。因此，我们可以说，布雷蒙的观点为我们提供了一种全新的视角来看待故事和媒介的关系。他让我们意识到，故事的力量并不在于其表现形式，而在于其所要传达的信息和情感。在叙事学的研究历程中，有很多时候是忽略媒介对叙事的影响的。这些研究集中在对"叙事"或"叙事学"的相关定义上。

首先，从叙事的定义来看，传统上往往强调叙事是对事件或故事的描述，而很少明确提及媒介的角色。这种定义方式无形中淡化了媒介在叙事过程中的重要性，导致了对媒介的忽视。《叙事学词典》从以下三个方面来界定叙事学：①受结构主义启发而发展的叙事理论。叙事学研究叙事的本质形式和功能（不包括其表述媒介）并试图描述叙事能力的特征。尤其是它检验一切叙事所共有的（在故事、叙述行为及其相互关系的层面上）和能够使一切叙事互不相同的东西并且试图解释生产和理解这些叙事的能力。②作为一种对有时序的情境与事件进行表述的语词模式的叙述研究。在这一限定意义上，叙事学忽视本身的故事层面（例如，它并不企图系统地阐述故事或情节的语法），而专注故事与叙述文本，叙述行为与叙述文本以及故事与叙述行为之间的可能关系，具体地说，它考察语式、语态和声音等相关问题。③从叙事学模式和类别的角度，对特定（组合）的叙事进行研究。

其次，在叙事对象的划分上，通常关注的是故事本身的结构、情节和人物等元素，而媒介作为传递这些元素的载体，往往被置于次要地位。这种划分方式加剧了媒介在叙事学研究中的边缘化。因此在叙事学的研究历程中，热奈特也好、查特曼也在划分叙事学研究对象时无非都是集中在文本、话语、行为等可视的层面。并未有人将叙事媒介作为其中一个层面考虑进去。

最后，从叙事学的定义来看，它主要关注叙事的结构、技巧和规律等方面，而很少涉及媒介对叙事的影响。这种定义方式使得叙事学研究在很大程度上忽视了媒介的作用，从而导致了媒介盲视现象的存在。比如法国叙事学家热拉尔·热奈特说叙事是一个或一些事件的再现；以色列叙事学家施劳米什·里蒙—凯南把叙事虚构作品界定为对"虚构事件的连续性叙述"；美国叙事学家波特·阿博特认为叙事是"对一个事件或一系列事件的再现"。然而随着叙事学研究的深入和发展，越来越多的学者开始意识到媒介在叙事中的重要性。他们开始关注媒介如何影响叙事的结构、风格和接受方式等方面的问题，这无疑为叙事学研究带来了新的视角和思路。希望未来叙事学研究能够全面地考虑媒介的作用，从而推动该领域的进一步发展。

第二节　跨媒介语图关系

从前面的研究可以看出来，在过往的研究里多聚焦于受众的接受度以及文本的呈现，而对于创作过程的挖掘显得相对单薄。这样的研究偏向，无疑给我们的理解带来了一定困扰。实际上，在跨媒介的艺术实践中，语言与图像的关系犹如一曲复杂的交响乐，它们时而各自为营，展现独特的艺术魅力；时而又相互交融，共同谱写壮丽的艺术篇章。它们之间的竞争与协同，在不同的创作阶段和层面上演绎着千变万化的角色与功能。为了更深刻地揭示这一艺术现象的奥秘，我们亟须对语图跨媒介创作的生发机理和创作法则进行深入的探索与研究。

一、跨媒介：一种艺术现象及研究范式

跨媒介这一概念真正浮出水面，是在近现代的舞台上。1966

年，美国激浪派艺术家希金斯的一篇名为《跨媒介》的文章，犹如一道晨光，照亮了不同艺术领域间那早已存在的桥梁。从此"跨媒介"概念进入人们的视野，作为一个新奇独特的视角出现在文学、艺术、传播、数媒等各领域。尽管学者们对其定义的措辞各有不同，但他们都紧紧围绕着一个核心理念——那便是不同媒介之间的相互跨越与融合。这种跨越与融合，就像一束光芒，穿透了艺术的边界，照亮了艺术的无限可能。对于媒介间的跨越融合，周计武教授曾提到：跨媒介是一种艺术形态，涉及两种或两种以上艺术媒介特性及其艺术观念之间的移植、转换、交互、融合。①跨媒介的力量不容小觑。它如同一位魔法师，轻轻挥动手中的魔杖，便能打破各门类艺术之间的界限，使得它们相互融合、碰撞，产生出令人惊艳的火花。这种跨媒介的创作方式，不仅让艺术的表现形式更加丰富多样，更为艺术的发展注入了源源不断的活力和灵感。在跨媒介的创作过程中，艺术家们可以自由地穿梭于不同的艺术门类之间，汲取各种艺术的精华和灵感，从而创作出独具匠心的艺术作品。这些作品不仅让人眼前一亮，更能引发人们深入的思考和共鸣。因此，跨媒介已经成为当代艺术创作中一种重要的生成机制和创作手段。它不断地推动着艺术的创新与发展，让我们在欣赏艺术作品的同时也能感受到艺术的无限可能与无穷魅力。

关于跨媒介的讨论其实在 20 世纪我国专家学者已经注意到，钱锺书先生曾提到，一个艺术家总在某些社会条件下创作，也总在某种文艺风气里创作。这个风气影响到他对题材、体裁、风格的去取，给予他以机会，同时也限制了他的范围。就是抗拒或背弃这个风气的人也受到它负面的支配，因为他不得不另出手眼来逃避或矫正他所厌恶的风气。②钱锺书立足于中国艺术美学的本位

---

① 周计武.艺术的跨媒介性与艺术学理论的跨媒介建构[J].江海学刊,2020(2):213.

② 钱锺书.中国诗与中国画[J].中国社会科学院研究生院学报,1985(3):1.

来谈及跨媒介的现象和动因。周宪教授也曾总结了多种关于艺术门类交互研究的范式："姊妹艺术"研究、历史考察模式、美学中的艺术类型学、来自比较文学的比较艺术或跨艺术研究、跨媒介研究。这些范式为后面的跨媒介研究奠定基础。

跨媒介研究范式的确在当代艺术研究中占据了重要的地位。它突破了语言中心论和文学中心论的束缚，以更开放、多元的视角来审视艺术作品，从而能够更好地应对当今复杂多变的艺术现象。需要注意的是跨媒介的艺术形态和艺术范式会随着时代和相关技术的发展而呈现频繁迭出的趋势。诗歌与舞蹈的跨越，漫画与剧本的跨越、小说与影视的跨越会层出不穷。跨媒介的形式和研究范式也会随之增进。一些新兴的艺术作品也难以用传统的定义和研究方法来继续，但跨媒介研究范式能够轻松地将它们纳入研究视野，对它们进行敏锐而及时的分析和解读。

此外，跨媒介研究范式还采用了去中心化的逻辑，避免了图文轻重之争的无谓纠葛，以更客观、中立的态度来对待不同媒介之间的关系。这种研究范式不仅具有实用性和前瞻性，更在艺术研究领域展现了其独特的价值和深远的影响。分析美学家卡罗尔对格林伯格"媒介特殊性理论"的批判，也为跨媒介研究的发展提供了新的思路和方向。他指出了不同媒介在传播过程中的局限性，摆脱局限性需要脱离单一媒介的束缚，在媒介融合和交融上来展开思考。这一观点更加拓宽了跨媒介研究范式。卡罗尔关于跨媒介的艺术理论研究与这个信息爆炸、媒介多元的时代相匹配，跨媒介研究为我们提供了新的视角和思考方式，让我们能够更开放、更包容地去理解和欣赏艺术作品。同时，跨媒介研究也打破了传统思维的束缚，为艺术的创新与发展提供了无限的可能性。

二、跨媒介中的语图转换

在探索人类表达世界的途径时，我们常常将语言和图像视为两个截然不同的领域：一个依赖于抽象思维和逻辑推理，另一个通过具体形象和直观感知来传达。尽管它们看似南辕北辙，但在跨媒介创作的世界里，这两种元素却能奇妙地融合，形成一种深刻的互补关系，宛如太极中的阴阳相辅相成。学术界对于如何巧妙地结合语言与图像以实现这种跨媒介的"转换"存在诸多见解。一些学者专注于形式上的探讨，研究语言和图像如何在不同的感官维度（如视觉与听觉、时间与空间、抽象与具象）上进行交织与对话。另一些学者从内容角度深入剖析，揭示语言和图像如何在意义构建、情感表达、主题探讨等方面相互借鉴、模仿、参照、指涉、融通。

这种跨媒介的交融与转换不仅推动了艺术的创新，也促进了文化的传承。在相互借鉴与模仿的过程中，语言和图像催生了全新的艺术形式和表现手法，极大地拓展了创作者的想象空间。同时，这种创作模式也实现了传统文化与现代审美的有机结合，为文化的延续注入了源源不断的活力。

综上所述，跨媒介创作中的"跨"不仅仅是技巧上的跨越，更是一种深层次的思维变革。它要求创作者勇于突破传统的媒介限制，以一种更加开放和包容的心态去理解和运用语言与图像这两种表达工具。只有当我们真正洞察并掌握了这种跨媒介创作的真谛，我们才能在艺术的道路上不断前行，缔造出一个五彩斑斓、充满可能性的艺术新世界。"出位之思"源于德语，为我们揭示了媒介之间跨越与融合的奇妙现象。这个概念已经被钱锺书、叶维廉等学者深入研究。它主要描述的是一种媒介跨越自身，进入另一种媒介的表现领域。在语言和图像之间，这种跨越尤为显著。

语言，作为一种时间的艺术，常常试图捕捉和呈现图像的空间形式。就如普鲁斯特的《追忆似水年华》在叙事结构上以横向叙事为特点，打破了时间的纵向性，凸显出一种空间的既视感，仿佛一座大教堂般立体且富有层次。此外，一些先锋小说通过特殊的排版和文字处理，使语言作品呈现出图像般的视觉效果，让读者在阅读过程中产生视觉上的享受和冲击。这种尝试让文字不再仅仅是"可读"的，而是变得"可视"，为读者带来了全新的阅读体验。

与此同时，图像也不满足于仅仅呈现视觉形象，而是努力追求语言空间中的拓展。就如中国古代的绘画一般，不追求故事的曲折，不追求历史的庞大叙事，而是以意境的形态去无限蔓延，从而将人们的关注力从时间的维度带入空间维度。这种卷轴画式的叙事，不仅展现了画面的空间美，更通过时间的延展赋予了画面以动态的生命力。于是"出位之思"这样的概念被提出了，在图像和语言的转换之间还会涉及彼此的艺术形态和美学形态。当然两者的转换不是简单的叠加拼凑，而是一种深层的互动和融合。故而"出位之思"这一概念被看作是语图转换的契合词汇，同时也揭示了媒介之间的无限可能性和创造力。

总的来说，"出位之思"这一概念为我们开辟了一条新路，让我们可以用一种全新的视角去重新思考语言和图像之间的相互作用。这种思考方式打破了我们以往对媒介之间界限的固有认知，让我们认识到，原来媒介之间的界限并非是不可逾越的，他们之间可以相互交融，相互影响。这种交融不仅使得媒介本身的表现形式得到了极大的丰富，也为我们的艺术创作提供了更多的可能性，使得我们的艺术作品更加丰富多彩。同时，这种全新的视角也为我们的审美体验带来了更多的惊喜，让我们在欣赏艺术作品时，可以有更加深入和丰富的体验。

赵宪章教授在其著作《文学图像论》中提出了一个引人深思的概念——"语图互仿"。这一概念的提出建立在"语图交互"的基础上，从中国古代文化上所呈现的语图现象分析，将语图关系的阶段分为前中后三个时期，以文字的出现作为分界点，分为前期的语图一体、文字出现后至宋元的语图分体、宋元后的语图合体。在宋元前的语图分体时代，语言和图像开始展现出相互模仿的现象，形成了独特的互仿关系。这一时期的典型例子包括苏轼的《惠崇春江晚景二首》，它们诗意地再现了惠崇的《春江晚景》

鸭戏图和飞雁图。另一个例子是顾恺之的《洛神赋图》，它以视觉方式诠释了曹植的《洛神赋》。这种时段的划分为语图关系做了清晰的形态脉络。赵宪章教授指出，这种语图互仿关系存在非对称性。图像对语言的模仿相对容易，而语言对图像的模仿则相对困难。语图之间的转换是不对等不平衡的，在中国古代尚文的观念的影响下，更是倾向于将"文"作为核心点，因此，在"语图互仿"中，语言往往成为图像模仿的范本，而图像则较少被语言所模仿。

总的来说，赵宪章所说的"语图互仿"指的是在作品创作中语言和图像彼此间的转换与相互袭用。这一点是与"出位之思"的概念相区别开来的，"语图互仿"更注重单一作品的媒介转换或改动，体现在具体可感知的人物、情景、情节、主题等基础上。以上针对"出位之思"和"语图互仿"这两个概念进行了辨析，由此对语图转换发生发展的机制进行更深入的剖析，这种剖析使我们更加关注创作层面上的语图转换关系，而非仅仅关注文本形态或接受效果。这一发现为我们进一步探讨数字媒介时代的语言和图像乃至其他跨媒介关系提供了重要思路。

在传统媒介时代，语图转换主要关注自然语言和静态图像之间的关系。随着当今互联网与数媒技术的发展。数字图像的动态、交互性以及超链接等特性，使得其与自然语言的关系更加复杂多变。因此，在探讨数字媒介时代的语图关系时，我们不仅需要关注语言和图像在创作层面上的转换机制，还需要深入研究它们在数字媒介中的呈现方式、交互方式以及传播方式等方面的变化。这将有助于我们更全面地理解数字媒介时代的语言和图像关系，为未来的跨媒介创作提供新的思路与方法。

三、跨媒介中的语图生成

自20世纪末期开始，科技的发展给语言和图像，这两大人类表意符号，带来了前所未有的变化。语言，经历了从自然语言到虚拟语言、机器语言、仿真语言的演变。这些新兴的语言形式不仅改变了我们的交流方式，还极大地拓展了我们的表达边界。它们使得我们能够与机器进行有效交互，实现在虚拟世界中的沟通，甚至模拟出真实世界的语言和交流场景。在图像领域，传统的手绘图像逐渐被机绘图像和数绘图像所取代。这些新的图像形式不仅具有更高的精度和逼真度，还能够实现动态效果和交互功能。得益于计算机制图、数码影视、网络游戏、虚拟现实等技术的飞速发展，图像的创作和传播已经进入了一个全新的时代。此外，新兴的技术如自媒体、AR、MR等，也推动了媒介之间的跨越和融合。这些技术打破了传统媒介的界限，使得语言、图像、音频、视频等多种媒介形式能够无缝连接和融合。这种跨媒介或综合媒介艺术的形式，不仅展现了语言和图像在创作层面上的新关系，也揭示了它们之间相互生成、相互影响的"语图生成"现象。"语图生成"是一种创新的表意符号，它不仅是一种新的艺术创作方式，而且还能将语言和图像紧密结合在一起。这种艺术方式利用数字技术和算法实现语言和图像的相互转换和生成，从而展现出高度的灵活性和创造性。更重要的是，这种表意符号能够适应数字媒介的传播特点和用户需求，让我们能够以全新的方式来表达和传达我们的思想和情感。因此，"语图生成"为艺术创作和传播开辟了新的道路，为我们的思想和情感表达提供了更多的可能性。

在数字媒介的广阔天地中，语图转换与语图生成展现出了截然不同的亲密程度。当语图转换的两者还能被清晰地辨识时，语图生成中的语言和图像却如同水乳交融，难以割舍。这是因为在数字化的浪潮下，语言和图像都被还原为基本的编码数字0和1，从而使得媒介形态越来越集中到数媒这一编码上，而特性反而变得越来越不明显。从传统判断的角度来看，语言媒介与图像媒介在外观特性上存在极为显著的区别，但在数媒这一大的传播媒介的概念下，语言和图像无非只是编码方式的不同，因而在数媒这一大的媒介背景下，两者达到了交织互渗，它们之间建立了一种紧密且互动的关系。这种关系体现在语言能够创造图像，同样，图像也能够激发语言的产生。它们如同置身于一个神奇的"语图漩涡"中，不断地相互影响和转化。在这个漩涡里，原本清晰的分界线——语言与图像的界限——逐渐模糊，最终消失。取代边界的是一个由数字代码"0"和"1"构成的无限虚拟数据网络。这个时代的数字创新，如弹幕视频、网络游戏和超文本文学，都在以各自独有的方式诠释着语言和图像之间深刻的共生关系。它们不仅展示了这种关系的多样性，还揭示了在数字时代，语言和图像的融合所能带来的无限可能。在这个虚拟的数据海洋中，语言和图像自由地交织，创造出新的表达形式和叙事技巧，为人类文化的创新和发展提供了广阔的空间。弹幕，作为视频观看过程中的一种新型即时评论方式，已经成了现代观影文化中不可或缺的一部分。它不仅为观众提供了一个可以自由表达观点和分享情感的社交平台，还通过融入特殊表情包和特效等元素，将文字评论和视觉图像艺术巧妙地结合在一起，创造出一种全新的观影体验。这种独特的结合使得弹幕不是简单的文字评论，而是转变为视频内容本身的重要组成部分，与视频内容共同塑造并不断丰富着我们所理解的观影文化。在当今的网络游戏世界，语言和图像的结合显得尤为重要。它们通过编程语言和丰富的故事情节构建了游戏的核心。在这个过程中，图像是由编程语言创造出来的，它们和玩家的实时互动对话一起，极大地提升了游戏的内容深度和娱乐性，使语言和图像在游戏中形成了互动和相互影响的动态关系。当我们探讨"超文本文学"时，我们看到了语言和图像结合的又一种形式，即在超链接的逻辑之下相互联系和转换。作者在这种文学创作中，不再仅仅是书写或绘画，而是使用专门的软件，通过编码让语言和图像相互诠释和生成，打破了传统文学的形式。这样的创作手法不仅丰富了文学的表现形式，而且为读者提供了一种全新的审美和阅读体验，使他们能够在不同的文本之间自由穿梭，感受文字和图像共同编织的虚拟世界。随着数字技术的发展，我们见证了语言与图像结合的新现象，即语图生成。这一现象不仅仅是技术进步的体现，更是文化变迁的一个重要标志。它为我们提供了一种前所未有的途径来感知和解释世界，打破了传统的信息传递方式。展望未来，我们可以预见这种结合将增强，推动语言和图像之间的互动，开辟新的表达空间，从而为我们呈现更加多样化和生动的文化景象。在数字化时代背景下，艺术创作领域经历了一场深刻的变革。语言与图像，作为艺术创作的两大要素，它们之间的关系变得更为密切且多样化。它们不再是独立的个体，而是相互依存、相互作用，共同编织出一幅丰富多彩的艺术画卷。在创作过程中，语言和图像的互动尤为显著。语言，通过其独特的描述和叙述能力，能够激发图像的产生，使观者在大脑中形成具体的视觉形象。反之，图像也能以它的视觉冲击力，引发语言的创造，使观者产生强烈的情感共鸣。这种语言与图像的互动，不仅揭示了跨媒介创作的本质，也为我们欣赏和理解艺术提供了全新的视角。互联网和数字技术的介入，为语言和图像的互动提供了广阔的舞台。数字技术的应用，使得艺术家能够对语言和图像进行精确的控制和创意性的处理，从而打破传统的艺术创作边界。互联网的普及，则为这种跨媒介创作提供了广泛的传播渠道和互动空间，使艺术家与观众之间的交流变得更加便捷，共同推动艺术的发展。

四、关于跨媒介人物的思索

在跨媒介过程中不只是涉及了对情节故事和内容主题的改编创造，作品人物塑造亦是跨媒介过程中涉及的内容之一。叙事艺术的核心要素无外乎两个要素：故事与人物。因而在跨媒介叙事的研究中也绕不开这两个要素。在探讨跨媒介叙事时，研究者关注两个主要方向：一是聚焦于其中的故事世界，二是聚焦于人物的建构。聚焦于人物的建构则更倾向于对人物形象、人物心理、成长经验的描述。无论是小说还是影视都塑造过无数的经典的人物形象。这一类型的叙事具有连缀式、跳跃式的特点，人物的形象却是丰富而立体的。

比如《白蛇传》中许仙形象的塑造。再比如说孙悟空这个形象，这位出自明代作家吴承恩的章回体长篇小说《西游记》中的角色，早已以其"猴面人心"的形象，以及嫉恶如仇、正义勇敢、机智善战的角色定位，成为家喻户晓的经典形象。这一形象的生成源于印度文学《罗摩衍那》《猴国篇》中的哈奴曼形象。自从作品问世以来，孙悟空的形象在图像、戏曲、影视中被不断重塑，在跨媒介的过程中也呈现出多重个性特点。这些多样化的孙悟空形象展示了角色在不同文化背景下的迁移与重塑。例如，在《月光宝盒》和《大圣娶亲》（1995）中，孙悟空被颠覆式改写，让观众看到他作为平凡小人物的成长；在《宝莲灯》（1999）中，他取经归来成佛，成为斗战胜佛；在《功夫之王》（2008）中，美国导演将孙悟空塑造为纯正的功夫明星；而在《西游·降魔篇》（2013）中，他被描绘为一个外形丑陋、内心狡诈的反派人物。此外，在日本作品《龙珠》剧场版中，孙悟空的形象也展现了他在不同文化作品中的迁移与变化。孙悟空的形象随着媒介的演变而呈现出非同寻常的爆裂式变幻。在不同媒介不同作品中都能看到不一样的身影，组成了丰富的"人物矩阵"。在这些作品中，孙悟空或转世为凡人，展现多情、迷恋女色、惧怕妖怪的一面；或成为斗战胜佛，身披袈裟盘坐于莲花宝座，给沉香指点迷津；或习得上天入地本领，成为纯正的功夫明星；甚至有的作品中，他外形丑陋，内心狡诈，成为彻底的反派人物。总的来说，孙悟空形象在不同媒介迁移中不断演变，固然颠覆了其传统的文学形象，有待批判，但是呈现出多样化的特点，让观众看到了丰富立体的角色形象，这丰富了孙悟空这一角色的内涵，也展示了经典文学作品在当代文化中的强大生命力。

第三章　神话故事的跨媒介研究

第一节　神话的释义与媒介演变

马克思在《〈政治经济学批判〉导言》中谈到希腊艺术和希腊神话的关系时说：任何神话都是用想象和借助想象以征服自然力，支配自然力，把自然力加以形象化。神话是已经通过人民的幻想用一种不自觉的艺术方式加工过的自然和社会形式本身。神话，宛如一面古老的镜子，映射出远古时代自然与社会的缩影。在尚无文字记载的上古时期，人们通过口头传承，将自然现象和社会生活的点滴凝聚成一个个生动的神话故事。自古以来，世界各地的民族都孕育出各自独特的神话传说。这些神话随着民族的成长与演变，不仅成了民族文化的珍贵宝藏，更是民族精神的源泉。它们蕴含着深厚的情感与价值观，为人们的生活提供了指引与启示。中国的神话传承与发展源远流长，剧本有丰富的文化和艺术形式，因此，中国神话得以广泛传播并深入人心。这些神话以其自由奔放的想象力和虚拟奇幻的特质，构建了一个又一个令人心驰神往的奇幻世界。在这些奇幻故事中，我们看到了英勇无畏的英雄、美丽博爱的女神、神秘莫测的妖怪……他们或悲或喜，或善或恶，共同演绎着一段段扣人心弦的神话传奇。这些故事不仅丰富了人们的精神世界，更是古代民族魅力的彰显。

神话历经口口相传的历史演变，被文人整理在文字中，随后历经版画、年画等媒介的演绎，而今动画电影成为神话主要的传播媒介之一。动画电影巧妙地融合了摄影、美术、音乐、建筑、舞蹈、文学和电影等多元艺术元素，基于人类的想象与幻想，创造出超越客观物理世界限制的视听影像艺术。本章之所以聚焦于动画电影，是因为它不仅是动画艺术的巅峰之作，更汇聚了动画行业最顶尖的人才与技术。同时，动画电影也集中体现了动画产业链的投入与产出的核心价值，其跨文化的传播力与影响力不容小觑。动画电影以其独特的魅力，引领观众进入一个充满奇幻与创意的世界。它不受现实世界的束缚，能够自由驰骋在想象的空间里，创造出令人叹为观止的视听盛宴。这种艺术形式让观众享受到视觉震撼的同时，更能够触动人们内心深处的情感与共鸣。在动画电影的创作中，每一个细节都凝聚着创作者的心血与智慧。从角色设计到场景构建，从音乐创作到配音表演，每一个环节都经过精心打磨与雕琢。这使得动画电影不仅具有高度的艺术价值，更成了一种具有深刻内涵的文化现象。同时，动画电影作为一种跨文化的艺术形式，具有强大的传播力与影响力。它不仅能够跨越国界与语言的障碍，让不同文化背景的观众产生共鸣，更能够成为一个国家一个民族文化软实力的重要体现。因此，对动画电影的研究不仅具有学术价值，更具有重要的现实意义。

本章致力于探索动画与神话间深藏的联系，挖掘它们共同遵循的叙事路径：想象与幻想。以此为起点，研究自由性和虚拟性如何成为连接叙事与审美的桥梁，使得那些过去仅在想象中存在的，跨越时空、超越自然的奇幻故事得以通过视听结合的形式，生动地展现在我们眼前。以此为基石，笔者试图对中国当代动画电影中的神话叙事内涵及其形式特征进行深入浅出的分析与研究。

首先，需要关注的是动画电影采用神话思维叙事的前提及其合理性。这是因为神话思维与动画思维在多个层面存在着显著的相似性。它们都拥有一种超越现实、富有想象力的特性，都能将观众带入一个奇妙而富有深度的世界。

其次，动画电影的神话叙事方式值得深入探讨，当代中国动画电影在叙事层面如何塑造和呈现传统神话题材、神话世界观以及英雄人物的特点和规律。这种探索不仅能帮助我们理解动画电影的制作理念，还能揭示中国动画电影的发展趋势。从神话学的角度看，中国动画电影的叙事结构深受中国文化叙事传统的影响。伦理化的叙事主题、二元对立的关系构成以及大团圆结局等元素，共同构成了中国动画电影神话叙事的基本框架。这种叙事结构不仅让电影情节丰富有趣，还符合了中国观众的审美习惯。

再次，我们也不能忽视当代中国动画电影的美学特征。它们以中国美学对意境美的追求为核心，运用电影语言的表意作用、民族符号的象征功能以及虚拟与虚构带来的叙事美感，创造出了独特的审美体验。

最后，在新时代背景下，中国动画电影也展现出了审美风格交融的新倾向，这无疑为动画电影的发展注入了新的活力。通过对中国当代动画电影的梳理和论述，我们可以更深入地理解神话叙事在其中的创作特点和审美流变。同时，这是对中国动画电影创作中强化文化原型和民族审美性的有益探索。

第二节　神话的形变、动画的形变与陌生化处理

神话的形变是神话能够跨媒介的重要特质之一。神话中的事物充满着奇幻变异的色彩，无论是多个部位拼凑起来的身形，还是在多个生物物种间的跨越，这种形变贯穿着中国神话的自始至终。德国文化人类学家恩斯特·卡西尔认为人物的变形是神话思维的一个普遍特征。他说，原始人的生命观是综合的，不是分析的。生命没有被划分为类—亚类；它被看成是一个不中断的连续整体，容不得任何泾渭分明的区别。各不同领域的界线并不是不可逾越的栅栏，而是流动不定的。在不同的生命领域之间绝没有特别的差异。没有什么东西具有一种限定不变的静止形态；由于一种突如其来的变形，一切事物都可以转化为另一种事物。

根据神话形变规律的探索，在此将中国神话的形变分为图腾神话与神体变形神话，这些类别的神话故事孕育着最初的变形母体。受到生产力条件的限定，在原始宗教的熏陶下，远古先民们试图用这些故事来解释那些令他们困惑不解的自然现象和生命奥秘。这些神话不但为后世的志怪作家提供了丰富的素材和灵感，使得变形母题在历代文学作品中得以传承和发展，而且其中蕴含的变形观念也深刻影响了后世的文学创作。可以说，后期的传奇志怪等小说中的变形母题，无论是在结构上还是在情节上，都或多或少地受到了变形神话的启迪和影响。图腾崇拜，这一独特的文化现象，在人类历史的漫漫长河中留下了深刻的印记。它不仅是氏族的吉祥物、标志和先祖的象征，更是深沉的信仰和敬畏之情的体现。在先民眼中，自然界的力量无比强大，他们无法掌控，于是便将某些自然物视为拥有异己力量的存在，加以崇拜，甚至将自己拟兽化，以期获得这些力量的庇护。然而，随着人类对世界和自身的认知不断加深，他们开始追溯自己的先祖，将图腾物视为亲族，并按照自己的形象来想象图腾始祖。这一阶段，兽被拟人化，图腾与人之间可以互相变形、转化，诞生了许多充满奇幻色彩的图腾化身神话。时至今日，随着人类文明的进步和多元文化的交融，图腾物已经逐渐人化，它们被赋予了人类的思想感情和生活方式。这些图腾物不再是单纯的动物或自然物，而是成了具有人性化的存在，它们承载着氏族的信仰和历史，成了连接过去与现在、人与自然的神秘纽带。

　　在古老的岁月中，变形神话如晨露般悄然产生，却在文字的海洋里姗姗来迟。如今，我们得以在《山海经》《庄子》《楚辞》等古籍的残篇断简中，窥见那些较早的变形神话故事的踪迹。这些故事，如同远古的星辰，照亮了先民们对宇宙、自然及自身的探索之路。神话在不同媒介间所包含的信息量是有所差异的。神话在纸媒上的信息，不仅停留在故事层面，更向人们传递了大量史学信息。考古发现虽然揭示了远古人们的生产、生活状况和部分习俗，通过中国古代神话故事，我们可以推测出一些重大事件的大致轮廓，尽管这些推测可能带有一定的主观性和不确定性。古文献所记载的文字产生之前的历史，往往夹杂着浓厚的神话色彩。这些远古传说，如炎黄战争、黄帝擒蚩尤、鲧禹治水等，为后世提供了研究中华远古史的宝贵线索，更让人们对那个时代的地理范围、文化背景等有了更为具体的认识。神话传说中的山名、水名和其他地名、遗址，成为史学家探寻远古历史遗迹的重要指引。

以夸父逐日为例："夸父与日逐走，入日。渴欲得饮，饮于河渭。河渭不足，北饮大泽。未至，道渴而死。弃其杖，化为邓林。"①

"夸父逐日"的神话见于《山海经·海外北经》，作为中国有名的神话代表，夸父的精神甚至变为一种民族精神为后人传颂。赵逵夫在《"夸父逐日"神话的历史文化内涵》一文从史证的角度追溯夸父这一角色的源流，他提到"夸"字，寓意着高大。商奄，即古代传说中的大人国，其民众身材魁梧，属于炎帝族。西周初年，秦飞廉之族投奔商奄，因此周王朝决定将商奄与秦人一同遣送至遥远的朱圉山。这座山的南侧，便是秦人心中的日落之地——昧谷。后来，商奄人渴望返回故土，却因种种原因行至渭水入黄河处定居下来。夸父逐日的神话，正是对这一历史的隐喻性表达。当今在各个媒体平台中有许多关于《夸父逐日》的动画作品，这些作品的受众多为低幼儿童，作品更多的只是单纯为之讲述远古的故事或者以教谕的方式来传递优秀民族精神，但显然以动画方式的呈现，其信息量是有限的。在漫长的历史长河中，夸父的形象逐渐演变成了一个无比高大、英勇无畏的英雄，他追赶烈日，挑战自然极限，成了中华民族上古时代精神的象征。这种精神，正是我们民族自古以来就不怕困难、敢于挑战、英勇顽强的真实写照。夸父逐日的史学资料，不仅让我们了解到古代商

---

① 孙志文,袁珂.山海经校注[M].北京:北京联合出版公司,2022:238.

奄人与秦人的迁徙历史，更让我们感受到中华民族自古以来就有的那种不屈不挠、勇往直前的精神力量。然而这样的寓意内容在动画的展现中是不具备的，这也充分说明了两种媒介所传递出的信息的不匹配。

"陌生化"是形式主义批评家什克洛夫斯基提出的文艺理论，这一理论强调作品在内容形式上违背常理，同时在艺术层面上超越常境。动画电影对经典神话文本的"陌生化"处理，指对传统神话的人物形象及叙事框架进行改写、演绎，通过"间离效果"给观众带来新奇的感受，使观众对剧情和人物产生"距离感"。这种"距离感"需要遵循适度原则，过于贴合原著，会使观者兴致索然；过分脱离原著，又会使观众难以接受。

2015年《西游记之大圣归来》将《西游记》中"西行取经"的整体框架进行了陌生化处理，原著中神通广大的齐天大圣，变成了一个失意颓靡的"毛猴子"；江流儿以一个质朴天真的小和尚形象出现，与以往作品中成熟稳重的唐僧相去甚远。创作者有意对调了唐僧与孙悟空的关系，让幼年唐僧帮助"落难英雄"孙悟空实现自我救赎，呈现出好莱坞式的叙事逻辑，符合当代观众对"失意英雄重新崛起"的观影期待。

第三节　古代神话的图文转换

在中国古老的神话当中，嫦娥奔月与后羿射日、女娲补天、共工触山被称为中国四大神话。这些神话是先民内心深处对于天地、生命以及社会秩序的直观感受和深刻理解。这些故事如镜子映照出古人的内心世界。一系列神话谱系的建构，串联起先民们的古老记忆和精神追寻。当时文明程度有限，先民无法洞悉一些现象的本质，只能以朴素的智慧和无尽的想象力编织出栩栩如生的奇幻故事。我们认为，正是这些奇幻的故事构建了跨媒介叙事的根基。古代的神话往往篇幅短小，故事性较弱，更多的是对某种自然或社会现象的解释，因而其跨媒介的形态呈现出独有的风貌特色。在跨媒介叙事的转换中，多以图文的形态进行转换，即由神话到图像、动画地呈现。

一、神话中的图文关系

在神话的叙事表现中，文字和图像各有其独特之处。图像以其具象性、直观性和视觉冲击力在描绘人物形象和图景方面具备极大的优势，而神话故事最初的形态是以语言作为故事的载体，图像的表达与叙事稍稍滞后于文字表达。因此，在神话的跨媒介叙事结构中，图像与文字之间的相互关联形成了一种常见的叙事形态。这种图文转换的叙事形态在人类漫长的历史进程中表现出较为复杂的关系。

1.图文对应

神话中的图文对应主要体现在通过图像来直观展现神话故事的内容。表现故事的图像与故事中的文字的解释内容相互呼应，共同聚焦于同一事物或故事主线，从而使叙事文本的意图更加清晰明确。在中国古老的地理书《山海经》中，历朝历代所刊版本多以"文+图"的形式出现，通过图像直观地展现书中描述的奇异怪兽、地理风貌和神话故事。《山海经》的成书年代久远，原始的插图已经不见；现存较早的《山海经》插图多为明清时期的作品，且以黑白线条图为主，描绘出奇兽的形态、特征和生活场景，与书中的文字描述相呼应，形成了图文并茂的效果。例如在《山海经》中描述的"赢鱼"，它有着鱼身和鸟翼，声音像鸳鸯叫声，出现的地方会有大水；对应的插图中，通常会描绘出一条长着翅膀的鱼，形态奇特，与文字描述相吻合。又如"穷奇"，它被描述为形状像牛，长着刺猬的毛，声音像狗叫，会吃人；在插图中，穷奇的形象往往被刻画得凶猛异常，符合文字中的描述。另外，《山海经》中的图文对应还体现在对地理风貌的描绘上。书中记载了许多山川河流、草木花鸟等自然景观，这些景观在插图中得到了生动的再现。通过图文结合的方式，读者可以直观地感受到《山海经》中所描述的奇妙世界。

神话中的图文对应的意义是多元的：增强了观者对于神话内容的理解，直观地感受到神话描述的奇异怪兽、地理风貌和神话故事。图像为文字提供了生动的视觉呈现，使得抽象的文字描述变得具体可感。通过图像的呈现，让观者置身于一个充满奇幻色彩的世界。这种奇幻的视觉体验不仅满足观者的好奇心，更激发其想象力和创造力，使之在阅读过程中能够产生更多的联想和思考。

2.图文互补

图文互补是一种有效的叙述方式，该方式充分发挥了文字与图像各自的优点，在二者相互关联的基础上，形成了互为补充的叙事结构。通过绘本的图像部分，读者能够直观地感受到故事的氛围和人物的动作，图像难以表达的内容则通过文字进行补充和解释。神话中的图文互补是一种重要的叙事形式，通过以图释文、图文互见的方式，共同构建和传达神话的丰富内涵。在《楚辞》中，屈原以其浪漫的构思书写了无数个神话经典。关于《楚辞》神话的图文互补的形式，最早可以追溯到楚汉之际，当时已有关于屈原及《楚辞》的图像出现，但真正形成系统的图文互补版本，是清代画家萧云从绘制的《离骚图》，并在乾隆年间由门应兆补绘其余各篇，形成了完整的插图本《楚辞》。它结合了视觉元素和文字注释，使得读者能够直观地理解和欣赏《楚辞》的内涵。图像以分章摘句的形式绘制，并加以注解来阐释绘图之意，与文字内容相互呼应，共同构成了《楚辞》的完整表达。《楚辞》孕育了中国传统绘画的神韵，其瑰丽浪漫的故事、温丽悲远的语言，能够使画者脱离俗气与匠气。《九歌》作为《楚辞》中最富有画意的篇章，受到历代绘画者的关注，自北宋李公麟《九歌图》后，其摹本选出，元代张渥、明代文征明、清代丁观鹏等不同时代的画家都有相关作品传世。《九歌》中的人神恋歌，成了古代绘画史上的经典母题。上古时代的自然、生命与神性，在绘画作品中不绝情致，延绵至今。

《楚辞》的图文互补，丰富了《楚辞》文本的表达形式，亦使其中的神话形态得以呈现，展现了古代楚地的神话传说，还深刻反映了楚人的宗教信仰和审美追求。图像通过直观的视觉呈现，为读者提供了更为具体的想象空间，帮助读者更好地理解文字所描述的场景和情感。同时，文字注释对图像进行了深入的解读，使得图像的内涵得以更加准确地传达。此外，图文互补还促进了《楚辞》的传播和接受。在图像与文字的共同作用下，《楚辞》得以在更广泛的地域和更长的时间跨度内传承和发展。不同时代的读者可以通过图文互补的形式，从不同的角度去理解和接受《楚辞》的文本内容，从而形成了多样化的文学接受情况。这从侧面显示了神话中图文互补的功用。

3.图文互生

图文互生指由神话原文来生成图景，但图景的叙事展开、情节的丰富程度要远远大于原文所承载的信息。观众接收到图像信息而再反观原文时，会对原文的信息有一个"再度生发"的情形。这样的模式常常在中国神话的国外改编中见到。如2018年底电影《山海经之小人国》由凯文·门罗、克里斯蒂安·坎普联合执导，张大星等担任编剧。这部影片由中国传统神话经典《山海经》中小人国的传说改编而来，主要讲述了周饶小人国的王子锤木因为自己无心犯下的过失，致使父亲丧失尾巴而变成石像，从而踏上冒险历程。在这一历程中，他经历了拯救父亲与王国，也完成了自身的成长。电影《山海经之小人国》具有独特的美学特征。故事风格轻松幽默，无论是人物形象的塑造还是主旨内核的表达都呈现出好莱坞式的演绎。比起西方的长篇冒险故事以丰富的情节来吸引观众，中国的神话中更多的是以简洁的语言、跳跃的思维而激荡起人们对于故事的无限想象。《山海经》的小人国是如此记录的："周饶国在东，其为人短小，冠带。一曰焦侥国在三首东。"改编者对之进行了无限的填充与生发，在既有框架下找出主要人物，勾勒出主要人物的动机，建构人物间的种种冲突，并以此推动情节的进行，最终在西方的语境中完成对《山海经》的重现。这部在差异较大的文化语境中改编出来的作品之所以获得成功，在于编创者采用了一做嫁接中西文化的桥梁，一种大众普遍能够接受的艺术手法。这种手法便是以童趣童真的视角去经历这场历险，而淡化了对于现实社会的讽喻。

以图生文，也促进了人们对于神话原文的关注。如上文提到的《山海经》，作为一部古代经典著作，近年来在阅读和文化领域持续保持着较高的热度。这些与媒介形态的多元化相关联，媒介的多元带来了阅读形式的更新。纸质书、电子书、有声书等多种阅读形式，满足了不同读者的阅读需求。此外，一些平台还推出了《山海经》的图文解读、视频讲解等内容，降低了阅读门槛，提高了读者的阅读兴趣。近年来，仙侠玄幻剧的大热使得《山海经》中的许多元素和故事成了影视作品的灵感来源。例如，青丘九尾狐等角色在多部剧中出现，引发了观众对《山海经》相关内容的关注和讨论。这种影视作品的带动效应，显著提升了《山海经》的热度和知名度，也增强了"图文互生"的双向互动效果。

二、神话作品以文转图的叙事特色

1.纲要性图像叙事图式

神话原文简洁明快，其在叙事过程中所采用的情节建构模式往往为单一场景的叙事。单一场景叙事主要通过选取事件时间流程中可以表述事件前后发展过程的某一时刻，使情节的片段具有连贯性和整体性。

《淮南子》中"女娲补天"的神话是这样进行的："往古之时，四极废，九州裂；天不兼覆，地不周载：火炎而灭，水浩洋而不息；猛兽食颛民，鸷鸟攫老弱。于是女娲炼五色石以补苍天，断鳌足，苍天补，四极正；淫涸，冀州平；狡虫死，颛民生；背方州，抱圆天；和春阳夏，杀秋约冬，枕方寝绳；阴阳之所壅沈不通者，窍理之；逆气戾物，伤民厚积者，绝止之。当此之时，卧倨倨，兴眄眄。"时序为时间的正常流动：先是天地荒芜颓败的情景——"四极废，九州裂"，这是女娲补天的最初场景；接着是女娲补天的过程展现——"炼五色石以补苍天，断鳌足，苍天补"；最后是补天后的全新景象——"和春阳夏，杀秋约冬，枕方寝绳"。这是神话原文普遍具备的叙事模式，也是最为简洁明了的叙事模式——单一场景叙事。

　　"女娲补天"的神话在 1985 年被改编为动画短片，这是钱运达导演对太古阶段创世神话的一次精彩探索。其图像空间主要体现在其构建的宏大且富有层次感的神话世界中。作者以宏大叙事的思维来凸显人物，因而在作品中常常会显示这样的图景：女娲身处一个广阔无垠的天地之间，或站立于山川之巅，或翱翔于云海之上，这种开阔的画面构图首先就给人一种空间上的辽阔感。女娲作为画面的主角，她的形象往往被塑造得高大而威严，与周围的山川、河流、云朵等自然元素形成鲜明的对比，突出了她在空间中的主导地位。这里更多的是以空间来建构故事情节而非时间串联，在空间中展现大纲式情节的横向铺开而非时间顺序的纵向延伸。在动画图景中，往往展现了图像空间丰富的层次性，以女娲为中心，画面中的元素往往呈现出由近及远、由实到虚的渐变效果。女娲身边的山川、河流可能描绘得相对清晰、具体，远处的天空、云朵则可能以模糊、抽象的形式呈现。这种处理方式不仅增强了画面的空间深度，也使得整个画面更加生动、立体，淡化了对事件顺序的追踪。这构成了一种大纲式情节并置的叙事模式。

情节并置的叙事模式可以将不同时间点的叙事情节与叙事要素进行整理，通过视觉构图将其并置在同一视觉层级中而完成讲述。当然在动画的情节呈现中，虽以此模式为主，但以时间为线索的单一场景叙事仍不可避免。单一式图像叙事是把问题中最重要的点简单明确地概括出来，情节并置是将相继发生在不同时间段的纲要式节点"并置"于同一张画面中，而这种形式的优势就在于能够更好地在有限的平面空间中从多个不同角度来进行事件的叙述，让观者全面地接收图像中的信息和细节，从而更好地了解图像中所表述事件的来龙去脉。这里考验的更多的是创作者对画面的切割、选取和组织，如何将不同的情节片段放置在同一个空间画面当中，让观者在视觉的体验中同时感受到画面的感染力和故事的情节性。

2. 色彩符号的充分运用

神话文本中有许多关于色彩的描述，如《山海经》中的色彩词相当丰富，载录了红、赤、赭、丹、紫、朱、白、银、素、金、黄、青、绿、碧、苍、玄、黑等二十余种颜色。这些出现在神话中的色彩词不仅描述事物的外观，还承载着丰富的文化内涵和美学体验，是研究民俗和审美观念的重要资料。同样，在神话文本完成媒介转换时，色彩的呈现也是关键的。色彩成为动画媒介中能否有效传递视觉信息的一个重要元素，同时作为一个隐喻的信息，传递着作品的寓意和主旨。

哪吒是中国神话中一个具有典型意义的人物形象。这个源于明代神魔小说《封神演义》的人物，成为多部文学作品和艺术作品的改编对象。《哪吒之魔童降世》便是围绕这一人物形象改编而来的动画电影，这部影片中充分彰显了色彩符号的功能，使观众置入较好的叙事情境中。影片总色调以橙色为主，结合憨态可掬的太乙真人造型，让观众感觉到轻快的氛围。开篇之时色彩变动比较稳定，借着剧情的铺垫，太乙真人携带魔丹、灵丹出场。在这之后出现了剧情矛盾，场景色彩开始变化，调整了红蓝色调，降低了亮度，颜色的改变带动了情节的转折，矛盾冲突相继而来。当情节达到第一个小高潮之时，总色调由明变暗，预示着不安的、山雨欲来的情节转折。画面由开场的亮色过渡到暗红色，剧情在观众面前徐徐展开。影片的高潮部分是哪吒自我意识觉醒，在高潮部分，创作者采取鲜亮的红色背景，向观众展示主人公哪吒和敖丙激烈战斗的场景，这时情感矛盾和剧情内容达到了巅峰，视觉角度上让观众震撼。与剧情一起，通过红蓝色调以及明暗色调的对比，让色彩情感达到了高潮。以色彩强化故事情感，在《哪吒之魔童降世》这部作品中得到了较为充分的呈现。创作者运用对比度较强的色彩背景，绘制出情节的此起彼伏。在故事的高潮部分，画面左下角突然亮起一抹温暖的橘红色。这抹橘红色作为视觉中心，强化了故事中的情感深度。这个细节成为故事情感升华的关键：不仅是视觉上的色彩变化，还是深层次的情感表达。

色彩在图像叙事中扮演着重要的角色，特别是在原本色彩感非常强的神话文本中，色彩符号的应用就更为关键。色彩情绪可以控制叙事的节奏，不同的颜色可以潜移默化地传达不同的情感，给观者一种心理上的暗示，无论是神话文本还是神话图像都关注到对色彩的利用。通过观者对色彩的心理感知，在其视觉系统中生成一种心理介入，从而构建叙事场景或渲染叙述主题，并与其他叙事方法共同完成主题事件的叙事。

3.浪漫飘逸意象符号的彰显

神话的文体特性为浪漫瑰丽，往往展现一个充满未知、神奇迷离的空间世界。神话的文本世界中充满许多具有飘逸浪漫的意象符号，这些符号一方面与神话文本的特点相关联，另一方面是人们自由想象的展现。在神话的图像世界中，这些符号更是被无限地彰显开来。如上古四大神话之一"嫦娥奔月"，其故事原文最早出现于《归藏》中，原文已佚，但在刘勰《文心雕龙·诸子》

中能找到相应的记录："按《归藏》之经，大明迁怪，乃称羿毙十日，姮娥奔月。"《文选·祭颜光禄文》引《归藏》云："昔常娥以西王母不死之药服之，遂奔月，为月精。"《淮南子》记载嫦娥奔月神话，在其中加入了后羿求不死药之事，形成较为完整的故事；到了东汉，高诱明确提出姮娥乃羿妻，将嫦娥与后羿两人关联起来。在历代的文学作品中，嫦娥常被描绘为居住在清冷月宫中的仙子，与月兔、蟾蜍、桂树、月宫等意象元素相伴，这些元素是冷艳、飘逸与孤独的化身。

图像是"嫦娥奔月"故事题材的另一个主要媒介载体。随着历史文物考古挖掘的进展，此题材的图像出现了多个样式，如马王堆一号汉墓帛画、河南南阳画像石、唐代的月宫铜镜和明清画家所绘嫦娥图。这些嫦娥神话图像资料填补了典籍文献中的有限信息。这些图像所绘制的嫦娥形象以及相关其他形象符号都呈现出一种飘逸脱俗之感。长沙马王堆一号汉墓出土的"T"形帛画，按空间关系来看，分为上部的神祇世界、中间的人间世界和底端的阴间世界，帛画上方左侧所绘内容被命名为"嫦娥奔月"。画面中一位女子衣裙飘飘，侧身仰面托举着一轮银白弯月，弯月上方趴着一只巨大的蟾蜍，蟾蜍上方绘有一只体型较小的月兔，周围还有弥漫的云气。《南阳汉代画像石精品陈列》中有"嫦娥会玄武"一图：左侧刻有一轮圆月，圆月下方偏右一女子为嫦娥，头绾高髻，身着华服，下半身为细长蜷曲的蛇尾，背对圆月，侧身直视前方，手一前一后向右侧飞奔，广袖飘飞，有凌然腾空之感。与嫦娥奔月神话相关联的，还有铜镜图。据不完全统计，已知的唐代月宫镜有四十多面，月宫图像最初在铜镜纹饰中只占据一小部分，后来逐渐成为铜镜的主要纹饰。就形制而言，月宫镜多为圆形、菱花形和葵花形，钮有圆形钮、兽形钮和树洞钮。以月宫景象为主要纹饰的铜镜，大多采取将桂树居于铜镜中轴线上，少数桂树居于一侧；嫦娥姿态各异，有飘飞式、站立式或跽坐式，通常手捧果盘，盘内盛放桂子、桂叶或仙桃；玉兔与药杵相伴出现，有似人一般直立捣药的玉兔、弯腰俯身前倾捣药的玉兔或踞坐于地的玉兔；蟾蜍则大多呈手舞足蹈状。月宫中的嫦娥衣袂飘飘，体态轻盈婀娜，美丽动人，迥异于汉画像中的嫦娥。随着仕女图的表意功能的开启，与嫦娥奔月相关联的仕女图景展开了，唐寅的《嫦娥执桂图》，画中的嫦娥手执丹桂，肩若削成，腰如约素，柳眉小眼，清冷典雅。画面右上角题词一首："广寒宫阙蕉游时，鸾鹤天香卷绣袆。自是嫦娥爱才子，桂花折于最高枝。"画中的嫦娥，面容皎洁典雅，如月色清凝，身着华丽的裙带，飘逸的风姿令人叹为观止。这种描绘不仅展现了嫦娥的美丽和优雅，还加深了画面的艺术感染力和情感深度。

从以上众多嫦娥图像观之，嫦娥、月兔、月宫等意象在作品中可能因时代、画家和具体画作的不同而有所差异，但其符号的呈现形态是一致的，那就是在图像中浪漫飘逸的意象得到了彰显。其浪漫、超脱、自由、灵动的审美意象常常与道家文化相联系，展现一种超脱世俗、追求自由的精神境界，不仅具有鲜明的浪漫色彩，还蕴含着深刻的哲学思考和文化内涵。

综上所述，在古代神话的叙事世界中，文字和图像是最基本、最原始的叙事方式。两者之间的转换是频繁的。要想通过图像讲述一个故事，就必须将空间转化为时间，这正是图像叙事的本质，也是跨媒介叙事首先要注意到的关键点：把空间化、去语境化的图像重新纳入时间的进程之中，以恢复或重建其语境。视觉图像叙事不仅仅是对现实的再现，它更是一种对时间流逝的模拟。在这一过程中，图像不再仅仅是静态的记录，而是被赋予了生命，成为承载记忆、传达情感的媒介。

第四章　笔记小说的跨媒介研究

第一节　六朝志怪题材从小说到动画的叙事转变

笔记小说是中国古典小说中非常特别的一种文体，笔记体以篇幅简短、形式灵活、叙事简约为主要特点。专业人士曾为之进行分类，志人、志怪、记事等成为当今志怪小说的一个普遍划分，姜亮夫将笔记小说的类别分为六大类：论学、修身养性、记事、闲话、记人、小说等。笔记小说作为魏晋时期的一个经典形式代表，具有无限的艺术生命力。是古人的智慧向独有精神世界蔓延的一种美学形式的显现。古人灵动的神思、玄远的胸怀、幽默释然的人生态度都集中在这一部部短小的作品中。

《中国奇谭》的上映激起了国产动画的新浪潮，八个源于传统题材的故事唤起了一代人童年的回忆。八个作品展现了动画的多种风格，从讽刺幽默到奇谲梦幻，从温馨写实到清淡歌咏，在带给观众多彩视觉盛宴的同时也收获了观众的不同回应，如果说第一集是被观众"封神"的话，那么第二集《鹅鹅鹅》的评价则呈现出了较为明显的差异。在这部作品中充斥着现实与虚幻、外来与本土、舒缓与快捷等种种冲突。因而评论也呈现出两极分化的趋势。赞者惊叹其所引古诗的传统性与古老性，批评者则对准它的惊悚画风和叙事的晦涩。两极分化的评价引发了人们进一步思考：中国六朝志怪题材经历了怎样的美学历程？志怪题材的精神内涵如何发掘？如何在演绎传统的同时与现代思维和审美接轨？

一、传播效果：从"冷僻故事"到"引发多义解读"

动画《鹅鹅鹅》的故事源于南朝梁吴均《续齐谐记》中的《阳羡书生》（或《阳羡鹅笼》），此篇作品因奇特性和幻化式的叙事手法而得到少数研究者的关注，但对于当代观众来说这不是一个熟悉的故事。

1. "丛残小语""史之余"的故事形态

在历史上的很长一段时间里"六朝志怪"的文体界限并不特别突出，被人称作"史之余"，无论从地位上还是从形态上都与民俗文学相接近。在"琐言""街谈巷议"的言说下，一直到明代胡应麟时才有了较为清晰的归类划分，在近代文人的钩沉整理下，六朝志怪开始崭露头角，呈现出独有的文体特色。《阳羡书生》讲述了许彦这位阳羡人在山中背鹅笼行走途中遇见一书生并由此展开的绝妙故事。"怪异之事"，"传奇的见闻化"在作者的笔下以冷静客观的笔调描绘出来①，在情节背后隐含着作者独到见解与情感评述，彰显出六朝志怪一向的特点格调。谙熟史传笔法的吴均，撰写了"起三皇，讫齐代"②的《通史》，彰显其史官才能。他将古印度《旧杂譬喻经》中较为普遍的情节"梵志吐壶"进行再创作，略去了原本情节中道德批驳、佛义布教和民间惩奸除恶等内容，前半部分极其离奇荒诞的部分则被选取出来。鲁迅称：魏晋以来，渐译释典，天竺故事亦流传世间，文人喜其颖异，于有意或无意中用之，遂蜕化为国有③，这种对情节断章式提取不但显现出文士对情节结构创新性的留意，同时也是民众对世事变化循环不定的心理阐述。在"幽冥虽殊途，而人鬼乃皆实有"的社会意识统摄下，作者并未怀疑故事的荒诞性，在记录这个怪诞故事时，

①陈文新.传统小说与小说传统[M].武汉:武汉大学出版社,2007:15.

②姚思廉.梁书[M].北京:中华书局,1974:698.

③鲁迅.中国小说史略[M].北京:中华书局,2014:36.

他依旧用坚定不移的情感和谨慎理智的语言来书写，且仍旧以现实中的真实人物（许彦）、真实地点（阳羡）与真实物象（铜盘）作为佐证，让读者也为之深信不疑。吴均所担当的功能不是批判与评论，而是将违背伦常信任危机表述出来给人看，将评判权交给广大读者，以一种无言冷静的姿态面向世人，这一信任危机颇具有六朝时代特色。应当关注的是，这段情节原本的故事在后来各种各样的小说书写中并未得到可观的进展，从外国的环境转移到国内的过程中，情节结构因地理文化差异、流传形态阻塞等原因在传播中途并未得到后人的有效关注，因此变成了一段知之甚少的母体情节，完备无缺地保存了故事的本来面貌。

2.引发当代观众的多义解读

《鹅鹅鹅》是"阳羡书生"故事的首次银屏展现，也是六朝志怪题材首次以原始的、完整的故事形态出现在动画作品中。剧中对原笔记的故事情节和人物做了少许改动，原作品中的书生变为了与《天书奇谭》中形象相近的狐狸书生，所吞吐的人物变为了动物精怪，故事结局也改为了主人公不但丢了自己的两只鹅，还丢了情人鹅妖。动画中的故事与原故事相比较，人物的形象类型更加丰富，故事的进展也更为符合逻辑，在故事的细节处理上也较为用心。这样的改编补足了原有故事"史笔"手法的冷静客观陈述的不足，将情节串联得更加连贯流畅，一并诱发了观众对故事核心的多元阐释。观众对动画的探讨聚焦在"欲望的无限""人性的变幻无常""食物链与人性欲望掌控"等多个方面。本动画的导演胡睿由衷感叹观众对《鹅鹅鹅》主旨的深刻、多元分析。胡睿导演表明其创作本意只是把中国志怪小说中的一些发现分享呈现给大家[1]，因此没有深入挖掘故事过多的主题。是观众在开放多元的当代环境情境下对故事主旨进行的主观性、深入性探讨和多

①周慧晓婉.《中国奇谭》之《鹅鹅鹅》导演胡睿:故事没你想象的复杂[N].新京报,2023-1-6.

重解构，不但显现出这段陈旧故事赋予人们的无穷创造力和艺术感染力，还展现出观众对于六朝志怪主题的热心探讨。动画作品打破了六朝志怪的史传般的"纪实"风格，引发观众对古老的故事赋予了新的解读，足以显示出当代人全新的艺术观和对当代社会情感的思考。能够将情节主旨引向多元，一方面是六朝志怪故事生命感无穷迸发的体现，另一方面也是当代文化审美特征的内在价值追求。①动画作品打破了六朝志怪的"纪录"宿命，原有的故事情节被赋予了新的解读，体现出了当代人全新的价值观和对人性的理解，这是志怪题材无限的生命力所在。

二、叙事模式对比：传统套盒结构与沉浸叙事的探索

叙事是一种认知的模式，无论对文本信息的传达还是动画信息的传播，都是至关重要的一点。故事可以从一种媒介转移到另一种媒介而不失其本质特征。②在两个媒介中，故事以怎样的叙事方式传达，决定了观众的接收效果。

1.东方套盒式叙事的尝试

志怪笔记《阳羡书生》的故事并非原创，像其他经典故事一样都经历了一番形态变化，从《旧杂譬喻经·梵志吐壶》到晋末荀氏《灵鬼志·外国道人》再到《阳羡书生》，在这一持续进程下情节的延展、重心和关注点都处于动态的变化中，但始终不变的是故事讲述结构上运用了东方套盒式叙事。层层相套的叙事手法循环往复，时空范围集中凝结，时间长度无穷延伸，这种结构也是巴赫金所提到的"时空体"结构。《阳羡书生》特别关注打造独特的审美创作空间，实现了六朝时代鲜见的书写新意，将物理空间、伦理空间和思维空间凝聚在一起。在这些空间的背后是人们

①余虹.审美文化导论[M].北京:高等教育出版社,2006:157.

②玛丽—劳尔·瑞安.跨媒介叙事[M].张新军、林文娟译.成都:四川大学出版社,2019:1.

对宇宙的理解，对世界的无限畅想。这种结构在当时无疑是一种创新性表达，充分体现了六朝时期文人小说家对新奇叙事手法的探索与接纳。以六朝志怪故事为起点，创作者已经萌生了自觉叙事的意志，基本展现出现代小说作品的叙事特征[①]，第一人称叙事，第三人称全知、限知叙事皆有出现，彼此之间交互穿插，同时叙事模式也不断翻新出奇，倒叙、预叙、插叙纷纷显现。《阳羡书生》之所以能够引发研究者的关注，就在于这一与众不同的叙事创意中。然正如上文提到的，这一故事模式源于域外，受地理、时代、传播途径等因素的影响，套盒叙事并未在后世小说中得以广泛运用和持续伸延。

2.向沉浸式交互叙事迈进

当故事的传播由文字变为影像时，叙事模式也随之变换。在动画《鹅鹅鹅》中，以图像和声音作为叙事的媒介，生动传神的图像能够使故事环境更好地为观众服务，但劣势也附着在故事的情节变换之中，譬如时间的动态变化、人物心理转变、逻辑关系的转换都难以在图像叙事过程中得到良好展现。在此种情境下，创作者为了补足这一缺陷便使用了文字符号，如玛丽—劳尔·瑞安所提到的：通过标题，利用互文或互媒介指涉来暗示叙事连接，表征故事世界里的有言语铭文的客体，利用多幅或将图画分解成不同场景，来暗示时间的流逝、变化、场景之间的因果关系。[②]观众不断地被情节进展中的字幕引导，同时使用的第二人称"你"，如"你来到了鹅山"，观众得到沉浸式体验。对于使用第二人称，导演胡睿解释：最开始我们想用女中音进行画外音旁白，但做分镜时发现如果用字幕很像游戏里设置任务，让大家很清晰地明白此情此景。后来参考了很多小说，比如老舍先生的作品，运用

[①] 李伟昉.英国哥特小说与中国六朝志怪小说比较研究[M].北京:中国社会科学出版社,2004:21—22.

[②] 玛丽—劳尔·瑞安.故事的变身[M].南京:译林出版社,2014:19.

"你"能直接让观众设身处地感受。①能带来沉浸式体验是使用第二人称的独特优势，通过这种体验，听众由传统形态转变为能够直接参与故事情节，沉浸式体验故事进展，这种探索直接指向交互式叙事的形式。由"你"这一称呼，观众被带入阳羡书生的视角，情节的走向通过内视角来探索，相对于旁白，这种沉浸体验更能实现观众与动画及创作者的良性互动。这种剧情内角色与剧情外局外人的双重视角，除了能将这个故事的主线清晰地展现出来，还能站在局外人的视角上读懂剧中想表达的人心无常的主题，成了此部作品的独具匠心之处，也同时体现出了现代动画的追求，不仅仅关注人物的经历感受和情节动态发展，更在断裂的历史感中努力激发观众的沉浸感和代入感。

第二节 六朝志怪题材从小说到动画的美学嬗变

《鹅鹅鹅》是创作者凭借情怀尝试再现古老经典情节的用心之作，并向国产动画《天书奇谭》靠拢，浓厚的古典艺术美学蕴含在其中。但在技术范畴与现代动画制造和创作机制下，自然在审美情感等方面与原情节不同，在美学形态上经历了从诗性文化的奇幻美到异化冲突的崇高美。

一、六朝志怪笔记：浪漫瑰丽的诗性奇幻之美

《阳羡书生》凝聚着六朝志怪故事的美学风格，幻想瑰丽奇妙，书写婉转有致，笔调温婉秀美，风格醇正隽永。这类故事是民间幻想性、方术诡异性、宗教幻化性、史笔理智性这些由文人在感悟世界的过程中记录下来的综合性的产物。六朝美学从某种程度来说，即六朝氏族的美学。因此，从六朝士族的特点入手来

---

① 周慧晓婉.《中国奇谭》之《鹅鹅鹅》导演胡睿：故事没你想象的复杂[N].新京报,2023-1-6.

探寻六朝美学的特点，是一条重要的途径。①《阳羡书生》的创作者吴均也是士族的一分子，有记载称：均有诗名，文体清拔有古气，好事者学之，称为吴均体。所为小说，唐、宋文人多引为典据；但语多怪诞，世因目语之无稽者曰"吴均语"②。这一历史时期的书写对故事的描述性较弱，史传是故事书写的主要体例，诗词韵文是叙事文体的主要语言。这种浪漫阐释是民间宗教奇思妙想与文人雅致的综合，也是"诗笔"入小说的开端。冲淡辽阔的氛围仅用几句话便能营造出来，"绥安山行""路侧""树下"，整篇故事没有描述性话语，仿佛原本的世界是寂静空灵的，没有人间烟火气，真实与幻觉纵横交织的情境在开篇就被作者展现了出来。在"万物有灵"原始思维渗透下，整个世界均在以自然为主体的思维下缔造，呈现出了深邃浩渺、寂静寥廓的广袤形态。在空间处理上，"壶"这一古印度原有的媒介被创作者有意忽略，依托角色的吞吐来塑造奇幻绝妙的空间，以民间术士的行为来变幻人物，这一番如梦如幻的操作折射出文士们对世间万物有限与无限的辩证性的认知和理想美学追求。在《阳羡书生》人物群像设置中，将原故事中的方士异人替换为柔弱书生，甚至由第二位书生来充当故事的见证者。两个人物在对话和举止间均呈现出当时文人交往时的儒雅遵礼的行为规范，其中有文士间的相互馈赠亦有离别时的些许惆怅。作者通过主观能动性采取诗性笔法书写文章，诗性叙事功能在文人笔下展现出来，作者在创作过程中有意把握叙事格调，舒缓叙事节奏等，也同样培养了先民集体固有的审美经验。

二、《鹅鹅鹅》动画：冲突诡异的哥特式崇高美

《鹅鹅鹅》中显现出文人式的奇幻美，书生程式化的脸谱造型、儒生礼仪化的行为举止，淡远幽静的水墨背景等在某种程度

---

① 袁济喜.六朝美学[M].北京:北京大学出版社,1999:9.

② 郭箴一.中国小说史[M].北京:中国社会科学出版社,2010:69.

上是对六朝笔记美学的一种继承。然而美学形态并不止步于此，从当代观众的观感中来提炼其美学风格，我们发现观众对其的评价停留在"恐怖""惊悚""诡异""不解"等字眼上，荒诞、惊悚、冲突、异化等风格的美学特征弥漫其间。作为西方六大美学范畴之一的"崇高美"，在外形特征、审美意蕴和心理内涵中独具特色。

《鹅鹅鹅》呈现出一种崇高的美学范畴，在审美外形上它着重体量的庞大、色彩的沉重压迫。动画中的画面背景展现出浩瀚山河的壮美景象，山川瑰丽，风物辽阔，韵致厚重。从叙述者的角度来看，阳羡书生醉酒身体持续膨胀，山川随之缩小，大小的对比使观众在沉浸式的体验中带来强烈的震撼。异化冲突在审美内涵的表现上表现出崇高美，超越形态的外在表现直面人心的复杂情感，无时无刻不在展现出冲破和谐的冲突之美。《鹅鹅鹅》的画面表现，采取独特的墨迹晕染散漫的水墨动画制作方法，使自由舒卷、气韵贯通的东方风韵之美展露无遗，又在空灵风雅的画面表现上体现出气韵、风神、虚空、留白等传统绘画特征，这是上海美术制片厂一贯采用的风格，也是动画诗学品格的独有写照。既采用传统的二维水墨画面，又在人物制作的过程中采用3D立体视觉技术。主人公飘逸的发带、飞扬的裙裾，投在地上的阴影，无一不透出人物造型的立体感。在创作过程中刻意将立体融入平面背景，在强烈的对比中展现出人物与背景画面的冲突感，观众体验为之增强。以独特的水墨黑灰白配色为主要色调与情节上的荒诞离奇相呼应。而狐狸书生的一抹红色赫然浮于黑白色调之上，显现出强烈的冲突感和对比感。持续的冲突与异化于古今融合的现代的科技手法与古老画风相碰撞。在人物的塑造上亦是如此。将传统的视觉符号整合人物，提取抽象的象征性的人物个性重新赋予其新的阶层、身份和形象，一方面体现出了集体意识与个人意识的整合，另一方面体现出一定的冲突。作者将任务的创设与六朝志怪的形象有机融合，创造出来新的狐妖、兔妖、熊妖、鹅妖的妖怪形象。六朝志怪中所记录的对象集中于神、鬼、（妖）怪。经统计，在具有代表性的三部笔记作品中，曹丕的《列异传》、干宝的《搜神记》、刘义庆的《幽明录》，动物妖的占比是最大的，其中《搜神记》中妖的种类65种，而动物妖占据51种。《列异传》中的妖16种，动物妖则有9种，《幽明录》中的妖47种，动物类的占39种。由此可知，在动画中将原本普通的人物形象更换成动物妖的形象，显然是与这类题材风格更为契合的。这些动物妖的出现更加增添了故事的离奇性和诡谲感。群妖众像的出现并没有带有太多动物的特点，更多的时候是在动物形貌外壳的包裹下，依然是真实的人性显现。狐狸书生的形象则是诡谲的集中显现，它沿用了《天书奇谭》中瘸腿狐狸的造型，以戏曲程式化妆容来装点整个人物的形象。他毫无预兆地张开大嘴，从中掏出女伴儿的动作给人以惊悚感。同时又使这些妖怪具有真实的人性特点而不仅仅限于精怪的动物形象。动物妖形象的出现更加增添了故事的离奇性和诡谲感，而对人性的揭露与批判则将人们的关注点拉回到人间。故事的冲突对立体现在角色形象虚构的外表下隐藏的人性之中，在虚构的形象之中更显现出形象的真实，美感便于真实与虚幻的融合中迸发出来。真与幻之间的距离就是一种审美距离，这种距离一方面对人们审美的生发具有一定的积极性，另一方面难免会有一种阻碍感，但这种阻碍感最终会消解在人性之真当中。比起真人影视甚或某些现实主义的文学，动画一方面人物的真实性往往更加重要：由于其形式的虚幻，一定程度上构成了观众审美的障碍；消除这障碍的，最关键的就是真实的人性。[①]创作者有意赋予妖怪多变善化的复杂性格，这一点契合了传统的东方的神怪形象，狐狸书生就是冲突性格的集中载体：它一面头戴红花，笑靥满面，妖冶婉媚，另一面鼻红唇白尖牙，笑里藏刀，异常诡谲；一面恪守待客之道，行儒家礼仪，另一面

① 北京大学哲学系美学教研室.西方美学家论美和美感[J].北京:商务印书馆,2000:96.

制造危机，威慑众人，站在至高处，笑看梦中人。由此可看出在故事的讲述中存在着强烈的虚实对比与张力转化：一方面故事的情节走向显然是不合常理不合日常逻辑的，另一方面呈现出人心的多变，欲望无限的人性之真。故事的"虚"与情理的"实"相互构成，互相指涉，在对立中走向统一使得作品的艺术性和感召力陡然上升。通过艺术虚构来展现人物角色和主要事件，制作者有意忽略表面上的变化情境而直击人的精神灵魂，因而展现出强有力的真实，在体悟这种真实的过程中，观众在心理上逐渐予以接受。文本故事的虚构与其背后隐喻的对立充斥在人性本相生存之中，对立极其突出于荒诞的虚构之中，而超越对立最终便会达到全然相反的合一，真实与虚构互相交融，内涵上的深刻便会浮现于真实之中。

崇高美显现出的心灵震惧后的净化与升华表现在审美心理之中。观众对此片的最直观感受是"恐怖""怪诞"，这也是崇高美的核心显现。美学家博克提到：恐惧无论公开或隐蔽，在一切情形中总是崇高的主导原则。[1]创作者根据《天书奇谭》中瘸腿狐狸的造型加以改造与传承，使狐狸书生表现出可骇怪诞的形象特征，独具匠心地采用戏曲程式化妆容来塑造书生的诡谲与神秘。突如其来地张开大嘴，并从中掏出女伴儿的系列动作使人产生惊悚感。毫无征兆的情节切换，诡谲叵测的伏笔暗示，使得观众始终沉浸在紧张恐怖的氛围之中。对于这一点，导演胡睿解释说：恐怖这一点是无可厚非的，志怪小说、神话故事《天书奇谭》里都有。[2]从创制者的角度，胡睿导演做出了解释，作品中荒诞恐怖的元素并不是动画故事的原创，这一美学特点体现在六朝志怪小说之中。

由于所处的时代不同，两个媒介之中的"恐怖怪诞"这一美学内蕴便有着较鲜明的差异。魏晋南北朝的朝代频繁更替、战乱

① 郭箴一.中国小说史[M].北京:中国社会科学出版社,2010:69.

② 周慧晓婉.《中国奇谭》之《鹅鹅鹅》导演胡睿:故事没你想象的复杂[N].新京报,2023—1—6.

频仍，在苦难深重的动荡岁月中人们执着于宗教信仰，沉迷于神鬼灵怪的精神世界当中，与其说是制造怪诞，不若说是对人生忧嗟的宣泄。此动画作品的怪诞则更多地向西方哥特式的审美偏靠，表现出摄人心魄的力量、幽渺神秘的色彩及震撼惊惧的艺术魅力。中国古典美学本身带有一种模糊性和多义性，对原典的误读或别解，恰恰可以成为创造性的发展。这就是所谓六经注我的方式。

以上可以看出，对某一故事跨越时空、跨越媒介的展现，本身是一种双向的流通和促进。动画从六朝笔记中汲取素材，同时将六朝笔记中的美学形貌展现开来，让尘封已久的六朝笔记美学重新获得生命力，在当代审美中得以接续。这种在传统与现代、本土与外来、幻化与理性结构间相互补充相互促进的动态平衡，正是中国本土特色动画的关键所在。

第三节　关于本土志怪笔记改编动画的几点思考

六朝志怪笔记诞生在风云变幻、朝代更迭的历史背景下，延续上古神话的瑰丽幻想，汲取佛、道宗教经意，掺杂了民间伦理意识与猎奇心态，从卷帙浩繁的史传作品中脱颖而出，为世人展开了内容驳杂、生动多彩的历史画卷，一举成为志怪动画不可或缺的脚本。基于志怪动画的创作形态，以及脱胎于中国古典文学土壤的故事表达，在跨媒介的语境下思考经典故事在动画媒介中的演变。历史发展中的对接与融合问题，无论是传统故事与当代情感的对接，还是志怪笔记与动画传媒的共融，抑或是美学表达与接受的共鸣，都体现了文化在传承与发展中的活力和创新。这些对接与融合的过程，不仅使得传统文化得到传承，也为当代文化的发展提供了新的可能性和方向。

一、传统母题与当代阐释的交汇

故事母题作为叙事类作品的内核，在不同时代反复呈现出不同的图式。随着历史的进展，一些故事母题日渐凝固在演进的历程中悄然落幕，一些却在时代浪潮前展现出无尽的生命力。故事母题作为先民集体无意识的体现，其持续发展依赖于与时代精神的契合程度。只有当故事母题与时代意识实现融合，它才能够最大限度地展现其创造力和艺术生命力。这种融合不仅是对故事母题的传承，更是对其故事内涵的拓展和深化，使之更具现代意义和价值。通过与时代精神的对话，故事母题得以在不同的文化背景中焕发新的生命力，从而启发新一代创作者和观众，共同探索人类文化的深层次内涵。六朝志怪是一种影响深远的小说体裁，无论是传统的唐传奇、宋元话本、明清小说还是当今网络 IP 小说，都有它的痕迹所在，虽然其在形态特点上有一定的局限性，但毫不妨碍它传播的力度。由于六朝文化土壤的影响，使得故事中不免带有一些宗教迷信色彩，原光怪陆离的想象和曲折诡异的情节亦造就了丰富的故事母题资源，"梦幻人生""异类幻化""术士施法""游历仙境"，在当代动画创作中，可以看到许多从中古时期流传下来的故事母题，一如文学天空中熠熠生辉的明星，为动画制作提供了丰富的灵感来源。然而，作为一种独立的媒介，动画有其独特的表现形式和传播形态，这就要求我们在借鉴这些古老母题时，必须考虑到这些限定性。所以不能只是简单地、不加区分地照搬因袭，也不能使这些母题陷入陈旧、无生命的境地。需要深入挖掘这些古老故事中所蕴含的深层次意义，以适应现代观众的审美和文化需求。正如六朝时期的志怪笔记，虽然看似遥远，但它们所包含的丰富母题资源，如果我们能够与当代意识、当代文化形态相联系，就能够让这些古老的奇幻故事在当代观众的心中焕发出新的生机。因此，在当代作品改造中需要寻找那种"尚奇贵幻"的感觉，将六朝时期的瑰丽幻想与当代文化相结合，创作出既有传统韵味，又有现代精神的动画作品，让观众在欣赏动画的同时，感受到传统文化的魅力和生命力。

二、建构从"言不尽意"到"言之有物"的跨媒介叙事

在故事的跨媒介演变过程中，历经了从文字到动画的转变，这一过程包含了创作者的编码、读者的解码，以及动画制作者的再次编码，最终由观众进行再度解码。这种动态的转化模式使得我们很难确定，文本中所编码的故事与观众最终所理解的故事是否完全一致。

这种不一致性可能源于多种因素。首先，创作者在编码故事时，会受到自己的经验、反思和情感变化的影响，难免使得故事带有"本我"色彩。其次，读者在解码过程中，也会受到自己的文化背景、生活经验和认知能力的影响，这可能导致他们对故事的理解与创作者的初衷有所偏差。再次，动画制作者在将文字故事转化为动画时，会根据自己的理解和创意进行再次编码，这可能会使故事的情节和形象发生一定的变化。最后，观众在观看动画时，会根据自己的喜好、期待和理解进行解码，这可能导致他们对故事的解读与创作者、动画制作者的初衷存在差异。因此，故事从文字到动画的转化过程，实际上是一个不断编码、解码、再编码、再解码的动态过程，这一过程中各方的理解和解读可能会产生差异，我们难以判断文本编码的故事与观众解码的故事是否一致。但正是这种动态的过程，使得故事具有了丰富的内涵和多样的解读，为文化的传播和创造提供了广阔的空间。正如玛丽—劳尔·瑞安所提到的：所有的叙事的集合乃一模糊的集合。叙事性的最充分实施见于语言支撑的形式。只有将语言叙述的参数迁移到其他媒介，跨媒介叙事研究才有可能。总的来说，这意味着要寻找一个除发送者（作者）和接受者（读者、观众等）之外的包含叙述者、受叙者、叙事内容的交流结构。[1]而这里所提到的交流结构则是一种叙事方式。放在现有论题上就是采用怎样的叙事手法能够让古老的文本媒介的故事转化为动画媒介的故事从

---

[1] 玛丽—劳尔·瑞安.跨媒介叙事[M].成都:四川大学出版社,2019:13.

而被观众接受。六朝志怪笔记，作为中国本土小说形式的早期体现，虽然在叙事艺术上可能显得较为简单和原始，但它们却蕴含着丰富的文化价值和深刻的艺术魅力，具备了后期小说常有的基本形态，其自身的叙事形态亦十分突出。李伟昉曾提到六朝志怪小说的三大叙事特征，即限知视角、客观叙事以及重复叙事。以特定某人物的视角来叙述事件，叙事者深深隐于故事背后，不对故事做任何评论和阐释，且时常采用见证人的视角，在叙事语式与语态上有不一致的现象。

在六朝文论"言意之辨"和"意在言外"的美学原则统摄下，创作者们在叙事上进行了极为精简处理，省略了许多细节，使得情节之间缺乏明显的过渡，无意间造就情节的突转。在这种叙事策略中，描绘性的语言被赋予了更高的地位，这是以抒情为本体的中国传统文化思维所造就的，而叙述性的语言则被相对弱化。创作者对叙事时空的精心构思甚至超越了对情节建构的关注。以《阳羡书生》为例，作者用极其简洁的语言，仅用21个字就叙述了书生入笼的原因和过程。这种简约的表达方式，甚至比其故事原型《灵鬼志·外国道人》的叙述还要简略得多，我们可以将这个善于铺陈的创作手法归为本土文学创作思维的既定结果，是一种民族思维的既定模式。但同样的表现方式和叙事方式如放在动画的演绎中，显然是不符合动画的接受规律的，并且容易造就两个截然相反的接受效果。一方面，这种简约的叙事方式能够给熟悉故事文本的观众带来强烈的震撼和深刻的印象；另一方面，过于简略的叙事也可能让那些完全没有接受过文学的观众感到困惑，难以理解故事的来龙去脉。因此，如何在保留原有文本简约风格的同时，让观众更好地理解和接受故事，是动画制作者需要面对的挑战。对故事文本较为熟悉的读者，能从这一叙事手法中感受到一种熟悉感，从而能够领会其中的艺术手法，对故事陌生的观众，则会对故事的理解流于表面，从而抗拒这一手法。因而在动画媒介的叙事中，需要针对此类型的文本作品建立其应用的叙事模式，只有完成两个媒介叙事间的对接和转换，才能达到更优的传播效果。反观本土的一些经典优秀的作品，我们可以发现它们巧妙地运用了预叙模式、旁白模式和反复叙事等技巧，以达到更好的观众接受效果。预叙模式使得观众在故事开始之前就能对故事有所了解，从而提前参与故事。这种模式有效地激发了观众的兴趣和好奇心。同时，这些作品还通过设置旁白和字幕等方式来阐释故事，补充了原有文本中可能存在的叙事缺失。这样的处理使得故事更加完整，观众能够更轻松地理解故事的发展。此外，反复叙事也是这些作品的一个特点。通过反复叙述，观众可以逐渐熟悉情节，从而更好地把握故事的主线。在这个过程中，观众不仅能感受到故事的细节，还能体会到背后所隐藏的"既有的世界"。这种重复叙事的方式，使得观众能够通过桥梁一般的角色，更深入地理解这个隐晦而奇妙的世界的内涵。

三、志怪笔记与志怪动画的美学交融

作为一个具有高语境文化的国家，社会成员具有极为相同的文化观念与民俗习性，因而可以通过系列典型的美学符号唤起民众古老的集体记忆。

探索志怪笔记的魅力，不可避免地要涉及六朝的时代文化背景。在这个独特的六朝时期，魏晋人士将他们的审美思考和人生意识融入创作，形成了后世受益无穷的美学形态，如"澄怀观道""传神写照""有无之辨""文思神远"等。这些美学命题为志怪小说的美学形态奠定了基础。能够使动画作品更好地传达主题意蕴，必须与文本故事的美学形态保持同步共振。这样的作品才能达到更优质的传播效果。国产动画虽然受到了美国动画的影响，但它并没有盲目地追随欧美动画的"动感喧嚣"风格。相反，国产动画一直保持着"冷隽型"的美学风格，这种风格一方面与动画艺术本身所具备的特点相背离，另一方面给人以耳目一新之感。这种美学风格带有鲜明的中国古代诗意绘画的风貌特点，通过水墨

渲染创造出一种虚实相生、含蓄而隽永的清幽静逸之美。这种风格与古代魏晋笔记故事的奇幻、幽深、沉静脱俗的特点高度契合。然而，动画在设定功能意象和渲染艺术效果上拥有较大的自由度。随着数字艺术的出现，国产动画的美学形态被推向了国际化、潮流化的方向。三维动画、三渲二动画等技术的应用，使得视觉效果更加锐意增强，但这也可能导致"象外之意""味外之旨"的减弱，以及隐喻丰赡之美的消退。志怪动画，像它的文学原型一样，追求叙事与内蕴、外形与风格的高度统一，以及物我之间的内外混融。在运用当代动画美学要素时，我们需要进行辨别和筛选，避免无效的割裂式拼凑。使用与历史文本相近的美学符号，有助于召唤观众的古老集体记忆，从而实现与文本的跨媒介无缝对接。

《鹅鹅鹅》动画电影大胆地探索了六朝志怪题材在本土文化背景下的展现方式，这是本土志怪动画一次令人瞩目的创新。改编自志怪题材的动画作品，展现了其独特的艺术魅力。在追求现代感和数字化特效的同时，这些作品更应该重视对原故事深入解读，探索如何将母题原型与当代意识相结合，思考叙事方式在跨媒介语境下的转变，以及集体意识下的美学符号的深入挖掘。通过这样的探索，观众不仅能欣赏到奇幻的光影世界，还能对深层的文化意义有所感悟，领悟先民千年幻想的奥妙深意。

第五章　唐传奇的跨媒介研究

第一节　中岛敦与《人虎传》改编的背景

唐代作为一个浪漫自由的时期，其文学形式的发生发展也走向了一种融合发展的途径。唐传奇作为一种文人式的叙事作品，在唐代这片自由沃土上蔓延开来。在唐代韵文的影响下呈现出一种浓浓的诗化倾向，这种倾向也体现在唐传奇作品在后代的跨媒介上。在唐传奇中出现了许多脍炙人口的经典之作，《莺莺传》《李娃传》《任氏传》《柳毅传》这些作品构成一幅幅鲜活动人的历史画面。传奇体故事深情曲折，文辞华艳，铺陈写物古雅婉致，对后世作品亦有极为深远的影响力，明清文人小说作品如《剪灯新话》《聊斋志异》等均从中得到启发。

《人虎传》是唐代文言传奇小说。收录于《太平广记》427卷，原题作《李征》，注出《宣室志》。《古今说海》也收录此篇，后更名为《人虎传》。作者为唐朝张读，张荐之孙，字圣朋，亦作圣用。本篇主要描写的是李征化作老虎、拜托友人照顾妻儿的故事。

唐传奇中展现了文人创作故事的辉煌一面，在传奇小说中《人虎传》是一篇非常特别的作品，带有浓浓的佛教气息，说的是李政化虎的经历，以当时的真实人物作为故事人物，演绎了一段离奇幻化的异事。这段故事最特别的一点是：在异域得到传播。《山月记》就是由其改编而来的。

昭和纪年之际，中岛敦以其独有的艺术光芒持续照耀着后人。

其代表作《山月记》，以其深邃的内涵和独到的美学价值，赢得了广泛的赞誉和深刻的记忆。该作品初露锋芒于1942年《文学界》二月刊，立即令日本文坛为之侧目。《山月记》汲取灵感于唐代的《人虎传》。中岛敦不仅仅是复述，而是在《人虎传》的基础上，通过自身的文学造诣和对时代环境的深刻洞察，倾注心力塑造了李征这一跃然纸上的复杂人物。在《山月记》中，我们不仅见识到了李征的心路历程，更是通过他的悲剧命运，映射出现实世界中那些被压抑、异化的知识分子形象。为了深入探讨《山月记》的独到之处，需从两个层面剖析其与《人虎传》的本质差异。一方面，中岛敦的笔触赋予李征以更为丰满的情感色彩和更加复杂的心理活动；另一方面，作品映射出的时代背景和社会问题，透露出作者对当时社会的批判和反思，使得《山月记》超越了原著的叙事范畴，成为一部具有深刻社会意义和人文关怀的文学作品。

通过对日本作家中岛敦的作品《山月记》与中国古典文学的比较研究和阅读体验，展现了中国古典文学在海外传播的历史形态。通过对作品的对比分析，我们可以深入了解中日两国文学研究方面的差异，加强对中岛敦文学内涵的理解和体验。此外，中岛敦的绝大多数著作探讨了日本文化、佛教哲学和西方哲学，从中我们可以更好地理解和应对当前世界面临的各种文化、宗教和哲学冲突等问题，为文化交流、和平发展和个人的自我超越提供有益的思路和支持。

中岛敦的作品与中国古典文学的对比分析是国内对中岛敦《山月记》和原著《人虎传》进行研究的主要方面之一。孟庆枢在他的论文《中岛敦与中国文学》中详细地探讨了中岛敦的文学与中国文学之间的联系。另外，他还比较了中岛敦改编的作品与原作之间语言描写的差异。2004年李俄宪的《李陵和李征的变形——关于中岛敦文学的特质问题》[①]一文，讨论了中岛敦文学的

---

① 李俄宪.李陵和李征的变形：关于中岛敦文学的特质问题[J].国外文学，2004(3)：108—113.

独特特点，特别是关于李陵和李征的改编问题。本研究将对中岛敦的两部作品进行深入讨论和分析，同时比较陇西李氏两位主人公的形象特点以及语言特色。通过这样的对比，读者将理解中岛敦文学的独特之处。与此同时，日本学者主要关注中岛敦作品中人性与命运的研究，而对中岛敦的作品以中国传统文学为根据而改编的作品分析和探讨很少涉及。

一、中岛敦创作生涯及儒学文化的影响

中岛敦（1909—1942），享年33岁，从19岁开始就受哮喘疾病的折磨，其独特的人生经历实际上是与生死命运相随的，也正因为如此，中岛敦的作品及价值观念贯穿着他性格里的细腻和隐秘湿冷。在他短暂生命历程中，主要创作生涯是27岁到33岁，特别是生命的最后两年，他就像瞬间绽放的烟火出现在受战争影响下的日本文学之中。中岛敦出生在汉学世家，一生中有很多作品都是将中国古典小说作为素材，以素材为故事基础并结合他的生活经历和价值观念，让旧故事注入新的血液。

中岛敦的汉文古典的素养很高，受到世代相传的儒学的熏陶，在古代中国的历史和文化中，找到了创作生机并在文坛中独树一帜。并且他与中国清代儒者来往密切，这也对他后来的文学创作起到影响作用。他的一大部分作品都受到中国古代文学的影响，他除了创作和改编小说以外还有关于短篇诗和汉学歌，总之让我们体会到了中岛敦丰富的汉学文化修养。中岛敦对汉文化的喜爱从一定程度上说是生来就有的，因为他从小就受到祖辈潜移默化的汉学文化修养的濡养。

中岛敦的祖父、伯父和父亲皆为汉学文化的学者，中岛敦从童年就开始接触了汉学，学习中国的四书五经。不仅如此，中岛敦还从卡夫卡和大卫加内特的作品中学习和了解关于变身的题材，这对《山月记》的素材《人虎传》的改编提供了有效参考。与《人虎传》原作的因果报应不同，中岛敦将人性内在的矛盾作为老

虎变身的原因，将自身心情映射于作品的主人公身上。中岛敦的家里存有大量祖父抚山等人留下的汉学典籍，中岛敦在这样的书香世家中长大，其祖辈对汉学的痴迷对他产生的影响是毋庸置疑的，产生的意义也是深远的。

在中岛敦的童年里曾有悲惨的命运，经历过汉学的没落，经历过生母的抛弃、至亲的相继去世、自己身体的疾病折磨、童年缺失母爱，还有当时社会殖民地背景下的所见所闻，这些非常人所能承受的痛苦，渐渐形成了中岛敦内心不安的渊源。可以说他的一生都在与自我的不安进行抗争，在与命运做抗争。在中岛敦作品主人公身上都投射了他自己的影子，《李陵》中将主人公"李陵"看作现实生活中的自己，家庭责任促使他强烈要求发扬汉学文化。同时也表达他笑对命运积极的生活态度，面对生活的不公，为了"人"而活，体现了他超前的自我意识。中岛敦文学具有极高的哲学价值，在面对命运的不公时会产生自我存在的不安，但是在做出不同的生存方式后又以积极的人生观去克服困难。他用他短暂的一生去寻找追求属于自己理想的生存世界，彰显出他积极的生命观。

二、改编内容及背景

《山月记》选自中国唐代的带有传奇色彩的古典文言文小说《人虎传》，此篇文章收录于《太平广记》中，主要讲述学识渊博的主人公李征考取进士后，不愿做一个底层官员，在权贵威势下唯唯诺诺，于是选择放弃官场，但又希望自己能得到赏识，以诗立名。正是这种矛盾的心理，他又一次不得不重回官场，为的是维持生计，向生活低头心情低落却难以平复心中的苦闷。有一天他突然发疯似的跑到野外，变成一只老虎。某年，李征曾经的好朋友出使而路过此地，在途中与李征相遇。李征一开始因为对自己现在老虎的样子感到羞愧和难过，只好躲在树丛后面和袁对话。两人友情依存，李征讲述了从人到虎的心理和身体的变化，并决

中国古典小说的跨媒介叙事与美学研究

定让好友记录下自己所作的诗文，想让老友能传递给子孙后代，以达到自己的心愿和目的，同时把家人妻子儿女托付给好友照顾。最后告诫友人不要再冒险走这里，因为他的身体已经渐渐失去了人性和可控性，就此有生不再相见。待好友走远了，李征才从树丛里走出来并仰天长啸，或许是告别或许是发泄心中的不平。

在这里，中岛敦增设了心理活动和人生的思考，以语言描写的方式传达出人物心理的变化。中国作家韩东曾道出古典作品的问题有三个：首先是主旨过于传统，其次形式过于散化，最后是写作特点无个性化。这也是在《人虎传》中所体现的缺点，它有一定局限性，仅是一篇简单记录故事情节并遵守中国古典文学传统"因果轮回"的唐传奇小说，有一定的形而上学性。因此中岛敦增添这些原著中没有的部分成了亮点，最大程度地反映人性的矛盾心理，《山月记》并非对《人虎传》的简单翻译，而是从原著的基本素材出发，融入新的时代需求，经过"翻案"，《山月记》变成了一篇具有很高文学价值的文学作品，其表达的思想也升华到一定高度[1]。

《人虎传》是一部人变为虎的唐代传奇志怪小说，其中对于人性的思考少之又少。《山月记》更倾向于对人变虎的原因进行描写，是深刻反映人性的作品。其实在每个人的心中都寄养着一头待爆发的野兽，它靠人们的欲望而生存，而主人公李征没有控制住自己的欲望，在内心挣扎的过程中，最终成了一只没有人性的老虎。中岛敦用讽刺的手法，看似评论古代，其实是在讽刺现实，以讽刺李征封建知识分子的形象为假托，来讽刺当时日本具有相同特性的知识分子。

---

① 刘鑫垚,杜勤.日本的翻译小说与"翻案"小说的比较研究:以《人虎传》和《山月记》为例[J].戏剧之家,2017(13):255.

第二节　多维视域下的改编差异

一、故事情节的差别

小说中的故事情节是指整个故事的骨架——一系列事件的发展与展开。剧情的作用很大，能吸引读者的兴趣，让他们产生好奇和期待，帮助他们对故事中的人物角色有更好的理解和同情，同时也是展现故事主题的重要手段。在《山月记》中也有些情节在原著基础上进行了改编。

如变虎后不同的捕食描写：

由人变虎后主人公李征开启了他的捕食，人与动物最大区别便是动物是没有心性没有同情心的，以下是关于捕食的对比：

> 一日有妇人从山下过，时正馁迫，徘徊数日，不能自禁，遂取而食，殊觉甘美。今其首饰尚在岩石之下也。自是见冕而乘者、徒而行者、负而趋者、翼而翔者、毳而驰者、力之所及。（《唐代丛书》）
>
> 当我看到一只野兔从眼前跑过的刹那间，我内中固有的人性便消失了踪迹，当我重又恢复了人性的时候，发现自己的嘴上沾满了兔子的鲜血，身边散乱着野兔的毛。（《山月记》）

原著中是吃人而改编中的情节是吃兔，这样的描写更人性化而少了原著中的怪诞传奇色彩，可能给读者减少了凶残之感，更加直接地击中人心，反映人性的不安和矛盾。

中岛敦着眼于反映出知识分子内心的苦闷和不安，在中岛敦的人生观和生命观中更多的是对自我的反思还是不愿有吃人这般凶残的描述，他所追求的是发现自我并且确立自我的觉醒。

又如故事情节不同的先后顺序：

在小说《人虎传》中主人公李征先把自己的家人和孩子托付

给故友照顾，这一点符合中国人重家的情怀。而在《山月记》中恰恰相反，更侧重他执着的"诗业"，嘱咐故友将诗作品传承下去，才想起自己的家人。从李征自我嘲讽的口吻中不难得出他对"诗业"的痴迷和对自己性格的纠结。他内心世界的恐惧和不安也反映出他的人生观念，觉得命运是无法摆脱的但又坚持着自己的理想。消极中又暗含着自己的理想追求，这也是作家中岛敦的生命观和价值观。下面将《山月记》与《人虎传》进行整理比较：

	《山月记》	《人虎传》
身　份	普通知识分子	皇族血缘、士大夫
变虎原因	自我矛盾、人性	因果报应、宿命
性格差异	自我存在的不安、人性的怀疑	极端自卑与极端自信
变虎后捕食	食兔	食人
异化后心理	怀疑、反思	怪异、悲伤
遇友人后嘱托	先"诗业"后家人	先家人后"诗业"
语言风格	委婉	怪诞

　　通过这种小细节的改编，无论是顺序调整还是人物心理的变化都使改编后的作品更具有特色。不同中又存在相似，使中岛敦作家的个人想表达的观点态度更加鲜明，也借着对比分析凸显出人性的反思。避开了传统的伦理纲常，因果报应的风格，《山月记》中更多地以人为中心，揭露羞耻心、描写自尊心，表达精神上的对立和反抗。生而为人却变为虎，性格问题，命运问题，态度问题，都是改编作品中令读者回味与反思的问题。

二、人物性格及心理的差异

　　《山月记》和《人虎传》这两部作品在对主人公的介绍上有许多相似之处，但仔细比较后我们会发现它们之间的差异。在《人虎传》中，虽然主人公李征也是博学多才，但他的才华并不是指文学才能，而是治世的才干。除了自信骄傲地依赖自己的才能之外，李征还有一种骄傲，那就是他作为皇族的血统。他的"尝郁郁不乐"也是因为才华无处施展、雄心抱负无法实现。然而在《山月记》中，他并不以皇族子孙的身份出现，而是以普通的知识分子形象出现，并展示了他对诗歌事业的执着和以文立世的理想。

> 陇西李征，皇族子。家于虢略。微少博学，善属文。弱冠从州府贡焉，时号名士。……征性疏逸，恃才倨傲，不能屈迹卑僚。尝郁郁不乐。（《人虎传》）
>
> 陇西李征博才聪慧，天宝末年，年少时便名列虎榜，后又补江南尉之职，但其性孤傲清高，自恃多才，耻于与贱吏为伍。（《山月记》）[①]

从此处的对比可知，在《人虎传》中主人公的身份是皇族后代的官人，而《山月记》中是以一名普通的知识分子出现，关于主人公不同的身份背景形成不同的心志与追求。

又如李征发现自己变虎后不同的心理变化：

从《山月记》主人公的叙述中可见，自卑与自负在他的内心一直矛盾挣扎着，他反思自己懒惰，没有及时付出行动，他感叹自己孤独，没有人可以理解他。极度的精神内耗让他心中抑郁直到成虎发疯。他追悔莫及可悲又可怜，告诫后人唯有行动才能缓解焦虑。而在《人虎传》中主人公在变虎后没有心理描述只是认为是因果效应。

这里描述了主人公对自己变虎后失去人的记忆而感到伤感，也触发了主人公李征对自己曾经是否是人的怀疑。主人公李征走在两个极端，极度的自卑和极度的自信，使自己陷入两难的境地。

①李青，杨超.与《人虎传》的对比中看《山月记》[J].河南教育学院学报(哲学社会科学版),2004(4):102.

三、语言描写的差异

中岛敦的《山月记》别具一格，小说既保留了《人虎传》豪爽凝练的特色，又采用了全新的表现手法，使小说的语言既保留了原著的醇厚，又不失文采，具有很强的文学性。中国古典作品的显著特点，是善于客观地叙述事物的发展过程，善于描绘人物的面貌。《人虎传》以记叙、对话为主要表现手法。如今快速增长的阅读需求，要求作者与读者间进行深层次的灵魂碰撞，让读者深入他们的内心深处去了解他们的内心世界。

《山月记》对人物内心活动做出了特别深入的刻画，侧面烘托出主人公的苦闷和愁思。《山月记》在心理描写上主要使用独白，饱含着"李征深爱人间，痛惜人的思维能力丧失。"《山月记》中这些独白有如突兀的山峰，有力地表现了人物的性格，使读者对人物的处境深表同情，产生共鸣。

另外，加强景物描写也是《山月记》的特色。在《人虎传》中，因为记叙事件主要是以活生生的方式来表现，所以景物描写很少。景物描写在小说中紧紧地联系着整个叙述。景物描写既能反映人物的境况，也能侧面烘托人物性格感情。景物描写有时也是一种象征，它能对人物的命运起到暗示作用。在《山月记》中多处描写月的环境，形成了悲凉的气氛，进一步烘托了主人公李征悲剧的人物形象。

四、《山月记》差异性改编原因分析

1.故事情节的原因分析

在《人虎传》中，主人公变虎的理由是：在南阳郊外，曾经有一位孀妇与"我"私通。其家窃知之，常害"我"心。于是"我"借风放火，杀其全家，成了老虎。这就不得不联系当时封建传统思想笼罩下的社会背景，人们的思想被封建伦理纲常腐蚀着，

认为一旦有谁忤逆伦理纲常，一定会受报应。《人虎传》中所述的变虎原因是顺应因果效应的结果。

相反的是，在《山月记》中，李征是想要追求精神世界的高度，提出了人好好的为什么会变成了虎这一问题。主人公是一名诗人，但是不得志。人都是有私欲的，可是欲要把握好度，私欲过重，主人公李征甚至把"诗业"作为自己最大的理想追求，最大的志向。在他的眼里他个人的"诗业"成就远远超过家人、朋友在他心中的地位。从小我们就知道，学知先学做人。不能只顾自己的私欲，而走极端忘了人性本身存在的意义。在极端思想的情况下，他心里的天平早已失衡，最终变成了虎。

极端的自负和极端的自卑使李征处于困惑和苦闷中，他既渴望出人头地，但又惧怕别人的嘲笑；既不甘于现状又不敢争取更好的前途；他追求"诗业"的艺术又承担不起家庭的责任。他把自己置于狰狞与扭曲的沼泽里，挣扎着爬上来却没想到越陷越深，极其矛盾的自我心理使他怀疑自己到底是人还是虎，产生了对人性自我的怀疑。与《人虎传》相比，《山月记》在一定程度上是存在精神层面的考量的。关于"诗"我们并不陌生，往往代表着人文艺术气息，相对现实物质世界更像是精神世界里的浪漫代表的存在者。可是李征这般带有浪漫诗意天赋的人为何与凶猛野蛮的老虎挂钩呢？这就不得不与主人公的性格相联系了。主人公具有诗意的才能，也就意味着具有丰富的想象力，但是其内心世界里的丑陋人性作怪，让其失去了人的本能而成了动物……。人和动物的本质区别就是人是有心的，是具有独立意识。

2.主人公性格差异的原因

《山月记》与《人虎传》两部作品中主人公的性格有着许多相似之处，但是仔细对比分析后还是不难发现两者的不同之处。《人虎传》中李征的傲，除了"恃才"之余，还存在皇族血缘的骄傲。他的闷闷不乐、郁郁寡欢是因为他怀才不遇不能施展雄心抱负。

而在《山月记》中，并不是以他优势的皇族子孙身份，而是以一名普通的知识分子的身份出现并展开描述，强化了主人公对诗业的执着、以文立世的理想。

在《山月记》中李征因官场虚伪导致辞职，他既有高傲的自尊心也保持着清高的形象。而在《人虎传》中的李征是因对同僚说了我从不会与你们为伍导致遭受挤兑辞官。中岛敦重点强调李征对诗业的执着，此外还深刻刻画了李征内心的不安。根据这些变化来看，中岛敦将李征看作自己的替代者，借对主人公李征的描写来抒发作者本身的心情和观念。由此可知，在《山月记》中李征的内心差异和情绪的起伏都能当作是作者本身的反思。

3.语言描写差异的原因

整体来看，两部作品在语言的展现方面有不同之处。相比于《人虎传》中长篇描述，《山月记》用更浅显易懂的语言进行表述，更符合读者的阅读兴趣。其次，《山月记》多用白话文进行描写，而《人虎传》有一些以文言文的方式呈现，这一点在一定程度上局限了读者的受众群体，青年读者理解起来可能不是那么容易。再次，《山月记》中使用委婉语气用了较多的修辞手法。有原著中没有的心理描写和环境描写，这样增加了整体的阅读和欣赏的氛围，可以让读者身临其境。最后，这看似不起眼的小区别其实作用很明显，反映出中岛敦将自己理想抱负怀才不遇的境况投射于主人公身上。

第三节　《山月记》对原著改编的意义

一、追求人性命运的真谛

当然，如果将《山月记》的思想主题与当时的时代背景相结合，那么文学的批判意义就更加明显。众所周知，约在1942年，

《山月记》出现在公众面前。当时，日本军国主义思想盛行，中岛敦内心深深沉浸在"不安意识"之中，他非常清楚自己身体不佳，却始终坚持他的文学创作。

两部作品都描述了主人公变虎异化的情节，并赋予他们追求梦想的意识。正如我们生活中常面对逆境与环境变化，最大的敌人往往是自己。虽然我们有一些才华，但由于缺乏准确的自我定位，常怀远大的野心。在追求梦想的过程中，坚持是非常重要的，但大多数人都做不到。应该坚持初心，平和地面对平凡的自己。与其焦虑不安地失眠整夜，不如珍惜眼前的事情，全力以赴。在生命的不同阶段，人们经常会感到困惑和迷茫。他们往往过分关注自己所没有的，却不愿意审视自己已拥有的。纵然思想上可以高瞻远瞩，但若只停留在理论层面，只会使自己陷入困境，增加人生的迷茫和痛苦。那些无法实现的愿望变成了执念，不肯付出足够的努力却自以为高尚，渴望非凡却毫无建树。也许成长的过程就是一个逐渐接受自己平凡的过程。

李征是一个自信的主人公，他相信自己具有丰富的写诗才华，不愿将这种才华埋没在官场中堕落。尽管辞去了官职，但仍然面临着经济压力。尽管他没有取得任何成就，但他的欲望并没有减弱。最终，他变得坚强无畏，战胜了困境。中岛敦将自己投身其中，兼具自嘲之意。他感到有能力去实现更大的理想，然而实际能力不足。人性中的矛盾和扭曲，通过渴望与欲望在他短暂的一生中循环不已。我们的焦虑或许源自我们自身不够努力，当野心超过能力时，不应继续自高自傲地埋怨，而是要放低姿态珍惜当下，将时间和精力投入实际行动。

二、悲剧形象的自我映射

结合中岛敦的生活与创作，可以说，《山月记》是一部艺术家袒露自己内心的小说，此时的《山月记》中已无李景亮的身影，唯有中岛敦一人。李征代言中岛敦。《山月记》中的李征极力避免与讨论诗，因为他很在意别人对自己诗的看法，所以写完诗后不敢示人，结果不知道什么是诗的最要义，使人的一生就此结束。中岛敦亦有类似的地方。因为中岛敦也有羞耻之心和自尊之心，所以他的妻子和朋友几乎不谈他的作品。中岛敦对作诗的理想投射到主人公李征身上，从而塑造出悲剧形象，梦想以文名扬名，最后却不得志，在描写李征化虎之后，人性并没有完全泯灭，反而往往能够回归人性。但是随着化虎时间的增加，李征人性复苏的那几个小时也在日复一日地减少。李征因为受人性本恶的思想影响，慢慢随着时间的流逝开始怀疑曾经到底是人还是虎！

中岛敦此处也侧面烘托出李征命运之悲哀，人变虎后的结果和必然规律，虎性与人性的此消彼长，中岛敦在此处将李征的悲剧形象更深层地表现出来。引发自我的反思，李征的悲剧何尝不是作者本身的悲剧。

三、文学的交流与碰撞

《山月记》是选取一定原著故事素材的基础上进行的再创作，融入了中岛敦独特的文学修养和价值观念。从整体角度看是文学间的文化交流和融合，促进了文化进一步传播和发展。《人虎传》以传奇巧构情节概括了人变为虎的故事。在人类的发展史上，改编不仅涉及两国语言的交流，还涉及两种不同的文化和社会背景、价值观念等综合方面的交流。

这两部作品的主题侧重点有不同，在《山月记》更侧重以人物性格为主题，更多描写主人公在变虎后内心的心理变化；但是在《人虎传》中更加强调天时效应、因果轮回。也因此体现出封建时期的思想与日本人性思想的差异。虽然两者构建的故事情节是相同的，部分汉语词语和部分人物传奇都是保留的。但是通过比较我们可以知道，中国的文化价值观念在某些方面与日本文化价值观念进行了激烈的碰撞，两部作品分别在各自的领域里绽放出奇妙的火花。此改编将《人虎传》由简单叙述性唐传奇怪异的小说变成了一篇极具文学价值的作品。

通过将《山月记》与《人虎传》的对比研究，从比较文学的角度进行多方面的论述，两部作品的比较和深入阅读我们可以发现有许多不同之处，相似之处是对原著的取材，不同之处则是对原著的改编，从中国古典传统小说被改编为日本高中语文教材，小小的故事走向国际走向课堂。这部作品引发人们对人性进行反思，对人类的命运进行重新认识。

第六章　话本小说的跨媒介研究

第一节　话本小说的跨媒介历史形态

当今流通的话本小说，无论是刊出的影印本儿还是抄本儿，都以"文字"的形态呈现开来。话本本身源于说书人的底本儿，说书人对接于民间的受众，传递着民众喜闻乐见的故事。但故事特别是古老的英雄史诗都是以"声媒"的最初形式来呈现。在文字尚未传播开来之际，故事的传播依赖于人们的口耳相传。相对而言，纸媒比声媒的历史要短得多，因而"声媒"在民间担当了传递生产生活经验，传递文化文明的作用，"声媒"在人民集体的认知中是一种较为普遍和经典的形态，这种口耳传授的方式体现着原始文明的进程，在原始文明尚未有痕迹时，只能以这种形态来呈现。口耳相传的"声媒"文献与印刻在纸面中的"纸媒"文献构成了文献中的两个典型状态。"声媒"的传播具有其独特性和唯一性，在漫长历史的发展中，并没有因为其他媒体的出现而退出历史舞台。"声媒"与"字媒"的交融形态亦有许多。虽然在我国历史中"字媒"的传播很早，古人推崇"惟殷先人，有册有典"，但"声媒"并没有因为"字媒"的正统性而退出传播舞台，它在民间，在以叙事为本位的作品中始终以其独有的形态而存在。一些"声媒"的文献甚至因为其重要性和独特性，从而被转为"字媒"文献，在每个民族古老的历史中都会有一些史诗，这些史诗则是经历了从"声媒"到"字媒"的完全转换。在中国的历史中能够以这样的形态来转换的则以话本小说最为突出。

话本小说作为中国古典小说中的一个典型形态，其源头为说唱艺术，它的源头因为文献传播留存条件的有限性，并没有太多可供找寻的文献，但可供找寻的文学体系存在以下两个：一个为民间的"俳优"，这是民间艺人最早的职业形态。如《淮南子·缪称》所提到的"侏儒瞽师，人之困慰者也，人主以备乐"；另一个系统则源于佛教的"俗讲""变文"等与佛经传播相关联。这两条线索早已在汉魏时期就达到了成熟。

在话本小说产生的前期，文言小说或者说文人小说已经经历了较为长期的发展历程，在故事题材、情节结构、叙事技巧上都形成了较为成熟的模式。在中国文言小说中藏有一种与话本小说相关联的内蕴，构成了彼此之间能够互文因袭的内在本质。在互文的进程中不只是不同题材类型相互映照因袭的现象，同样在不同艺术类别中亦存在这样的现象。关于艺术类别间的跨越、互文，许多学者做过相关研究，甚至在艺术类别中区分了高下，但我们需要知晓的是一旦涉及两者间的互文关系，就不只是单纯故事间的改编因袭，更多地表现在故事人物形象的塑造上、主题的深挖上以及一些艺术功能的激活上。这是互文或者跨媒介叙事的真正意义所在。

话本小说中的"头回"与相声艺术中的"垫话"，并不是脱离于正文故事的独立存在，它们与正文故事或者相似，或者反衬，或者互补，彼此间构成一个非常连贯的符合逻辑的统一体。这一点在话本小说的创作中尤为突出。在明代拟话本三言二拍中往往呈现出几个故事而这些故事都分别指向了一个科举的事件，反反复复出现一个主题那就是"科举与命中定数"的关系，虽然说"功高定数，豪不可强"的思想在当今有所限定，但围绕主题来演绎"头回"故事的手法确是一种创作者惯用的定式。之所以形成这种定式，是为了给正话正文的到来，预先为观众或听众设定的一个模式，好让他们带着这个熟悉的模式进入正文故事。

第二节　从话本到当代说唱艺术

通俗文学与曲艺之间始终存在千丝万缕的联系，两者往往彼此渗透互为母体。中国古代小说源于民间的口头创作，那些先民们的日常街谈巷语，道听途说之辞是当时消遣娱乐的主要途径，故而其娱乐消遣之功能始终伴随着小说的发生发展，体现在曲艺发展路程上亦是如此。功能本质上的相同使得小说与曲艺结下了不解之缘。"话本小说"与"相声"作为小说与曲艺的两种典型形式，两者间的关联颇为明显。

"相声"乃是一门大众喜闻乐见的曲艺艺术，最初由艺人独自讲述一个诙谐幽默的故事片段，如同讲说笑话一般，始于清末八角鼓艺人张三禄，成熟于满族艺人朱绍文等。因相声产生初始多由单个人表演，故而单口相声成为其最原始的形式，早期传统相声中多为单口作品，如《珍珠翡翠白玉汤》《日遭三险》《化蜡扦儿》等。从文学文体的角度来看，相声属于市井间的口头文学，无论从形式上还是表演技巧上都与兴于唐宋之际的"话本"艺术有着许多共性。"相声"正式形成于清末时期，此时的话本小说已流行了数百年，因此话本小说对初期相声艺术的发生演变的影响是多方面的，集中体现在体制结构，叙事图景，叙事方式和策略等几个方面。

话本小说与相声艺术同源于市井。话本小说文体对相声的发生演变产生了多方面影响，在清末相声艺术初步成形之际表现尤为明显。话本小说与相声的生成背景相似，早期都混杂于众多技艺之中；在体制结构上较为一致，相声以定场，垫话（瓢把儿），正文和底儿四部分对应话本的入话，头回、正话和篇尾；在叙事场景方面，相声继承了话本小说的拟实和仿真的审美趣尚，并在此基础上进行了场景的细化和人物形象的漫画化。相声的叙事借鉴了话本小说的叙事策略，采用讲述者与场外听众交流对话的叙事方式，并袭用话本小说明暗线交错的结构技法，通过预想和结果的错位引发噱头制造笑料。

一、萌发历程的关联性

论及"话本小说"不能避开"话本"这一概念。"话本"历经千年，其本身所指的对象在历史中有所含混，并处于不断的变化当中，许多研究者曾对"话本"一词进行释义，分别为"说话人底本""话柄旧事""故事"等不同指称。"话本"一词最早出现在南宋灌园耐得翁的《都城纪胜》"瓦舍众伎"条：凡傀儡，敷衍烟粉、灵怪故事、铁骑、公案之类，其话本或如杂剧，或如崖词，大抵多虚少实。凡影戏，乃京师人初以素纸雕傲，后用彩色装皮为之。其话本与讲史颇同，大抵真假参半。[1]之后吴自牧在《梦粱录》"百戏伎艺"中载：凡傀儡，敷演烟粉、灵怪、铁骑、公案，史书历代君臣将相故事。话本或讲史，或作杂剧，或如崖词……大抵弄此多虚少实。[2]作为"话本"一词的首位研究者，鲁迅在《中国小说史略》中说：说话之事，虽在说话人各运匠心，随时生发，而仍有底本以作凭依，是为"话本"。[3]以上资料可将"话本"归为以下几个特征：首先是具有伎艺性的，其次具故事性且虚实相间，再次是靠艺人讲说完成。上述特点也是相声艺术所具备的，尤其是伎艺性这一点，区别于其他小说文体形式。话本的伎艺性表现在"傀儡和影戏"这样的演出形式上，因而话本极有可能就是傀儡和影戏表演的故事底本。傀儡与影戏是以木偶和镂空羊皮为具体物象，靠伎艺人员的幕后操作和配音进行表演，艺人不以真实身份出现，隐藏于幕后。这种隐藏性的、摹拟性的表演方式与相声形成的初始阶段极为相似。"相声"经历了"像生—像声

① 耐得翁.都城纪胜[M].北京:中国商业出版社,1982:31.

② 吴自牧.梦粱录[M].杭州:浙江人民出版社,1984:19.

③ 鲁迅.中国小说史略[M].北京:中华书局,2010:73.

（象声）—相声"①等一系列变化，最初指说唱艺术的"像生"一词同样出现在《都城纪胜》：锦体社、八仙社、渔父习闲社、神鬼社、小女童像生叫声社、遏云社……这里的"像生"当是对声音模仿的一种说唱技艺。到了明清时期"像声（象声）"一词频繁出现，如李声振的《百戏竹枝词》对之做了详细描述：围设青绫好隐身，象声一一妙子真。下注云：俗名"象声"，以青绫围住，隐身其中，以口作多人嘈杂，或象百物声，无不逼真，亦一绝也。可见相声的起源是从隐藏着的声音摹拟开始的，与话本的出现形式保持了一致。

　　"话本小说"脱胎于"话本"，经历了由最初的对伎艺演出故事的记录到最终成为最典型的古代小说文体这一历史过程。正如鲁迅说的那样：南宋亡，杂剧消歇，说话遂不复行，然话本盖颇有存者，后人目染，仿以为书，虽已非口谈，而犹存曩体。②从唐代敦煌话本始至清晚期《跻春台》，话本小说历经千年影响巨大，并在雅俗流变的宏大背景中成长起来，根据创造者和艺术特色来看可分为"艺人话本小说"和"文人话本小说"两种类型。"艺人话本小说"的主要创作者是民间艺人，作品集于宋元时期，《清平山堂话本》中的作品大体可以代表其风貌；"文人话本小说"的创作者主要是文人，集中在明清时期，以"三言二拍"等为代表。文人话本明显地沿袭了艺人话本的套路和艺术性，两者在形态上保持了一致。话本小说的萌生离不开市民文化，唐宋之际伴随着门阀制度的消失，地主阶级的分化，大批没落的城市贵族与文人被置于市民行列之中，最终造就了亦俗亦雅绚丽多彩的市井文化。北宋时期，市民文化达到了高峰，尤其是在京城这样居民众多之地更是呈现出前所未有的繁华：太平日久，人物繁阜，垂髫之童，但习歌舞，斑白之老，不识干戈，时节相次，各有观赏……新声

---

　　① 薛宝琨.相声溯源[M].北京:中华书局,2011:20.

　　② 鲁迅.中国小说史略[M].北京:中华书局,2010:78.

巧笑于柳陌花衢，按管调弦于茶坊酒肆。^①又：酒肆瓦市，不以风雨寒暑，白昼通夜。在这样的一个环境下，作为当时娱乐主流的说唱艺术渐渐兴起了。另外创作群体的世俗化也是一个重要因素，胡应麟在《九流绪论》中说：小说，唐人以前，记述多虚而藻绘可观；宋人之后，论次多实而彩艳殊乏。盖唐以前多出自文人才士之手，而宋以后率俚儒野老之谈故。^②"俚儒野老"是一个值得我们注意的群体趋向。职业艺人的知识化和失业的博学文人同下层艺人的结合，这两种文化趋向大大促进了说话艺术的发展。由此可以看出话本小说的兴起与发展与市井繁荣和市民化的艺人和文人有直接关系。同话本小说的生成背景相像，相声艺术也是在这样的一个文化背景之中成长起来的。清朝末年随着八旗贵族的没落，下海的艺人逐渐增多，说唱艺术流行开来。传统的社会文化领域发生了急剧的变化，新兴的文化思想冲击着人们的传统观念。为适应此时的消费群体的需要，市民文化在商业经济社会基础上愈加繁荣，城市文化团体也随之而兴起。各类适合市民口味的文艺作品在清末的城市社会十分流行。小说、戏曲、评书、弹词、鼓词等传统文艺形式，以及西洋电影、话剧等新型娱乐形式在短短的时间内一起涌现出来，充斥着整个市民阶层的文化市场。相声最初就是混杂在这些技艺和文化当中的。上文曾提到张三禄是相声艺术的发起人，本是一位八角鼓艺人，连阔如在《江湖丛谈》中载："相声这种艺术就是由'八角鼓'产生的。……在那时八角鼓之有名丑角为张三禄，其艺术之高超胜人一筹者，仗以当场抓哏，见景生情，随机应交，不用死套话儿，演未领受社会人士欢迎。后因其性怪癖，不易搭班，受人排挤，彼愤而撂地。当其上明地时，以说、学、逗、唱四大技能作艺，游逛人士皆预听其玩艺。张三禄不愿说八角鼓，自称其艺为相声。"^③由此可以

---

① 孟元老.东京梦华录[M].北京：中华书局，2006：75.

② 胡应麟.少室山房笔丛[M].北京：中华书局，1958：34.

③ 连阔如.江湖丛谈[M].北京：当代中国出版社，2005：85.

窥见相声产生之始的混溶情形，而非独立的状态。此时各种艺术竞技驰骋的场景在夏仁虎的《旧京琐记》中有所记载："京师杂技并八角鼓班，统谓之杂耍。其中种种，如抖空钟、耍坛子，皆有独到之技。有说笑话者曰穷不怕，滑稽突梯，不可方物，盖柳敬亭之流也。继之曰万人迷。又有百鸟张者，其学鸟兽声足以乱真。厥后有戏迷华子元者，能学各名角之音调，非惟曲折毕肖，并其疵处亦摹仿之，可怪也。"①这里提到的"穷不怕"，是继张三禄之后相声界的又一领军人物，在当时人的观念当中，"相声"与"笑话"是等同的，同说书，学口技等形式区别不大。由此可见最初的相声是混杂于所谓的"杂耍"之中的，一如"话本"混融于百戏之中一般。

话本小说和相声无论从产生场所还是作者和观众的社会层次上，都呈现出相近的形态。两者最初生成之地都是商贾云集的京都，早期都混融于百戏杂陈的环境中，并在此积极地汲取着市民文化的养料，最终形成一门独立的艺术。生成环境和发展背景的相似使得两者在艺术形态上有着极为浓厚的血缘关系。相声的生成是话本生成历程的重演，两者萌生发展的形态和背景保持了较高的一致性，使得话本小说对相声的影响顺理成章。

二、结构体制与叙事形式上的承袭

话本小说对相声艺术的影响首先体现在形式体制上。话本小说在结构上分为入话、头回、正话和篇尾四个部分，依据相声作品的底本来分析，传统相声作品在体制结构上也大体分为定场，垫话（瓢把儿），正文和底儿四部分，将两者对照不难发现：相声的定场和垫话儿对应着说话艺术的入话和头回，正文对应着正话，"底儿"对应着话本的篇尾。在体制结构上相声对话本小说的承袭是较为明显的。

首先说话本的入话与头回，多数研究者将入话和头回放在一

① 夏仁虎.旧京琐记[M].北京:北京古籍出版社,1986:21.

起，认为两者难以区别。在这里采用胡士莹的观点将两者区分开，把入话限定为作品开篇的诗词及围绕这些诗词所发的议论，可以看作是一部作品的开场。①入话成为固定格式大约在宋元时期，艺人们用其彰显才能、笼络观众，并对作品进行概括提示。如《志诚张主管》以八句律诗开场，发出人生易老的感叹，《转运汉巧遇洞庭红》的开篇以《西江月》词开场定下了"万事分已定，浮生空自忙"的宿命论调。头回是在入话之后正话之前一个或数个小故事，与正文故事或相似或无关，它的主要作用是暖场和等待观众，因而有较大的随意性。在宋元时期的艺人话本小说之中，多数只有入话而无头回，又要兼顾市民大众的欣赏水平故而入话也极为简易。如程毅中先生的《宋元小说家话本集》总共有十五篇宋元话本作品。在故事开始之时都有诗词作为引导，除了一篇《洛阳三怪记》在入话诗后捎带了一句创作原因之外，其余十四篇均是在入话诗一完便直接进入故事叙说，中间并无解释议论之类的文字作为过渡。明清时期文人开始参与话本小说创作，入话的文学性和艺术性有了很大提升。如《碾玉观音》的开篇入话诗一共引了十一首，皆出自王安石，苏轼，朱敦儒等文人名家，入话这一形式在文人的手中得到了完善。回头再看相声，早期的相声中是有定场诗这一形式的，类似话本小说的"入话"。定场诗也是许多曲艺艺人惯用的手法，即一上台先吟诗一首以起到安定气氛，提示观众的作用。以诗来开场简短而概括力强，短短几句话能表达出大量信息，同时艺人又能够借助这一形式发表评论。相声中的定场诗较为有代表性的，是民国初年被称为"万人迷"的相声艺人李德钖的作品：滑稽昔说东方朔，后世遗传贾凫西，有清末造及民国，称王为我万人迷。短短的四句诗，描述出了一位自信非凡，敢与前代滑稽名人相并列的艺术大师形象。这类标志性的定场诗是艺人本身的一种描述和介绍，定场诗的另外一种功能是对整篇作品进行概括。如单口相声《小神仙》的开篇：风鉴先生

① 胡士莹.话本小说概论[M].北京:商务印书馆,2011:35.

惯说空，指南指北指西东，若是真有龙虎地，何不当年葬乃翁！一开场就表现作者对算命先生的怀疑与嘲讽，奠定了整部作品的基调。定场诗或概括全篇，起到一个总纲的作用，或作为引子，引领后文，或埋下伏笔，给读者以悬念。从语言形式来看，多数开场诗为七言体，从内容来讲或是吸引群众，自我描绘，或是点明故事主旨，抒发感叹。正是由于此形式的保留，印证了相声艺术与话本小说之间的血缘关系。

再看话本的"头回"和相声的"垫话"。两者在讲述正文之前都会有一个与正文相关的小故事，多数情况下是一个故事，也有多个故事出现的情况，目的是引出正文的内容。这种叙事方式被杨义称之为"葫芦格"式，以传统的比兴的方式由浅入深，引领观众步步深入，将题旨深邃化。早期的相声多数会有垫话，少则一段多则三段。相声《读祭文》开场就有三段垫话，第一段原封用上了朱少文的作品《看告示》中的一段，这三段垫话占据了整篇作品一半以上的篇幅，这类现象是极为少见的。《五仁义》的开篇也有一个较长的垫话。并且绝大多数相声垫话的内容与正文的故事内容是一致的。与话本"入话"的形式多样一样，相声中垫话的形式也有多种，如《三吃鱼》是一个自设自猜的谜语：远看忽忽悠悠，近看飘飘摇摇，也不是葫芦，也不是瓢，在水里一冲一冒。这个说像足球，那个说像尿泡，二人打赌到江边瞧，原来和尚洗澡！一首《西江月》垫话，内容中还夹杂着谜语和包袱，堪称垫话中的经典。话本小说中的"头回"与相声艺术中的"垫话"，并不是脱离于正文故事的独立存在，它们与正文故事或者相似，或者反衬，或者互补，彼此间构成一个非常连贯的符合逻辑的统一体。这一点在话本小说的创作中尤为突出。在明代拟话本"三言二拍"中往往呈现出七个故事而这些故事都分别指向一个科举的事件。这七个故事分别为：（1）一个书生在命中应当中举，因为巧遇贵人帮助。（2）一个书生命中应当中举，因为遇见了鬼神来帮助。（3）一个书生命中应当中举，因为遇见了神人的帮助。

（4）一个书生命中应当中举，是自己的灵魂出窍出来帮助的。（5）一个书生命中应当中举，是贵人和鬼共同帮忙的。（6）一个书生命中不该中举，鬼神反而来戏耍他。（7）一个书生命中不该中举却中了，鬼神来惩罚捉弄他。在这七个小故事中反反复复出现一个主题那就是"科举与命中定数"的关系，虽然说"功高定数，豪不可强"的思想在当今有所限定，但围绕主题来演绎"头回"故事的手法确是一种创作者惯用的定式。之所以形成这种定式，是为了给正话正文的到来，预先为观众或听众设定的一个模式，好让他们带着这个熟悉的模式进入正文故事中。

话本小说的正话是作品的主要部分，以叙事为主。因为是伎艺性的讲说，因而都注重故事情节的曲折多变，矛盾冲突的激烈异常，和人物形象的鲜明夸张。相声借鉴了这些手法，并将这些手法反复利用。如相声的正文称之为"活儿"。"活儿"每隔一段落都要设置"包袱"，尤其在每段的结束处须设置"包袱"，要做到"节节开花步步高"，使观众感受一次比一次更深刻，艺术效果一次比一次更强烈。相声的"底儿"对应着话本的篇尾，此处的功能在于抖出包袱儿或揭开谜底道出结果，艺人正是借助这一结构使观众们的情感达到高潮。可见早期的相声在体制和形式上很大程度沿袭了话本小说的模式，通过这一古老体制来吸引观众和讲述作品。但是这种沿袭是较为简单粗糙的，随着相声艺术的发展和形式演进，此种古老的体制模式也逐渐走到尽头。

三、真实化的叙事图景的延续

话本小说与市民文化有着密切关系，所描述的图景多为市民生活的场景，是社会生活的真实再现。正如陈汝衡《说书史话》中载：演说这书，专靠灵活运用市井方言和细致深入地描摹小市民生活，书中最精彩最热闹的节目。话本小说的叙事独具时代性和地域性的特点，时间多与叙事者叙事时间相当或相近，地点多为都城之中，这样就形象地展现了特定时代、特定环境中的都市社会风习和市井生活状貌，它们在一定程度上体现了话本小说的拟实和仿真的审美趣尚。话本小说时代的人们希望听到发生在自己身边的"真实"故事，又希望知道偶然的奇遇能够屡屡出现，话本叙述者迎合了人们的这种心理诉求，把发生在不同时空的故事编织在一起，以长短强弱交织的叙述节奏，加深或改变着人们对这个世界的固有看法，制造着命运可以突然间起落的修辞幻象，这是一种具有民族特色的、带有现实主义色彩的小说风格。此外话本小说还特别注重对市井节日民俗的描写和渲染。这样做的目的，自然主要是为了唤起观众的亲切感和认同感，强化话本小说的现场接受效果，产生较大的商业效应。这里有欢度佳节的热闹欢愉：鳌山架起，满地华灯。笙箫社火，锣鼓喧天。禁门不闭，内外往来。人人都到五凤楼前，端门之下，插金花，赏御酒，国家与民同乐（《戒指儿记》）；也有战乱之时夫妻离别的悲苦：夫妻各背了一个，随着众百姓晓夜奔走，行至虞城，只听得背后喊声震天，只道强虏追来，却原来是南朝失败的溃兵……但闻四野号哭之声，回头不见了崔氏。乱军中无处寻觅，只得前行（《范鳅儿双镜重圆》）；有虔诚地求佛祈祷：宋敦夫妻二口，难于得子，各处烧香祈嗣，做成黄布袄、黄布袋装裹佛马椿钱之类。烧过香后，悬挂于家中佛堂之内，甚是志诚（《宋小官团圆破毡笠》）；也有市井间的求签问卦：当日挂了招儿，只见一个人走将进来……那人和金剑先生相揖罢，说厂年月日时，钠下卦子（《三现身包龙图断冤》）。这些仿照真实生活的场景交织在一起，汇成一幅鲜活生动的市民生活的画卷，记载了人们的欢愉、苦难、信仰和期望。特别是明后期的文人话本，越来越集中反映现实生活内容的男女恋情或世情类这两类题材上，如凌濛初"二拍"以"耳目之内，日用起居"为主要题材，叙事图景更为真实化和生活化。

相声继承了话本小说表现现实的特性，并在此基础上进行了场景的细化，反映百姓日常生活，其内容之广，触角之细，可谓到了极致。这里有艺人被当权者压迫的艰辛，如《改行》《卖包子》等；有孩子们稚嫩顽皮，如《狗嗷嘴儿》《天王庙》等；有街坊邻居间的争吵与劝和，如《劝架》等；有小买卖人的叫卖与交易，如《吃西瓜》《熬柿子》等；也有江湖术士的谋生伎俩，如《庸医》《小神仙》等。相声中对家庭琐事的描绘尤为精细，如《化蜡扦儿》描绘了一幅一大家中的几个儿子分家的场景：这一分家呀，把亲友都请来了，这叫吃散伙面。分家怎么分哪？一人分几处房子，房子有值多值少的，少的这个怎么办哪？少的这个拿银行的钱往上贴补，银行里剩下多少钱哪？分三份儿，屋里的家具分三份儿，直顶到剩一根儿筷子剁三截！煤球儿数一数数儿，分来分去剩一个铜子儿，这个子儿归谁？归谁不成！怎么办哪？买一个子儿铁蚕豆分开，一人分几个；剩一个，剩一个扔大街上，谁也别要！连鸡，猫，狗都分。这里有公平划分的规则，也有兄弟间的冷漠，事件之细小，描绘之精微，在其他类型的作品中是不常见的。总之，相声所描绘的是清末直至民国初整个社会生活原生态的景象，村夫野姑的家长里短，市井商贾的买卖交易，底层文人的迂腐做作，普通民众的婚丧嫁娶……这些都是生活中最普通不过的小事，可以说相声在话本的基础上对叙事场景进行了更细微、更琐碎的选择，从而更真实地再现了人们的一颦一笑一举一动。在世情百态这样真实的背景中，一系列经典的人物形象，上至县官、财主下至小商贩、手工业者，都被凸显出来。基于艺人对下层生活的真实体验和对市民人物的细心观察，话本小说中的人物形象是真实而生动的，相声中的人物形象在此基础上被漫画化，整个人物形象变得简单而突出。如同样对媒婆的撮合能力的形容，话本小说是这样的：开言成匹配，举口合姻缘。医世上凤只鸾孤，管宇宙单眠独宿。传言玉女用机关，把臂拖来；侍案金童下说词，拦腰抱住。调唆织女害相思，引得嫦娥离月殿（《志诚张主管》）[1]；看来世间听不得的最是媒人的口，他要说

---

①洪楩.清平山堂话本[M].北京:中华书局,2001:45

中国古典小说的跨媒介叙事与美学研究

094

了穷，石崇也无立锥之地，他要说了富，范丹也有万顷之财，正是富贵随口定，美丑趁心生（《郑月娥将错就错》）。①再看相声中对媒婆形象的塑造：说媒的嘴可能说，见什么人说什么话，死汉子能说翻了身，媒婆儿的嘴呀天花乱坠呀！张家长李家短，仨和尚五只眼，说得你点头儿咂嘴儿。……要不管媒婆儿叫"撮合山"哪——两个山头她都能给捏到一块儿去！搬山蹈海的能耐（《巧嘴媒婆》）。比较可知，两者对此类人物形象的塑造都在真实形象的基础上有所添加，并在此基础上进行了俚俗化、简单化和更为夸张的处理，如同美术当中的速写一般，只将其主要特点表现出来，其他特点全省略。这种单一性，给了观众深刻的印象。不可否认，在审美特性上相声中的人物形象是远不如小说作品中的形象的，然而在表现人物特性上相声要更胜一筹。话本对所描述社会现象的解读延续了这种倾向：说话人总是表现出对社会伦理的热切关怀和对现实道德问题的积极介入，及时行使对这些现象的议论和解释权，将道德权威转化为道德议论话语的权威，对作品人物的评判往往掺杂分明的爱憎之情，如作品中对当时官吏的定位多数是糊涂、贪婪、残暴的，就如《碾玉观音》中的暴虐心冷的安郡王，《错斩崔宁》中的胡乱断案的县官一样，相声毫无保留地继承了这种感情倾向。如《糊涂县官》《官升三级》等作品塑造了一群浑浑噩噩，贪利忘义之辈，其昏庸可笑，贪财无为，然而最令人无奈的是就是这样的一群人统治了整个社会，因而对这些人的嘲讽，作者无非以一种自我慰藉的方式发泄心中积压已久的愤怒罢了。总之，相声延续了话本小说的描绘技法，将目光深入人类社会的历史潜流，真实而生动地诠释人性的底蕴。以高妙的艺术手法来呈现市民社会的千姿百态，反映了当时民众的普遍心理。

---

① 凌濛初.二刻拍案惊奇[M].北京：人民文学出版社，1996：67

四、叙事策略的顺延

叙事性强是讲述类作品的一个重要特征。相声的叙事借鉴了话本小说的叙事策略，首先体现在叙事方式上。话本小说以叙述者与看官的相互交流为核心，叙述者是全知全能的。在文本中往往会保留一些"说话时"讲述者与听众之间对话的痕迹。在正话中，叙述者对故事的叙述也是始终在与观众交流的背景中展开的，其叙述的基本用语"却说……""话说……""且说……""再说……""且听在下说……"等都是始终指向观众而说的，并由此建构起中国话本小说特有的叙述交际套语和程式。在故事的中间将听众的疑问穿插进去，通过听众的提问与讲述者的回答将事情的来龙去脉解释清楚。相声继承了这样的叙事方式。如传统单口相声《化蜡扦儿》中的对话："那位说：'儿媳妇儿怎么知道老太太腰里有东西呢？''您听啊！'这老太太一边儿走，一边儿拿手直往上掂。那位说：'干吗还掂？''四十多斤哪，那玩意儿它沉哪。'"这个过程本是一个人在讲述，然而采用了对答的形式来进行，这样使得讲述者在剧情中和剧情外灵活跳动，改善了全知全能单一叙述的呆滞，从而让观众参与进来。话本和相声作为市民文化的产物，在语言上不可避免地会带有一些江湖习语。如《清平山堂话本》中的《快嘴李翠莲记》李员外与媒人的一段对话："女儿诸般好了，只是口快，我和你放心不下。打紧她公公难理会，不比等闲的婆婆又兜答……"这里只一句话，就用了"打紧""难理会""兜答"等词，意思分别是"要紧""难办""啰嗦"，是当时的市井习语。再看相声中江湖语的运用："（和尚）手指头一指这经就来了：'众位师弟，顺着我手巴呵呀。'什么叫'巴呵'呀？'巴呵'就是'瞧瞧'，和尚也说行话。"（《偷斧子》）这类看似粗俗的俚语方言，恰恰是口头文学作品所独有的特点，尚俗风趣的语言特性使得作品与观众更加贴近和真切，从而引发更多共鸣。

其次在叙事结构的设置上，整体看来话本小说和相声的叙事结构都较为整齐分明，由于讲说的即兴特点和口传特性，两者都没有交错纷乱的时空设置，基本上按照事件的前后顺序娓娓道来。情节结构都比较简单，情节主线较为突出。然而叙事结构都的简单并不代表叙事线索的单一。多数话本小说的叙事结构具有双构性，即有明暗两条线索，穿插在同一故事层面当中。明线是作者有意展示给观众的，多数是流于表面的假象，暗线的事件往往与明线相悖，而这才是真实的过程，其结果往往是观众所不可预知的。暗线常常在故事的最后才逐渐浮现出来，最终与明线完成交汇。如《志诚张主管》中以张主管的亲见亲历为一条线，一个夜晚小夫人背着财物交给了他，之后过了一段时间，在元宵节的夜晚又有人将他叫到小夫人面前，这时小夫人给了他一串宝珠，并把小夫人留在自己家中。这是观众所见到的明线，是整部作品主要的叙事线路。然而就在不经意之间，张主管遇到了他以前的雇主张员外，从他的口中得知原来小夫人因私藏宝珠已自吊身死，此时观众才明白事情的真相，这是隐藏于明线之后的暗线，最后的结果给观众一种错愕感。再如话本《碾玉观音》，主人公崔宁和虞秀秀因私自逃离王府被抓回来后分别被带到不同场所接受处罚。当所有听众为他们捏一把汗之时，笔触却来了个回转，说郡王是个刚直的人，宽恕了崔宁，从轻断治。在崔宁回去的路上遇到了秀秀，从秀秀口中直接道出将她捉入后花园中打了三十竹篦，赶了出来。这样的结果虽与听众的预想差了一点，但也合乎情理。直到后来故事的继续展开，一个偶然事件又把曾经告密的郭排军与崔宁夫妇联系到一起，之后出现了一系列怪异之事，直到最后谜底猛然一揭，原来秀秀当时已被安郡王杀死在花园之中，跟随崔宁回来的是鬼，紧接着又来一个更为不可思议的结果，家中秀秀的父母也是鬼，这些都是观众们所预料不及的。作者以这种出人意料的情节构思为观众设局，并由此掌控观众的思维，最后再猛然抖开谜底，造成一种惊奇和错愕感。讲述者凭借他对世态百相的冷静观察和对现实生活的真实体验将悖谬的看似奇巧有违常理的故事情节不露痕迹地嵌合在整部作品中，使人在真实的环境中感受到了情节节奏的较大起伏感。

相声创作者巧妙地运用了这样的技法，首先亮出一条明线来引导观众的思维，再暗地里埋下暗线，就似设谜一般，最后抖出"包袱"。艺人们对包袱的解释是把一块儿包袱皮打开，一件件往里装东西，待观众欲知究竟时就把包袱口系上，等到条件成熟时，把里面的东西抖搂出来。在抖包袱之前讲究"铺平垫稳"，一方面要采取"支"的环节让观众沿着普通的逻辑去推测结果，把观众的思维引导到与结局相背离的方向去，另一方面"包袱"一抖，给观众一个截然相反的结局。"支"的环节则是由讲述者设一条明线来引导观众的思维，而事情的发展却是沿着暗线进行。如《假行家》中设了顾客和假行家两条线，把观众的思维支到顾客这边。假行家开中药铺，第一个顾客让他包仁子儿的白芨，在观众看来这是一味普通的中药，而假行家却费尽周折买回了白毛鸡。这样就抖开了第一个包袱。接下来包袱接连以同样的方式抖开：第二个顾客要银朱，结果假行家又自己贴钱去首饰店打了银猪回来。之后又来一顾客要附子，假行家就把东家的父子二人让他一起带走。作品"抖"出一个包袱后还会继续抖下去，这称之为"翻"，这样就加强了作品的艺术效果。"翻"的这种形式也是来自话本如《碾玉观音》中的最后结局，得知虞秀秀是鬼后，接着又得知原来她父母也是鬼，给观众以连连的惊愕。笑料的最后出现，一般都是突然的，在笑料的构成中常见声东击西的手法，即把人的注意力引向某一事物的侧面或反面。然后来个突然揭晓，造成期待和结果的不协调。而幽默常常是由观众心理的预想和结果的错位引发的，这种共时的双线叙事是增加作品趣味性和曲折性的一种巧妙方式，并且不会因为制造噱头而将故事的叙述打断。可见相声延续了话本小说处理情节的方式，将巧合、设扣、解扣、发现、突变等技艺运用得炉火纯青，从而使得简单短小的故事情节向着纵向折叠，造成了更多的意外奇趣，给人以快感。

综上所述，话本和相声都属于市民口头文学，是同源而异态的两种文学体式。话本小说从宋代成熟之后一直在民间底层盛行，到明代以文人案头话本小说形式而存在，印证了世人对此种形式文体的喜爱。到清代之时，随着长篇章回小说的兴盛，话本小说的光芒变得暗淡起来，几乎被世人遗落。尽管如此，它的影响力并未消失殆尽，只是换了一种形式，在众多的文艺门类掩映之下演变为一股暗流，源源不断地为曲艺类的作品提供养料。晚清兴起的相声艺术对话本小说的承袭是最为明显的，早期的相声作品浑似话本小说的微小缩影，在体制结构和叙事形式上呈现出了高度的一致性。理清相声与话本的关系渊源，有助于我们对相声艺术本质的认识，从而更好地保护它、发展它。我们期待着相声艺术的再次辉煌。

第三节　说唱文体与韵文文体的互渗

在早期的传统相声中，韵文在其中所占据的分量较大，几乎在每一个传统相声作品中都有韵文穿插其中。这里的韵文依据形态的不同大致可以分为诗歌和文字游戏两大类。其中的诗歌包括开场诗和篇中诗两种，相声中的诗多为打油诗，风格俚俗风趣，起着概括作品、引领全文和串联情节的作用。文字游戏包括对联，绕口令和谜语等几种主要形式，这些形式的存在使得相声艺术呈现出别样的风格和特色。此外，民间俗赋的巧对形式和言语艺术也被相声艺术所化用。从相声的韵文艺术中，可以窥见民间传统曲艺的一些古老形态。

曲艺有着悠久的历史和丰富的内容，是文学海洋中的一股活泼的支流，源源不断地为一些文学作品提供新鲜的素材。没有曲艺，就不会有成为一代文学代表的元曲，没有曲艺，就不会有古典的白话小说，没有曲艺就无法解释叙事诗在汉族的发展。①而当一些文学作品成熟之时也会返回来影响新的曲艺类型的脚本的创作，曲艺与文学各个文体之间的渗透一直没有间断。作为曲艺代表之一的相声产生于清末，在曲艺史上处于较晚的时期，因而在作品中更多地包含了传统的文学形式。韵文便是其中主要的一种，早期传统相声中的韵文形式多样，内容丰富精彩，从而使得相声作品也呈现出不同的形态。

一、诗歌之于相声——以俗求雅

诗歌作为传统文学的一种主要形式，是文学形式的主流。它抒情写物，通幽达隐，意味深远，往往能够以有限的文字表无穷的含义。诗歌艺术作为文学之正统，其地位从未被撼动过。由于其至高无上的地位，使得人们不由自主地形成了一种固有的思维模式，那就是无论任何文学作品都有向诗歌靠拢的趋势。特别是小说，戏曲，曲艺等常为士大夫所贬低的民俗文学更是如此。正如袁行霈所说：中国小说、戏剧的出现不仅远远地落后于诗歌，而且它们都有一种向诗歌靠拢的倾向，或者说有一种诗化的倾向。②这种例子在古典小说、戏曲中随处可见。在早期的传统相声中，几乎每一篇作品都有诗的存在，许多诗篇成为作品结构的重要组成部分。相声中的诗歌总体艺术特点为：用词浅显，极少用典，信息量大，巧妙风趣，在审美特征中少了几分含蓄却多了几分俚俗。根据诗在相声文本中的位置，我们将之分为定场诗与篇中诗两种，其特点和作用也各有不同。

1.定场诗——古老说唱形式的延续

定场诗是许多曲艺艺人惯用的手法，即一上台先吟诗一首以起到安定气氛，提示观众的作用。定场诗并非相声的专属，许多

---

① 侯宝林,薛宝琨,汪景寿.曲艺概论[J].北京:北京大学出版社,1980:123.

② 袁行霈.中国文学概论[M].北京:北京大学出版社,2010:15.

曲艺形式也都有，如河南坠子老艺人李治邦口传下来的一首定场诗《西江月》说：先有三皇五帝，后有历代君主。开天辟地立耕读，治下乾坤后土。只为庄王访贤，才然留下说书。习学三弦谈今古，解劝老幼男妇。以诗来开场简短而概括力强，短短几句话能表达出大量信息，同时艺人又能够借助这一形式发表评论。总之从唐代"变文"，"俗讲"脱颖而出的相声，在它产生初期依然保留着类似于话本小说的"押座文"这一形式的垫话。正是这些诗文使得相声这一被称为"玩艺儿"的俚俗文艺增添了些许高雅的色调，完成了雅俗之间的交融。

相声中的定场诗无论从体制形式还是内容作用上都未脱离传统曲艺类表演的开场模式，仅仅是一种表演形式的沿袭，由此印证了相声艺术与民俗曲艺各形式之间的血缘关系。定场诗只在初期阶段的相声作品中有所保留，随着后来相声艺术的成熟发展和演出形式和场所的现代化的转变，开场诗的意义和作用越来越小，最终这一古老形式也从相声中悄然退去。

2.篇中诗——串联情节的媒介

在相声作品的正文中经常会穿插一些诗文作品。这些诗与开场诗有所不同，多是自古流传下来的诗歌游戏，形式上较为自由，或者是形式奇特的打油诗或者是数首小诗连在一起的组诗。朱光潜曾在《诗与谐隐》一文中指出：诗也是最不易谐，因为诗最忌轻薄，而谐则最易流于轻薄。[1]因而在诗的家族中能够承载幽默品格的作品多属于打油诗。这些打油诗是整部相声作品的一个调味剂，当然也有相声艺人们舞文弄墨逞才的因素在内。篇中诗的概括性较之开场诗要减弱许多，主要以趣味性为主。最重要的是在故事情节的发展中起着重要的连接作用。如相声《打油诗》一段讲的是财主家兄弟四人进京赶考的故事，兄弟四个性格各不相同，其中老四最憨厚老实，其余几个兄弟想借作诗一事来刁难他，于

---

① 徐岱.小说叙事学[M].北京:商务印书馆,2010:375.

是每到一个地方每遇一个场景就要求每人来一句诗，下面是其中的一段：

> 太阳已经往西斜啦，前面来到了一座县城，走到护城河这儿有一座桥，这个桥是个独木桥。正有一个失目先生想过桥，拿马杆儿一试，这桥太窄，想过又不敢过。老三说："失目先生过河咱们也做一首诗。"老大说："好嘞！远远望见独木桥。"老二说："这边走来那边摇。"老三说："失目先生不过。"老四说："绕！"

四句话把四个兄弟的形象一一表现出来，特别是老四的憨厚直白，用一个单字形容得淋漓尽致。此种形式的打油诗不免让我们联想到宋代张山人的十七字诗，是诽谐诗体的一种，曾流行于元祐至绍圣年间，后形成了一种诗体。十七字诗由四句组成，前三句各五字，后一句二字。由于前三句是五字句，读起来平缓流畅，突然以二字急收，自然产生一种幽默诙谐的效果，因而，十七字诗经常在滑稽的场合使用。文中的这首诗虽与十七字诗的"五五五二"的结构有所差别，但运用的幽默技法是相通的，最后一句在简短而急促的字词中，猛然间抖出笑料。在制造笑料的同时将整个故事的情节向前推动了。

再看《山中奇兽》一段，写一只没有见过世面却爱吹嘘的驴在野外悠闲地吃草，最初它是一副得意的样子，边吃边唱道：

> 绿水青山景色优，
> 山泉瀑布水自流。
> 遍地青草吃不尽，
> 一生一世不发愁。

中途遇见了一只老虎，而恰恰这只老虎不知道驴这种动物，就错把它当成了怪兽。见此情况，这只驴接着以它骄傲的姿态吹嘘道：

我两耳尖尖四腿长，

终朝每日在山岗。

昨天吃了两只虎，

不够我找补了四只狼。

听到这些，老虎吓得掉头跑去，在半路上遇到了狐狸，狐狸想跟老虎一起来会会这头驴，驴见到他们又开始唱起来：

我耳朵大来鼻子白，

叫声狐狸你才来！

昨天许我两只虎，

怎么今天就牵一个来？

老虎再次被吓跑，路上又遇见一只猴儿，猴儿把老虎又带到了驴的身边，于是它又冲着老虎和猴儿又念上了：

我昨天晚上没吃饱，

今天正把老虎找。

连虎带猴儿一块吃，

你们俩一个也跑不了。

到了最后老虎终于识破真相，咬了它一口，而这只驴依然很猖狂：

小小老虎你太猖狂，

咬得我屁股疼得慌。

明天咱俩再算账，

山中的野兽我全吃光！

这个作品的情节都是由诗来构建而成的，情节环环相扣，诗在整部作品中起到了连接的作用。有诗所在的地方掀起一浪接着一浪的笑料高潮。借助简单的诗句将片段性的故事情节进行串联，是一种极为巧妙的艺术手法。在短暂的时间内将故事情节有所交代，又能制造无穷笑料，可见篇中诗的作用非同一般。当然相声中的篇中诗在内容上和艺术水平上都是较为粗糙的，甚至在某种意义上算不上是真正的诗歌。然而这些诗歌与相声艺术的俚俗性是相符合的。相声艺人无非在借用诗歌这一文雅的艺术形式来装载那粗浅谐趣的笑料，这样一俗一雅相互交织和融合本身就是戏谑的技法。

传统相声是古老说唱艺术的形式之一，其通俗描述性语体呈现为节奏松散的散句，呈现出典型的说唱话语形式，然而，出于特殊的传播需要，相声艺术规律性地使用了古典诗词、俗语以及对偶、排比句，这些间歇出现的整句与散句组合，合成松紧变换的叙述节奏。

二、语言文字游戏——相声中的调味剂

相声中的韵文多数是以文字游戏的形式出现。相声艺术本身有着海纳百川的品格，自然而然地将这些古老的语言形式化为己用。语言文字游戏是一种古老而富有智慧的娱乐活动，具有讽喻、斗智、娱乐等功能。自古以来文人喜欢借用文字来自娱，从宋代"百戏"中的"商谜""合生"以及张山人的七子诗发展到后来的"灯谜""拆字"等，可见语言文字游戏在其中的地位和市井属性。传统相声中的文字游戏多取材于古代笑话集或小说之中，当然也有直接从民间吸取来的。曲艺理论家王力叶在《相声艺术与笑》一书中把语言文字游戏的相声分为绕口令、凑题成章、吟诗答对、断句变义、瘸腿诗、寓意双关、顶针续麻、互相猜谜、颠倒话儿等，将这类的相声称之为"游戏体"。文字游戏的应用为相声增添了不少亮色，许多段子就是以文字游戏独立成篇的。笔者着重论述相声文本中几种常见的形式，分别为绕口令、对联和猜谜语等三种。

1.绕口令

绕口令在相声中是一种常见的语言形式，它要求表演者一气呵成快速说完一段非常拗口的韵文，最能表现艺人嘴皮功夫，是一种纯技巧性的文字形式。绕口令有着数千年的历史，一直受人们的青睐，而相声艺人也借机展现自身的嘴皮功夫。相声、数来宝、快板、独角戏以及谐剧也主要是靠"说"来制造幽默、以趣明理。然而曲艺的"说"不同于日常生活中说话的"说"，它具有吐字归音准确清晰、语言表达富有美感的审美旨趣。

传统相声中有许多以《绕口令》为名独立成篇的，如王兆林和吉平三的演出稿：

甲：咱们两个人说一段儿绕嘴的。

乙：好说。

……

甲：大门外有四辆四轮大马车，你爱拉哪两辆，来拉哪两辆。

乙：好说。

甲：说。

乙：大门外有四辆四轮大马车，你爱拉哪两辆，你给我留两辆。

甲：哎，咱俩一个人两辆。

乙：不是分车吗？

甲：分车呀。

乙：大门外有四辆四轮大马车，你爱拉哪两辆，你拉，你全拉了去得了，我不要啦！

甲：你坐黄包车家去啊！

乙：我走着回去。

甲：你这是挨骂。

全篇难度逐渐增大，句子数量逐渐增多，充分地考验了艺人的功底。这些绕口令有不少是自古流传下来的，格式内容较为固定。在相声表演绕口令时，光凭单纯地复述显然没有什么娱乐价值，是打动不了观众的。因而在艺人表现嘴皮功夫的同时，中间会不时地穿插一些笑料如上面的段子在说完"大门外有四辆四轮大马车，你爱拉哪两辆，来拉哪两辆"之后又穿插了两个人的对话，来一些小噱头，使得作品不呆板。

随着相声的发展，所用的绕口令逐渐摆脱了一些旧的传统段子，艺人们将绕口令的形式结合相声艺术形式进行了改良。这种形式的作品表演起来虽没有传统段子朗朗上口，但里面所含的幽默的故事情节却是传统段子不能比的。显然这是艺人们将传统的语言游戏与相声这门艺术进一步结合而成的结果。如：

> 我家有个肥嫩的嫩巴八斤鸡，飞到张家后院里，张家有个肥嫩的嫩巴八斤狗，咬了我的手，我不走，大众围着瞅，巡警也来瞅，巡警说，你的狗，不上捐，咬了吉坪三的手，连人带狗一起拉着走，你爸爸和你妈妈害怕，给巡警打的酒，买的白莲藕……巡警说，我办公事不喝酒，不吃藕，巡警走，我没有走，我在你家喝的酒，吃的藕，我在你家待了好几宿。

向观众展示了一系列小故事，这些事件发生在市井人家的小院里，有着浓郁的生活气息。当然这些故事发生得紧凑而奇巧。表演者在紧凑的几句话之内便能迅速叙述出一连串滑稽的小故事。多数作品是绕口令的穿插，绕口令所占据整部作品的篇幅并不多，有一些传统段子是专门以绕口令为主的，甚至整个段子就是一篇大的绕口令，如《十八愁绕口令》，像这样以《绕口令》为名独立成篇的段子比较少。究其原因，首先整篇下来只是一种语言文字形式未免有些单调，容易使观众的兴趣减弱；另外这样的段子创作的难度大，需要创作者有深厚的文学功底和巧妙的构词能力，并且表演的时候更需下一番功夫。因此常见的绕口令往往在某篇相声段子中穿插着，特别是在对口相声中，这样既能给表演者一番表现的机会，又能使听众眼前一亮，为整个段子增添亮色。

2. 对联

由于汉字一字一音节的特点，对句艺术可以追溯到先秦时代。此时典籍中所载的各类对句，从三言、四言直到六言、七言，一应俱全，屡见不鲜。如《尚书·益程漠》中的"决九川，距四海"，《诗·大雅·抑》中的"诲尔谆谆，听我藐藐"，《论语·为政》中的"君子周而不比，小人比而不周"。除汉字本身的特点之外，传统的哲学思想也是对句盛行的一个重要因素。刘勰在《文心雕龙·丽赋》开篇说：造化赋形，支体必双，神礼为用，事不孤立。夫心生文辞，运载百虑，高下相须，自然成对。讲究成双成对的原则。老子说：有无相生，难易相成，长短相形，高下相倾，声音相和，前后相随。讲究事物的对立原则。以上这些都是对联产生的基础。一副精妙的对联既体现了人们深厚的文学功底，又展现了无限的智慧才思。有关对联的艺术之美，古田敬一曾在《中国文学的对句艺术》中说：自然美以对称为要素，因而世界各国文学中都有对句。但由于中国方块汉字一形一音一义的特点，使得对句在中国文学中具有对称美、整齐美和音节美；因而在中国，对句艺术也特别发达，独具特色。对联艺术自古以来是对称美和节奏美的集中体现。这种对应的形式美是符合大众审美的。对联艺术具有暗示性和趣味性，在给定上联的基础上，通过巧思妙想应对出下联，这一巧思过程本身就具有无限趣味。如果对联本身再具备几分幽默的风格，则谐趣倍增。

相声中有许多以"对对子"命名或为主题的作品。在相声的产生之始，相声师祖朱绍文就在天桥以白沙撒字的形式撒出："画上荷花和尚画，书临汉书翰林书"一联，正念和倒念字音一样，但意义不同，可谓是精妙的对句作品。此后，李德钖表演的《对对子》整个内容都是由一个个幽默精巧的对联构成，逐渐演变为传统的段子形式。传统的段子中有不少篇幅是以对对子的形式来展开的，如《巧对春联》《卖春联》《对春联》《对对子》等。可以看出，相声在其产生之初就对"对句"这一形式情有独钟。最初相声中的对句楹联只是一种较为纯粹的形式，多是由民间流传下来的巧对堆积拼凑而成。所对的事物都是生活中常见、常用之物，而且基本上是最基本的对法。如李德钖的《对对子》一段：

乙：我说俩字。

甲：我也对俩字。

乙："笔筒。"

甲："剑囊"。

乙：我这"笔筒"是文的。

甲："剑囊"是武的。

乙：噢，我"马牙枣"。

甲：我对"羊角葱"。

乙："三座塔前三座塔，塔塔塔塔。"

甲："五台山后有五台，台台台台。"

乙："北雁南飞，双翅东西分上下。"

甲："前车后辙，两轮左右走高低。"

乙：噢，我"南柳巷，北柳巷，南北柳巷无柳巷"。

甲：我对"东安门，西安门，东西安门没安门"。

乙：你这是什么呀？别挨骂了。

整段对话幽默风趣，对联工整而巧妙，富有情趣。然而形式未免过于重复，这样未免给人一种乏味冗长之感，因而这样类型对句的相声作品也仅在相声产生初始之时出现过。随着相声技法和艺术的提升，这种对局形式也发生了转变。转变的一个方向便是在对句的基础上增添内容情节。如《狗嘛嘴儿》一段，讲的是旧时私塾中先生与学生对对子的故事，老师出了上联"鸡冠花"，这个学生灵机一动对出了"狗尾草"，于是老师对这位学生大为夸赞，一天一位游学的先生来到了私塾，老师为了显示才能就让学生对这副对子，结果这位学生忘记怎么对了，老师为了提示他，就向窗外的一堆草努嘴，最后学生对成了"狗嗽嘴"。就是这样一副小小的对联引发了这样一个幽默的小故事，可见相声艺人的构思之巧妙。之后的对联相声皆突出了相声本身的故事性和情节性，而将对联艺术则作为一种引线或点缀。总之相声中的对联在传统对联的基础上增添了几分灵活性和趣味性，对联相声则由最初的以对联集合为主逐渐变为以对联为陪衬的叙事性作品。

3.谜语

谜语是文字游戏中时常出现的文体，以谜语为主题的相声也较为多见。谜语是一种较为奇特的语体，语句质朴浅显，形象刻画生动，用词巧妙机趣，留给观众一定的想象空间。刘勰曾在《文心雕龙·谐隐》篇里定义了这种形式：谜也者，回互其辞，使昏迷也，同时道出了谜语回环曲折、通幽达隐的特点。谜语在中国有着传统的历史。荀子的《赋篇》形式上本是谜语。北宋灌园耐得翁的《都城纪胜》在《瓦舍众伎》条记载：商谜旧用古板吹【贺圣朝】，聚人猜诗谜，字谜，戾谜，社谜，本是隐语……可以看出早在宋代之时谜语就盛行于民间的曲艺之中了，谜语的娱乐功能在民间说唱中得到了发挥。谜语在相声段子中的广泛应用与当时谜语盛行的风气是分不开的，尤其到了清代得到了人们的极大偏爱。清代有谜社活动，也有专门著作，谜书之多历代罕见，有社会上流行的汇编，有个人的创作，也有理论探讨和专题研究，对谜语的创新和发展起到了巨大的推动作用。清朝研究谜语较前代更盛，如赵濂的《谜语浅说》、乾隆年间的《玉荷隐语》都被认为是质量较高的谜语专著。清著名学者俞樾著有《隐书》。晚清灯谜大师张起南的《橐园春灯话》，集灯谜之大成，理论最完整、内容最丰富，至今仍有参考借鉴价值。谜语的盛行在当时的通俗小说中就有所体现。如《红楼梦》中出现了两次猜谜语的情景：一是薛宝琴的十首怀古诗，二是荣宁两府上元节贾政猜灯谜。从这里可以看出清代谜语的盛行，虽然是贵族的消遣品，但内容本质已然是"语音"和"文字"兼容并包的样式。到了民国之时，民众方面的活动更是频繁，于是季节的猜谜活动开始出现，因而谜语在相声中的出现并非偶然。

在相声的初创之始，就有了朱绍文的《拆字》一段：

一，有土也为增，无土也为曾，去了增边土，添人变为僧。
二，有木也为桥，无木也为乔，去了桥边木，添女变成娇。
三，有口也为和，无口也为禾，去了和边口，添斗变为料。
四，有水也为清，无水也为青，去了清边水，添米变为精。
五，一大变为天，文殊问普贤，寿星哪里去，跨鹤上西天。
六，二木念个林，戴宗问智深，武松哪里去，拳打快活林。

朱绍文是活跃于光绪，同治年间的天桥艺人。在此期间，相声还是初创阶段，并未独立形成一门艺术，因此自然不存在后来的相声中的规矩和限定，像"拆字"这样的沿袭传统的文人游戏的形式而缺乏娱乐性的段子较为常见。此类谜语带有较多的文字性的因素，娱乐成分较少，全部袭用了民间流传的作品，因而与相声这门艺术之间似乎关系不大。随着相声艺术的不断成熟和艺人们的加工创作，谜语在相声中的形式得到了彻底改变，这一语体被作为相声本身的一部分紧紧地嵌合在了相声这门艺术当中。与普通猜谜游戏程序不同的是，猜解的过程和结果交由其中一个表演角色来进行，而听众作为第三方去玩味和欣赏。

如《打灯谜》一段：

乙："千里随身不恋家，不贪酒饭不贪茶，水火刀枪全不怕，日落西山不见它。"
甲：说呀。
乙：完了。
甲：这太简单了。
乙：简单，你猜呀。
甲：您这是骆驼。

乙：怎么会是骆驼哪？骆驼千里随身不恋家？

甲：啊。人拉骆驼走一千里一万里。人想家，骆驼不想。您多咱见走着走着骆驼不走了，说："你们去吧，我回家看看，我想小骆驼啦！"

乙：没听说过。

甲：千里随身不恋家。

乙：那"不贪酒饭不贪茶"哪？

甲：拉骆驼的到地方喝酒吃饭，骆驼喝凉水、吃草料，你看哪有骆驼叭那儿沏壶茶，来半斤酒，炒四个菜。

乙：没见过。"水火刀枪都不怕"？

甲：是呀，水火刀枪骆驼不怕！……这是傻骆驼！

乙：像话吗？您猜得不对。

此谜语的谜底本是影子，而猜谜者辩说是他物，于是一段隐含笑料的对话围绕这样的矛盾展开了。在猜灯谜的过程中，当事人总是猜出跟谜底相差较远的事物，之后进行巧妙的辩解，而这些辩解在听众们听来似乎有些道理又似乎有些牵强，人们正是在破解谜底的过程中获得一种荒唐乖谬之感。

三、俗赋之于相声——捧逗的原型

相声除了自身所包含的韵文之外，整体上还受到另外一种韵文形式的影响，那就是俗赋。俗赋是民间作品的经典代表，俗赋的语言通俗，节奏铿锵，押韵大体相近，风格诙谐，与"深覆典雅，指意难明"的传统文人赋迥然不同。其通俗谐趣的精神内涵和幽默机智的对答形式与相声艺术有着共通之处。较早提出"俗赋"一说的是清代学者刘熙载，他在《艺概·赋概》中说：古赋意密体疏，俗赋体密意疏。俗赋一开口，便有许多后世事迹来相困踬。古赋则越世高谈，自开户牖，岂肯屋下盖屋也。胡士莹先生也认为早在秦汉时代，在说话艺术发展的基础上，派生了赋这种文体，可见俗赋与说唱艺术的渊源之深。荀子的《成相篇》可以作为早期俗赋的代表，其灵活的结构和机警的语言打破了固定呆滞的文学形式。之后较为具有代表性的有扬雄的《逐贫赋》等。俗赋发展到唐代，更是到了顶峰时期，在敦煌所发现的唐代俗赋有《晏子赋》《韩鹏赋》《燕子赋》《茶酒论》《孔子项托相问书》等。总之，俗赋无论内容还是形式，都以通俗浅显为特色，与典雅的其他类型的赋体形成鲜明对比。在文体特征上或设客主问答，或直白叙事，或用口诀形式。内容上或叙事，或辩智，或纪行，或颂德，或调侃，或劝化。风格上或诙谐嘲戏或俚俗活泼。正是这些特征成了相声的模仿对象和表现方式。俗赋中应用对话较多，艺术性也较强。俗赋中的对话语言简洁，内容丰富，风格诙谐幽默，给相声以重要的启发。敦煌俗赋，特别是故事赋中，通常全篇采用人物问答对话的故事框架，推动故事情节向前发展。如《晏子赋》的故事出自《晏子春秋》，稍有改动，叙写齐国的晏子出使梁国的故事。梁王和晏子围绕一些很有趣味的论题展开了对话，实际上是梁王想要刁难晏子，梁王想用语言侮辱晏子的丑陋短小，而晏子反唇相讥，梁王反而自取其辱的故事，如下：

> 梁王问曰："卿是何人，从吾狗门而入？"
>
> 晏子对王曰："王若置造作人家之门，即从人门而入，君是狗家，即从狗门而入，有何耻乎？"
>
> 梁王曰："齐国无人，遣卿来？"
>
> 晏子对曰："齐国大臣七十二相，并是聪明志惠，故使向智梁之国去。臣最无志，遣使无志国来。"①

主宾一对一答，在争辩中处处体现着晏子的机警与幽默。另一篇俗赋的经典之作《燕子赋》讲的是燕雀争巢的故事。写一对老实的燕子夫妇建了一所新巢，被雀儿强占，燕子请凤凰裁决，雀儿百般抵赖的故事。文章虚构了燕子与雀儿、雀儿与鸱鹩、雀儿与凤凰、雀儿与本典、燕子与凤凰的多重对话，用对话的形式

① 郑振铎.中国俗文学史[M].北京:中国社会科学出版社,2009:197.

来叙述故事，对话成为故事发展的外在形式。这种假设问答的故事的叙述形式被相声采用了，并一直沿用至今。早期的相声以单人说笑为主，类似于讲一个篇幅较大，笑料较多的笑话。在早期的单口相声中所采用的是假设的问答形式。在传统单口相声《主客问答》中，讲的是穷不怕朱绍文与一位秀才斗智的故事。秀才主人因不想让人借宿，故而不断地出上联刁难穷不怕，穷不怕凭借其聪明的才智总能够对出精妙的下联来反驳秀才，最后赢得了借宿的机会。这样就在主客一问一答中展开了故事。故事的最后秀才主人被穷不怕赢得了十两盘缠钱，他终于忍无可忍又出了一个上联："此等恶客，去去去，快去快去！"朱绍文却又对了一句："如此佳东，来来来，再来再来！"再如单口相声《珍珠翡翠白玉汤》中，攒底的包袱就是由皇帝和他的群臣之间的对话构成的，这类利用对话构成的包袱在相声作品中俯拾皆是，从这些对话形式中可以窥见相声与俗赋间的承继关系。

后来相声逐步发展为对口、群口等形式，其中对口相声最受欢迎。对口相声通过逗哏、捧哏两个角色的争辩展开，逗哏和捧哏代表了相互矛盾的双方，而矛盾正是"包袱儿"的基础。俗赋中多是对答的形式，因为问答这一形式比较灵活，有利于情节内容的展开，同时在问答的间隙中给观众以期待，这样更有利于抖开一连串的笑料。俗赋中的问答形式给相声以启发，不只是相声，许多幽默艺术如戏曲的丑角表演科诨都是采用这一形式。

除了上面所说的一些韵文形式，我们要特别注意传统相声中的文段子，尽管随着历史脚步的远去，这样类型的段子很难再编演到舞台上，然而正是这些文段子带动了相声舞台的淳雅之风。就如一杯芳醇，品之愈久愈有味道。这些段子反映了清末时期底层文人的精神文化特征，也暗示了观众的欣赏水平之高。总之相声中的韵文形式是民间艺人与文人共同创作的体现，细细地品味这些段子，我们能够看到文人们在相声这种形式下的思维形式：他们从典籍书卷之中跳出来感触生活，从中汲取了笑料，又跳回民间中去。文人气十足，却又不失民间的活泼生动。传统相声中这些韵文类作品许多出自旗人之手，因而这些文段子时而有着自我玩味自我欣赏的高傲姿态时而又有着自嘲自讽的失落情感。相声中的韵文是诗文艺术世俗化的集中体现，人们将生活中的多种幽默形式进行压缩，最后由相声这一艺术形式将其承载，这里流露着人们的智慧情思和面对悲喜人生的一种释然和达观。

第七章　明清章回小说的跨媒介研究

第一节　明清章回小说的跨媒介形态
——以《三国演义》为例

明清章回小说是中国古典小说登峰造极的形式，无论从艺术表现上还是跨媒介形态的演变上，都达到前代无与伦比的顶峰。从早期的文字媒介向图文媒介的迈进，到后面的戏曲舞台的演绎，再到近代影视、动漫、游戏的改编，明清章回小说造就了当代人的无限视听观感和审美需求，同时在其传播过程中也得到了大众广泛的接受。下面以《三国演义》为例来论述。

一、《三国演义》跨媒介手法的形态与演进

在《三国演义》成书以后，并非一成不变地以文本形式传播，而是在不同的时代浪潮中，形成了极具自身特色的艺术形式。在当今"三国学"炙手可热的大背景之下，更多人趋之若鹜的是对内容方面进行所谓"深入研究"，但耐人寻味的是，《三国演义》作为一本巨著，其诸多特点恰恰就蕴藏在不为人们所注意的"形式流变"之下。以下为《三国演义》几种具有代表性的艺术形式。

1.书画传播——文字、版画

《三国演义》自成书以后，其独特的内容与精彩的情节受到当时民众的广泛追捧。截至明中后期，以文字、版画为载体的《三国演义》已然形成了十分庞大的读者群体。

关于《三国演义》，大众认知普遍存在一个误区，那就是其历史真实性。《三国志通俗演义》为《三国演义》的全称，是在《三国志》的基础之上改编而来的。其作者罗贯中，率先创立了章回体，并且采用了口头话语书面化的叙事语言，使得文本整体更通俗易懂。对于当时本就不发达的文化传播水平来讲，以纪实性为主的《三国志》一时间很难在公众群体中广泛传播。而时至元末明初，传统理学文化不断呈现出颓势，文学的发展也逐渐下行化。在这样的大趋势下，平民文学的发展，无疑为其传播奠定了深厚基础。

明代各类官民机构刊印的《三国演义》（时名为《三国志传》等）多达30种，当时的各家刊本虽在故事题材上基本统一，个人观点与故事细节却不尽相同。而相关主题话剧，戏剧等尚未普及，以个人版本为剧本进行二次创作的作品基本不存在。但依据某一代表性情节而匹配创作的版画应运而生。在明清时期，《三国演义》的版画创作十分丰富，这些版画作品以插图或附图的形式，为这部历史小说增添了视觉的魅力和艺术价值。这些版画作品不仅描绘了战争场面、人物形象，还反映了当时的社会风貌和文化特征。当时的版画以木刻油刊为主，多为上下结构，上文下画，文字在进行叙事的同时，版画还能够辅助体现笔者的情感。其中，最具代表性的当属明代嘉靖27年刊行的《三国志传》当中由叶逢春主笔的版画。该册现存配图1500余幅，是众多插图版本中最为详尽完整的。其主要内容除了更加直观地让读者感受原文内容，一方面描绘了各种战争场面，如赤壁之战、官渡之战、长坂坡之战等。这些战争场面往往通过精细的线条和丰富的色彩表现出战争的激烈和残酷，同时也展示了画家的艺术才华和想象力。另一方面通过改变版画中曹操等人物的直观形象，创新性地变更了人物的"固有属性"，而正是这种改变，为以后的戏剧乃至影视改编奠定了基础，所以某种意义来讲，版画可以看作是开创了文学艺术影视改编的先河。

2. 舞台艺术传播——戏剧、话剧

随着明末清初戏剧艺术的不断发展，时下的文艺工作者发现诸多作品中所描绘的冲突正是舞台戏剧所需要的，因此戏剧艺术和文学艺术的交融是必由发展之路。《三国演义》的舞台化改编，其源头虽无法确定，但根据《太平广记》中《大业拾遗记》中的记载，早在隋代，已有相关主题的"傀儡剧"出现，而自明中后期开始，京剧等成熟的三国题材艺术形式逐渐形成。从文字到表演，从纸张到舞台，《三国演义》已然完成了一种本质上的飞跃。但值得注意的是，不同于文字和版画的改编，同时舞台的局限性，演员的人数限制以及考虑到实际演出效果的观赏性，《三国演义》的戏剧化改编并非完全尊重原著。在这里有一个非常典型的实际案例，著名艺术家马连良马老先生在其演艺生涯中有一名场面：身着戏袍唱"当阳桥前一声吼，喝断了桥梁水倒流"，然而这一著名唱词，原书中并未出现。反观话剧，《三国演义》的话剧改编可以说是在其跨媒介流变中特殊的一环，虽然话剧也属于戏剧的一种，但是二者大不相同，戏剧主要依靠舞蹈、动作、唱腔等来达到叙事目的的艺术形式，但是话剧则主要依靠对话，在文艺学范畴当中，中国传统戏剧均不属于话剧，所以，以《三国演义》为题材进行的话剧改编更是少之又少。在这屈指可数的改编剧目中，由导演林奕华和香港编剧黄咏诗联合导演的舞台话剧，故事虽依旧以刘备、曹操与孙权几位原有主人公为主线展开叙事，但是在剧中将三人"女性化"，虽然依旧是三人各自为国而战的历史事业，却将其与现代人生活中的种种情况相对比。提出了诸多如"我们究竟如何被铭记""历史车轮，浩浩荡荡，未来谁能够真正地生存"等人生问题。虽然这次改编同中国传统戏剧大有异趣，所处时代也不相同，但其作为具有代表性的"三国改编"之一，依旧具有重要的研究价值。另一部具有代表性的话剧是《草庐·诸葛亮》——一部以三国时期蜀汉丞相诸葛亮为主角的大型实景影像话剧。与其他单一类型剧作不同，其巧妙地结合了现代多媒体影像技术与先锋话剧的表现形式，重现了刘备"三顾茅庐"踏雪寻才、黄月英入嫁、赤壁火烧连营等，生动地再现了"智圣"诸葛亮传奇的一生。并且，《草庐·诸葛亮》弥补了原著部分人物形象过于单一的遗憾，以诸葛亮的一生为主线，通过《隆中对》《贤妻吟》《赤壁赋》三幕的演绎，展现了诸葛亮从隐居草庐到出山相助、再到辅佐刘备建立蜀汉的传奇历程。这不仅展示了诸葛亮的智慧与才能，更凸显了他对国家的忠诚与对民族的担当。在这里，他不仅仅是一个智计百出的谋士，一个忠诚于国家的臣子，他更是他自己，一个深爱妻子的丈夫。这种多维度的塑造使得诸葛亮这一角色更加立体、丰满，更具人格魅力。

3. 银幕艺术传播——影视

20世纪中后期，以银幕为主的数字影像技术逐步走入了公众生活。对于《三国演义》来讲，银幕化、直观性与影视艺术性也成了其在近现代传播过程中的应有之义。自《三国演义》成书已六百余年，人们早已不能满足于需要自己进行思维再创作的文字表达，抑或是依靠几个动作，几句唱腔就"一眼万年"地游走于方寸木台上的戏剧，这就是影视艺术与传统文学的交汇点。作为"当今传播媒介的集大成者"，影视艺术自发明至今乃至于不远的未来，都将是无法超越的存在。一方面，在镜头语言和写实记录的双向加持下，它可以带给观众更加直观的视觉冲击与吸引力，身临其境般体会历史场景与叙事展开的宏大；另一方面，在演员个人的职业素养与影视音乐技术的加持下，观众可以更加深入地体味人物情感。二者结合，兼具文字与舞台艺术的双重优势，并且随着载体工具的不断便携化数字化，《三国演义》系列影视，或改编或局部铺展，更如雨后春笋般出现在公众视野。这其中最具代表性的莫过于1994年上映的由王扶林导演的《三国演义》电视连续剧。该剧正是以原著的章回结构为框架，按照固有情节推进剧情。更为难能可贵的是，该剧虽以原著作为蓝本，却不拘泥于斯，除了结合史学研究成果加强历史真实外，也对原著中部分晦涩难懂的地方做了通俗化适配，造就了诸多脍炙人口的经典影视段落。值得一提的是，在当代人与人之间紧密联系的大背景下，在受众中形成统一的映像，能够极大推动文化的传播与普及。因此，在某种程度上我们可以认为，针对于《三国演义》的影视改编，进一步推动了"三国文化"的发展与认识的深化，为中国传统文化的正向延伸起到了促进作用。

4.可交互式新媒体——电子游戏与剧本杀

在上文中，我们论述了文本版画等多种传播媒介，但是它们具有一个共同的特性：既成性。既成性，顾名思义当一个作品交付到受众手里，是作为一个不可更改的既成品，受众所能做的只有被动接受，而非真正参与作品。近年来，随着游戏市场与文创市场的结合发展，策略类的手游与网络游戏的出现，彻底改变了这一情况。

《三国演义》主题剧本杀是在《三国演义》的基础之上进行艺术化改编，虽然故事主线以诸如赤壁之战等三国时期著名经典战役为主题，但是赋予了一众人物不同的技能加成，并且设置了一系列的时间节点，在节点处放置多个选项以引导至不同的事件走向及结局。玩家可以自行选择释放技能的种类、时间、走向，最后故事的结局也由玩家自己一手选择，游戏结束后则由专人负责讲解分析。此类游戏一经面世，便引发了广泛关注，对此，评论家们持有不同的观点：一种观点认为，这种改编不尊重史实，如果不了解历史的人参与进来，会导致历史认知产生偏差；但同时有人认为，作为游戏的剧本杀本身就没有过于尊重历史事实的义务，同时，参与者将自身意志带入原有人物，以人物的视角进行游戏，在增进游戏体验的同时，沉浸式感受当时所处的环境，了解人物心理，能够增进对人物本身的理解。

随着互联网技术的日益发展，网络游戏日渐壮大，《三国演义》以其独特的对抗性与阵营性，受到了多人在线竞技类游戏（以下简称"MOBA"）的青睐。2015年11月26日，由腾讯公司旗下天美工作室开发的现象级移动端游戏《王者荣耀》横空出世。作为新兴的传播媒介，其具有跨时空性、文娱性、开放性等媒介优势。截至2022年，《王者荣耀》已收获包括中青年在内的四亿余用户，一跃成为国内最受网络玩家欢迎并且收入最高的手机游戏，也正如前文所提剧本杀一样，《王者荣耀》所具有的功用绝非仅仅一款游戏，它在提供竞技平台的同时，也搭建了一个传统文化了解与展示的交流平台。在游戏当中，截至2021年12月共推出108个英雄，其中有四十余名游戏角色取材于《三国演义》，而且游戏中的人物形象设计、所使用的台词与背景、游戏梗概、可更换的效果加成等都相应融入了三国文化元素，随着游戏与文化的双向交融，其具有的文化属性也受到了社会各界的关注，但是与此同时，依旧带来了各种各样的问题。网络游戏基本不同于剧本杀，虽然二者自身均带有娱乐属性，会不自觉将传统文化进行二次改编，但是剧本杀采用的是原著的原有主线推进，网络游戏却几乎只是"借名"。玩家尤其是青少年玩家在游戏过程中，由于认知构建不健全，有可能会对历史产生误认，如何权衡好二者之间的关系，也是现在亟待解决的课题之一。

二、《三国演义》与现代新媒体技术传播相结合的时代意义

明古今之事，通俯仰之变。《三国演义》作为中国古典四大名著，其文化内涵与价值不言而喻。它不仅仅是一部记录古代战争的史学著作，在行文背后更是透露着中国精神与思想内核的形成根源。自《三国演义》问世以来便广为流传，而随着时间的推移，文化传播形态、传播手段与文化需求的不断演进，《三国演义》+现代新媒体技术的传播形式登上历史舞台。虽然在玛丽—劳尔·瑞安看来，我们不能够也不应该对新媒体技术抱有"阿莱夫"神

话似的期盼，在她的《数字时代的叙事学》中也提到叙述与互动的结合更加难以捉摸。但是，新事物发展前途是光明的，道路是曲折的。每一次技术革命的开始永远不会顺利，如果我们只去在意出现的种种问题而忽视了其背后的深远意义，那就未免有急功近利之嫌。

1.《三国演义》影视作品的海外影响力

《三国演义》是中华文明和智慧的集大成者，其本身就具有极强的生命力和海纳百川的包容性。其本身的价值观念，民族精神所具有的带动力早已不限于周边的具有相同文化根源的国家。但是，由于英语在国际用语中的主导地位以及汉语语体字符难度过大，《三国演义》最初只能靠翻译本在国际推行。而这便是国内外理解偏差的由来：由于外国读者不具有中文语言思想及空间艺术的想象环境，在进行空间补白的过程中很容易下意识地"嫁接"国外的思维方式，斗争场景等等，这样必然会显得"牛头马面"。而《三国演义》所进行的影视翻拍便很好地解决了这个问题。它不仅细致地展现了中国古代的战争场景、建筑艺术、谋略之美，更搭配以出口剧独有而详尽的分析解读，让国外观众能够更好地理解中国式思维，从而有更好的观看体验。更为重要的是，自党的十八大以来，党中央多次强调古籍的重要性，我国的政策更向古人求取了许多智慧。这其中有代表性的便是和平发展与构建人类命运共同体。《三国演义》看似在讲述战争，然而其思想内核是追求和平与避免战争，行文中穿插的"兴，百姓苦；亡，百姓苦"的侧面描写更是抨击了分裂与战争带给广大人民的深重苦难。因此，《三国演义》影视作品在海外的传播，成了中国声音面向世界呼喊的"扩音器"，让中国智慧在国际舞台上大放异彩。

2.多媒介体验推动教育模式多元化

自义务教育新课改以来，《三国演义》更多地走入了学生的课本中。作为四大名著之一，《三国演义》固然有着极高的教育价值。但是中学时代的学生活泼好动，定力较差，不能够较为稳定深入地学习相关文言知识与思想情感，而对人物形象的深层次剖析更无从谈起，这让无数教师为之头疼，而原有的经典影视作品又由于课堂时间限制而无法正常运用。这时候，诸如《王者荣耀》等以三国为题材的交互式游戏便开始施展拳脚，他们将三国故事、人物背景、著名战役等移入游戏，若是想正常推进游戏剧情，就要尽可能仔细地去阅读这些信息。设计师正是利用孩子为了玩"不择手段"的特点，寓教于乐，一举两得。同时，VR技术、教学专用剧本杀等新型传播媒介的出现，也使得教育形式不再局限于"师说生学"，而是多样化的课堂实录，尽管存在诸多问题，但仍旧是教学教法上质的飞跃。综上所述，我们可以对《三国演义》结合现代新媒体技术传播的意义进行简略总结：首先，可以促进文化传承。新媒体技术的运用使得《三国演义》这一经典文化作品能够更广泛地传播和普及。通过互联网、社交媒体和移动应用等平台，人们可以随时随地获取到相关的文化内容，加深对《三国演义》的了解和认知，从而实现对传统文化的传承和保护。其次，结合现代新媒体技术传播《三国演义》可以拓展受众群体。传统的媒体形式如图书、电视剧等往往受限于时间和空间的限制，而新媒体技术的出现打破了这种限制。通过网络平台，人们可以自由选择时间和地点，随时观看、阅读和讨论《三国演义》的相关内容，吸引更多的年轻人和国际观众参与其中，实现跨时代、跨地域的文化传播。再次，结合现代新媒体技术传播《三国演义》可以提升传播效果。新媒体技术的多样化和互动性为传播提供了更多的可能性。通过视频、动画、游戏等形式，可以将《三国演义》的故事更生动地呈现出来，增加观众的参与感和沉浸感。此外，互动性的特点也使得观众可以与内容进行互动、分享和讨论，形成更加丰富和多元的传播效果。最后，结合现代新媒体技术传播《三国演义》可以推动文化传统与现代社会的融合。新媒体技术的运用使得古典文化艺术要素巧妙化为现代创作需求的创新内涵，以互为表里，相辅相成的方式呈现传统文化，使其更贴近当代人的生活和价值观。这种融合不仅可以保护和传承传统文化，还能够激发创新和创造力，为文化产业的发展提供新的动力。

三、《三国演义》的跨媒介叙事研究

玛丽—劳尔·瑞安在她的《数字时代的叙事学》中提到："要实现跨学科与媒介的叙事界定，就必须摒弃关于叙事性的两个极端立场。"在传统的界定中，叙事学是在文艺学范畴下的一个概念，其自然也就应当用以形容文学之类。但是在玛丽看来，"叙事性"并非文学专属，它不是一种一成不变的，具有普遍意义的特性，而是作为一种现象存在，一种植根于文化，受文化影响，但不局限于某一种文化领域且能够与时俱进，不断演变的现象。本部分着重从叙事视角，叙事模式，叙事空间三个方面对于《三国演义》从纸本到影视的变化进行分析。

1.叙事视角的转换

（1）从全知全能的非聚焦到话留半分的外聚焦

非聚焦又可称为零度聚焦，这种聚焦模式以其操盘一切的视角类型著称。在该模式下，叙述者可以任意探求文中任何一个人物的心理意识，然后根据作者需要将其公之于读者，是中国传统文学作品中较受青睐的聚焦模式之一。《三国演义》便是以这种聚焦模式创作的典型案例之一。试看《三英战吕布》片段摘录：

> 正议间……飞马大叫："三姓家奴休走！燕人张飞在此！"吕布见了，弃了公孙瓒，便战张飞。飞抖擞精神，酣战吕布。连斗五十余合，不分胜负。云长见了，把马一拍，舞八十二斤青龙偃月刀，来夹攻吕布。三匹马丁字儿厮杀。战到三十合，战不倒吕布。刘玄德掣双股剑，骤黄鬃马，刺斜里也来助战。这三个围住吕布。转灯儿般厮杀。八路人马，都看得呆了。吕

布架隔遮拦不定，看着玄德面上，虚刺一戟，玄德急闪。吕布荡开阵角，倒拖画戟，飞马便回。三个那里肯舍，拍马赶来。八路军兵，喊声大震，一齐掩杀。吕布军马望关上奔走；玄德、关、张随后赶来。[①]

所绘之景就像是上帝凌驾于战场之上，以鸟瞰的视角让这场战况宏大的，通过这种叙事视角，观察者观无不细、听无不收，全面地展示了每一个战斗细节、每一个人物的语言，并且在其中加入了旁白，将这一具有史诗感使命感的英雄之间的"宿命对决"跃然纸上，此等波澜壮阔的气势与场面，绝非以固定的某一个人的视角进行单一化描写所能够表现出来的。另外，为了推进情节，文本还进行了如"三个那里肯舍"之类的心理描写，将人物内心的情感和盘托出，在协助读者理解文意的同时，还能够引导下文情节合理地推进。值得一提的是，作为最早的章回体小说，再加上当时读者素质有限与说评书的盛行，非聚焦视角所具有的独特的回顾前瞻性可谓量身定做，观察者可以针对故事的前进方向进行预测或者对已完结的故事线进行总结，"书接上回"为读书者和说书人提供了极大便利。但同时这种视角也有着非常大的局限性：这种保姆式的细致的情感解读会导致读者的依赖性增加，从而减少自己理解的加入和主动思考的可能；而过多的宏大场景描绘很有可能导致阅读者的审美疲劳，削弱后文场景所应具有的表现性与震撼力。

外聚焦视角，其本质是作为叙述者完全以第三人称视角，用类似于记者的手法以局外人的方式，记录行为、表现、地点、时间、环境及事件，但是不去关心任务的动机、情感及思维方式。在最初的给定范围中，外聚焦型多见于国外的短篇小说，如海明威的《杀人者》等，但是因其在叙事中多采用完全客观场景，读起来像剧本，并且笔者也没有完全按照原有范畴进行讨论，所以

①罗贯中.三国演义[M].北京:人民文学出版社,1953:44.

笔者认为，《三国演义》的影视翻拍（笔者引例为1994年版电视连续剧）亦可按照外聚焦视角进行讨论。

根据剧照，结合原片可知，剧内并没有任何解读及内心独白，有的只是镜头语言和人物对话。有人认为，影视剧的张力远没有文字来的更有冲击，但是在笔者看来，正是由于这种绝对客观的拍摄方法，能够很大程度上减轻了原文中作者的个人政治立场和情感色彩，让读者能够更好地以自己的视角进行影视欣赏。除此之外，这种屏蔽人物内心情感的视角，往往能够使角色显得更为扑朔与神秘，除了能够引导读者深入思考探究，增加剧作趣味性，还能够限制受众对所谓结局与真相的探求；并且由于拍摄主体全程与剧内人物保持距离，是一种作壁上观的效果，由此在某种意义上形成了一种零叙述风格。

（2）从公开的叙述声音到隐蔽的叙述声音

芭芭拉·贺恩斯坦·史密斯曾在他的作品中提到，不要把叙事看做一种传统意义上的结构，而要看作一种行为，一种最普遍意义上的言语活动，由"某人向其他某人讲述已经发生的某件事情"构成。既然我们将叙事看作一种言语活动，那么都应对其发出的或物理或概念上的声音进行研究，这就引出了我们所讲的叙述声音。在一般性叙事性作品中，作家不能够以万能而客观的身份向受众进行展示，于是便化身为故事的"叙述者"在作品中出现，并通过声音证明自己的存在。叙述的声音，一般将它分为三类进行讨论，分别是缺席的叙述声音、隐蔽的叙述声音和公开的叙述声音。

在《三国演义》原著中，有两个显著的特点早已被发现并有诸多的前辈对其进行了相当深入的考察研究。举例如下：

> 话说天下大势，分久必合，合久必分。周末七国分争，并入于秦。及秦灭之后，楚、汉分争，又并入于汉。汉朝自高祖斩白蛇而起义，一统天下，后来光武中兴，传至献帝，遂分为

三国。推其致乱之由，殆始于桓、灵二帝。桓帝禁锢善类，崇信宦官。①

上例为《三国演义》第一回之开头。此外，文章还大量引用诗歌诗文并作评价之用，举例如下：

自此三国归于晋帝司马炎，为一统之基矣。此所谓"天下大势，合久必分，分久必合"者也。后来后汉皇帝刘禅亡于晋泰始七年，魏主曹奂亡于太安元年，吴主孙皓亡于太康四年，皆善终。后人有古风一篇，以叙其事曰：

高祖提剑入咸阳，炎炎红日升扶桑。光武龙兴成大统，金乌飞上天中央。哀哉献帝绍海宇，红轮西坠咸池傍！何进无谋中贵乱，凉州董卓居朝堂。王允定计诛逆党，李傕郭汜兴刀枪。四方盗贼如蚁聚，六合奸雄皆鹰扬。

……纷纷世事无穷尽，天数茫茫不可逃。鼎足三分已成梦，后人凭吊空牢骚。②

上例为《三国演义》原著结尾处对于民间诗歌的引用，并以此对作品进行整体评价。

对于第一个特点，由于"话说"等套语常见于说书人的口中，所以笔者将其姑且命名为"说书式的叙述声音"。这种声音多在套语之后进行叙事场景或情节的切换，由于小说并不能像影视那样采取分镜设计，所以便采用这种套语，在避免过于生硬或冗余的同时起到衔接的作用；或者接以注释或要素交代，以弥补过长的片段可能对读者在阅读记忆或情感理解方面的困难。而这两种作用对于上文所讲作品采用的全知全能的非聚焦视角可谓至关重要。而对于第二个特点，则是诸如《三国演义》《隋唐演义》类历史小说的共性，也和前面所讲的说书式叙述声音异路同源。这类小说虽以述说历史为主，但是兼具评价的功能，这也是为什么在各个

①罗贯中.三国演义[M].北京:人民文学出版社,1953:1.
②罗贯中.三国演义[M].北京:人民文学出版社,1953:958—959.

时代会有不同版本的三国演义出现。叙述者会在原文中加入自身见解，虽然有些学者将其称之为"史官式叙述声音"，但是在《三国演义》中，诗歌的引用更多是起作评效果，因此笔者更倾向于将其称为"史评性叙述声音"。

随着《三国演义》跨媒介叙事发展的深入，影视作品的出现也导致原有的以公开的叙述声音为主的方向的转变。镜头，是影视作品采集画面的主要媒介，镜头不同于作者，它虽然按照编剧所创作的剧本进行拍摄，但是镜头本身并不会讲话，狭义来讲只是连接受众与画面的桥梁，是无形的，而这恰好与缺席的叙述声音不谋而合。缺席的叙述声音，我们可以将其理解为叙述者有意地将自己进行隐藏，以第三者的身份进行讲述，以达到更加客观的效果。

现代影视类型过于繁杂，我们将分别对全缺席叙述声音和半缺席叙述声音进行讨论。全缺席叙述声音，多见于我国早期的三国题材影视作品。以1994年版《三国演义》电视连续剧为例，全剧去掉了原著中的评论部分以及心理表述、意识流动等等不存在于现实交流之中的叙事艺术，简单直接将三国时期的历史进行还原。这种方式虽在严格意义上与缺席叙述声音有细微出入，但整体仍属于其概念范畴，因此笔者在前加一"全"字以表区分。半缺席叙述声音，在定义上与缺席叙述声音基本保持一致，多见于近年来所拍摄的纪实性三国题材纪录片当中，随着受众知识水平的不断增长与三国考古学的不断发现，仅仅依靠画面进行展示已经很难满足当代需求，于是采用半缺席叙述声音，加入旁白式的注释与分析，不仅更有利于受众接受，还最大程度保证了客观性。

2.叙事模式的重建

其实早在20世纪中后期，中国影视界已经开始了对《三国演义》影视改编的探索，到了21世纪，已然形成了一套相当完整的产业流程。为了提高影视表达效果，针对原文叙事模式与改编技巧的研究也从未停止。在此重点从细微之处入手，去探索《三国演义》在跨媒介流变当中叙事模式的重建。

（1）从单一的串珠式情节到蒙太奇的创新运用

在《三国演义》这本书中，作者在创作时运用了串珠式的情节：以事件发展为主线，串联所有故事情节。如文第二十六回原文摘要：

> 却说袁绍欲斩玄德……且说曹操见云长斩了颜良……文丑军既得粮草车仗……文丑沿河赶来……云长引数骑东冲西突……袁绍接应至官渡……

可以看出，每一段的开头都是对上一段所讲事情的概括总结，并由此进入下一段叙事。其实这种现象并不是个例，它普遍存在于明清奇人小说当中，而该现象的产生根源于这类小说的文学与精神起源之中。精神起源，指的是在文人创作过程中所形成的一种心理定式。这便是循规蹈矩，刻在中国文人风骨里的一种精神，他们十分崇尚"顺其自然"之后便演变为以时间或事件发展顺序行文。文学起源，则是指史记。根据明代学者李卓吾所作研究，明清章回小说除了源于上古经典诗文之外，还源于百家之《史记》。《史记》虽是中国第一部纪传体通史，但是其在书中为名人帝王做传的过程中，使用的仍是人物发展的时间顺序，因此演变为后来的奇人小说后，便也保留了这种特点。现在看来，串珠似的情节安排在当时不失为一种最优解。《三国演义》作为一部鸿篇巨制，本身在阅读上对于受过一定现代教育的民众都略有难度，若是再加上一部分花里胡哨的倒叙插叙等技巧，就显得画蛇添足且"为难"读者了。

对于《三国演义》的影视改编来讲，初期的作品其实并未展现出太多的创新，依旧沿用原著的串珠式叙事模式。但是随着研究的深入，跨学科的融合以及西方影视理论的引进，使《三国演义》的改编越过了质变的分界线。影视蒙太奇巧妙地利用镜头取景范围和时间长短的不同，按照叙事规则将原有故事线进行分解拼接，在保证原有叙事完整性的同时，改变原有行文节奏，从而呈现给观众完全不同的感官体验。而《三国演义》貌似自成书以来就在冥冥之中与蒙太奇有着别样的联系：多种性格不同的人物，为或相同或不同的目标进行对抗斗争，但是这些事件又都发生在同一时空域限中，这其中鲜明但错综复杂的戏剧冲突给了蒙太奇以相当大的发展空间。

《大军师司马懿之军事联盟》中关于司马懿、杨修、曹操、曹植、曹丕五人的描述十分典型且有趣。此剧改变了原著中将斗争插入时间线之中的写法，创新性地将五人分为三组：曹操一组，杨修、曹植一组，司马懿、曹丕一组，重点突出了后两组的明争暗斗，既丰富了原著中并不算丰满的杨修的形象，又突出了司马懿的精明聪慧。另外，剧中以司马懿内心分析过程的视角，细致分析了曹操的思想，更加深刻地展现了曹操的阴险狡诈。这里虽然没能跳脱出曹操奸诈形象的定式，但也确实让曹操的形象变得细腻鲜活。而放眼全剧，司马家的故事线与曹氏王朝的故事线相互交缠，亲疏远离层层递进，紧凑而又连贯。抛开叙述艺术来讲，蒙太奇的叙事手法，在一定程度上揭示了事物之间的联系与因果关系，展现了行为与结果之间的本质。由此看来，还具有一定的唯物辩证精神，契合了当代社会的发展要义。

（2）从沉迷场景到点面结合

《三国演义》作为中国古代战争历史小说的代表之作，最突出的特点之一便是对战争场面的描写。东汉末年，诸侯割据，各路诸侯逐鹿中原，发生了无数宏大而壮烈的战事。在那个连舞台剧都没有普及的年代，正是由于作者对于宏大场景描写的极致追求，让每一个读者虽身处方寸之屋，却能够一念千里，感受硝烟纷飞之战场。以《三国演义》原著第四十九回火烧赤壁为例：

> 来船渐近……众军齐喝："快下了篷！"言未绝，弓弦响处，

文聘被箭射中左臂，倒在船中。船上大乱，各自奔回。南船距操寨止隔二里水面。黄盖用刀一招，前船一齐发火。火趁风威，风助火势，船如箭发，烟焰涨天。二十只火船，撞入水寨，曹寨中船只一时尽着；又被铁环锁住，无处逃避。隔江炮响，四下火船齐到，但见三江面上，火逐风飞，一派通红，漫天彻地。①

在这当中，不论是那漫天的箭、冲天的光还是满江的火，无不令人震撼。

在惊叹于作者的描绘笔法之后，我们也应看到作者这样安排写作的原因。作为大明才子，这一宏大描写的背后，其实暗含着作者对于当时战争的思考。古人云：天时地利人和，但作者另辟蹊径，第一次抛弃所谓"天命"而将战争胜利的光环落到谋士的身上，这对之后的小说创作产生了巨大影响，自此之后但凡"伟大的胜利"，都是正确运用战略与战术的结果。而不懂谋略、一意孤行的一方必定失败。同时作者吸收了《春秋》《左传》等古典作品，将政治斗争与军事斗争多元融合，最终铸就了一场又一场跃然纸上的立体化全景军事文学。这不仅仅对于当时的文坛具有划时代的意义，书中所蕴含的作战之道时至今日仍具有指导作用。

而在影视剧作中，很多导演便不再局限于这种宏大的叙事场景。除了需要耗费更多的人力物力财力之外，由于镜头的写实性与色彩性，也会让人眼花缭乱，降低观赏体验。近年来，许多导演另辟蹊径，将原本的总写替换为具有代表性的情节特写或者干脆从原著中提取单独的片段或人物，对其进行展开描写。

通过剧照可以很明显地看出，影视剧既有特写的近景，也有全包的远景，远近交替，点面结合，以完美的戏剧冲突带给观众良好的视觉体验；除此之外，鸟瞰战场的远景虽能够展现震撼的战斗，但是缺乏细节表现的张力，导演在拍摄过程中加入近景特

①罗贯中.三国演义[M].北京:人民文学出版社,1953:398.

中国古典小说的跨媒介叙事与美学研究

写，并搭配以人的痛苦与打斗的残酷，更能体现"一将功成万骨枯"，借此抒发对于战争的抵制和和平的渴望。正如孟繁树先生于《戏曲电视剧艺术论》所讲：将三国小说搬到屏幕上的主要意义在于使这部古典名著与电视艺术相结合，以期使之得到屏幕的再现，从而使观众得到一种视觉形象的新的满足。

3.叙事空间的突破

空间就是由长、宽、高组成的，具有一定物理属性以供人类进行生存发展活动的三维立体区块。而在空间中，加入了一条时间线，即过去、现在、将来，便有了事件的回溯、进行与发展。文学叙事则是最纯粹的二维表达，通过书写或打印在平面上的文字进行表达与交流。二者看似毫不相干，但是细细分析，不难看出二者之间的联系：叙事的主体"事"正是在接续不断的时间流中某一个点的客观发生，而叙事的接受形式也是在人脑中进行模拟，受事人通过将接收到的时间地点人物等等要素信息进行组合，最终依旧是在人脑中形成一个非物质的"空间"。关于"叙事空间"这一概念的形成，笔者认为应从1945年弗兰克的《现代小说的空间形式》开始算起。

（1）叙事空间的塑造动力：主动与被动

《三国演义》原著作为历史小说，不可避免地要进行大量的叙事空间塑造。文学上的叙事空间就是以文字作为媒介，通过人脑与语言机制的解码后，以叙事时间为主线形成的抽象延展。这个延展出来的空间具有主观性，不同的文学审美意识形态会形成不同的主观映像，"有一千个读者就有一千个哈姆雷特"。而由于这种场景构建需要读者思维与意识的参与，便自然而然地具有了主观性与主动性。如"玄德三顾茅庐"的片段：

> 遂上马，行数里，勒马回观隆中景物，果然山不高而秀雅，水不深而澄清；地不广而平坦，林不大而茂盛；猿鹤相亲，松篁交翠。观之不已，忽见一人，容貌轩昂，丰姿俊爽，头戴逍

遥巾，身穿皂布袍，杖藜从山僻小路而来。玄德曰："此必卧龙先生也！"急下马向前施礼，问曰："先生非卧龙否？"其人曰："将军是谁？"……二人对坐于林间石上，关、张侍立于侧。州平曰："将军何故欲见孔明？"玄德曰："方今天下大乱，四方云扰，欲见孔明，求安邦定国之策耳。①

有人认为，刘备三顾茅庐，是礼贤下士的表现，值得赞扬，于是在脑海中渲染了一副艳阳高照的好天气用以烘托气氛；有人在心里为刘备鸣不平，认为堂堂一代君主，竟为了一臣子疲于奔波，多少有失身份，于是自行脑补了一个乌云密布、万里阴霾的画面来展现内心；而有人分析了原文及史实后，自然在脑海中描绘出春夏之交阳光明媚而不刺眼的场景。这便是《三国演义》原著在叙事空间方面主观性与主动性的体现之一。

《三国演义》影视剧的叙事空间是以具体而客观的画面方式呈现的，具有直接的可获得性。其本身就是时间与空间相紧密结合的艺术形式，受众不需要通过自己的思维与感官进行解码和再处理，而是通过视觉直接收取画面，换个角度来讲，在电影中，受众所获得的叙事空间是直接的，客观的；如果受众观看的是同一部影片，那么还将额外具有统一性。这也是文字与影视在叙事空间方面所具有的最直接的区别。本雅明曾经在他的作品中这样提到：面对电影银幕，观赏者不会沉浸于联想之中，观赏者很难对电影画面进行思考，因为当他意欲进行这种思考时，银幕的画面就已经变掉了。影视画面直接给予了观众非常直观的场景渲染，艳阳、绿竹、流水、乌云，如果大家共同观赏这部影片，就几乎没有对该场景产生争议的可能。这样的叙事空间的构建，虽然更直观，但是也抑制了受众的想象空间，抑制了思维的发散。

（2）叙事空间的塑造实施：物理与心理带动的相互转换

文学研究学者爱德华说：把以前给予时间和历史、社会关系

①罗贯中.三国演义[M].北京：人民文学出版社，1953：301—302.

和社会的青睐，纷纷转移到空间上来。叙事空间的塑造实施，笔者在这里定义为在构建叙事空间的过程中，负责传递支持信息的媒介。在《三国演义》原著与影视改编之间，原著以文字符号传播信息，需要心理解码，后者以画面传递信息是物理上的接受，故将其总结为物理与心理带动的相互转换。

在文学写作中，叙事空间是无法被避免的。在现实中，空间是以极其复杂的形式存在的，要将空间展现得淋漓尽致，就需要耗费不可计量的叙事文本，这在写作中是不被允许的。但矛盾的是，文学叙事的写作主体，也就是人必须在特定的空间环境中进行活动。因此为了让叙事能够顺利进行，作者只能在满足故事推进需求的情况下，对空间信息进行压缩。大家可以简单进行想象：你的面前有一块画布，上面除了一个人物在不停移动挥舞着手中的武器外，剩余地方全都是空白。这样的画面会不会显得很单薄？这就是人脑将文字初步转录为心理镜像的时候的状态，而为了"使这张画布"更加充实，我们就会通过对固有信息进行分析，在头脑里进行"补白工作"，将周边缺失的物理环境进行渲染，这就是我们所说的心理带动物理。

> 吕布纵赤兔马赶来。那马日行千里，飞走如风。看看赶上，布举画戟望瓒后心便刺。旁边一将，圆睁环眼，倒竖虎须，挺丈八蛇矛，飞马大叫："三姓家奴休走！燕人张飞在此！"吕布见了，弃了公孙瓒，便战张飞。飞抖擞精神，酣战吕布。连斗五十余合，不分胜负。云长见了，把马一拍，舞八十二斤青龙偃月刀，来夹攻吕布。三匹马丁字儿厮杀。战到三十合，战不倒吕布。刘玄德掣双股剑，骤黄鬃马，刺斜里也来助战。这三个围住吕布。转灯儿般厮杀。八路人马，都看得呆了。吕布架隔遮拦不定，看着玄德面上，虚刺一戟，玄德急闪。吕布荡开阵角，倒拖画戟，飞马便回。三个那里肯舍，拍马赶来。①

---

①罗贯中.三国演义［M］.北京：人民文学出版社，1953：44.

如上段文字，原文并没有对战争场面进行描写，但是笔者在读的时候自动带入了一个硝烟弥漫、阴云密布、狼烟四起的战场，众武将团团而立，时刻准备着加入战斗。这正是由心理活动带动了物理场景的构建。

在影视作品中，叙事空间是可以直接构架起来的。对于场景艺术和镜头语言来说，空间可以一直被感知被看见，很多细节，关系更是可以通过布景或者后期合成制作出来。对于影视来说，文学作品中千言万语描绘的场景，只需要一个长镜头或几个片段就足以表现清楚。但是这并不意味着影视剧作就没有局限性，这种局限性就在于情感。作为以叙事学为核心进行讨论的文章，我们在此并不考虑音乐与旁白对于影视情感表述的帮助，单纯讨论画面。但是如此一来，画面的情感内现力就远不如文字。我们需要尽可能去注意画面的色彩、排布以及人物的行为等去分析拍摄者所要表达的思想。因此我们可以说，在影视剧作里，我们是通过画面率先构建起物理框架，然后通过物理框架带动构建心理情感框架。

四、从《三国演义》影视改编看叙事策略的新思路

《三国演义》历经了多年的演变，在其中暗含着繁杂且隐晦的信息传递，这就意味着若要以更好的效果将文本以影视的形式呈现在观众面前，就一定要进行一系列的或明或暗的修改调整。我们不做多维讨论，只就其中一方面，探究其在叙事策略上的筹措。简单来讲，可以分为叙事转变，框架重构和美学符号转变三个分支。

1. "想我所想"到"说我所说"的叙事转变

书面内容的影视化改编，是自影视技术成熟以来一直维持的高热话题之一，因为比起原创剧本，在原著的基础之上进行影视化改编显然会节约更多的成本，然而这并非易事。整个改编需要

经历"创作者编码—读者解码—动画制作者编码—观众再度解码"的动态过程①，改编者其实不太能够准确地了解到将文本改写为故事时所想表达的意思和观众在实际观看过程中所主动理解的情节是否一致。《三国演义》虽是半文半白的小说形式，但是历经数千年的文化积淀，汉字在使用的过程中，有可能产生令人意想不到的质变。一方面，在《三国演义》编写的过程中，作者希望在其中加入一些内容，但是这些内容不能够为当时时代价值观念所接受，于是作者便将这些观点隐匿于字里行间；另一方面，在文章推进的过程中，作者可能无意加入"隐匿的话语"，但是其情感导向修正了他的用词导向，而用词的不同也可能使读者读出不同的内容。并且受当时的美学观念影响，《三国演义》在成书过程中，并没有在"面面俱到"上下过多的功夫，由于其本身是一部历史类作品，更偏向于宏大的叙事，因此在很多微小的环节与情节递进上非常的单薄，甚至直接省略。而节省出的笔墨大致留给了叙事空间的构建。但是很明显这样的叙事策略并不能够满足影视化改编的需要，如果我们粗略地将原文直接用作剧本并完成拍摄，那么极大的跳跃性与画面的单一性会使观众叫苦不迭。另外，值得一提的是当时的文本并没有考虑到传播的普适性，作品只需供一小部分人读懂即可，但是当今的影视剧作是需要以流量作为拍摄基础的，流量来自受众，而受众的文化水平又各不相同，因此，适当过渡，通过多种手段能让大家都看得明白、看得流畅，也是当代影视改编的应有要义。

2."以今言讲古事"，古代故事在现代价值观下的重新构建

《三国演义》作为一部非常典型的历史变迁类史诗性小说，在其中蕴涵着诸多评价性的话语，但是这些评价性的话语都是建立在作者当下社会的情感价值观基础之上。然而，随着时代的变迁，

① 王譞，王紫研.从"六朝笔记"到"志怪动画"的跨媒介改编研究：以动画短片《中国奇谭》之《鹅鹅鹅》改编为例[J].电影评介,2023(18):48—51.

社会价值体系发生了本质的变化。那么作为以当代人为主要受众的影视剧作必然不可能一成不变地照搬原著观点，由此，抓住两者间的平衡点，将现代价值观与古代故事本体相结合的叙事方式便应运而生。

谈到三国，很多人最先想到的是集"忠义仁勇"于一身的传统武将代言人关羽，其厚植于传统儒家文化的形象使得其深受古今国民的喜爱。忠诚与义气这一传统的价值观对于我们当代社会的构建依然有着十分重要的意义依旧需要我们传承与发扬，但是要对其中的具体内涵和表现形式加以改进。之前的人所讲之忠诚与义气主要表现为对所谓"明君"绝对服从和无私奉献。而时至今日，神州大地早已将这一概念引申为对朋友家人的支持或者是在职业、团队、社会的责任和担当。除此之外，孝也不限于子女对父母的孝顺，还包括对弱势群体和社会公益事业的关爱；而仁更是发展为现代社会的价值观，强调人性的尊严和平等，倡导包容和关爱。

虽然《三国演义》中的智谋与战略在现代社会依然受到重视，但其应用领域和方式也发生了变化。在古代，智谋与战略主要表现为军事斗争和政治斗争中的策略和手段，但是，在所谓"文人风骨"于当时背景的曲折解读下，加之个别角色"主角光环"的压制下，富有智谋反而容易"树大招风"。最典型的便是周瑜。其实根据史料记载，周瑜是个心胸颇大的人物形象。但是，在罗贯中眼里，非汉室不正统，非事正统不君子。因此，《三国演义》原著对周瑜进行了丑化处理。虽然客观来讲，现在部分影视剧作仍在滤镜之下看待周瑜，不过无论是从演员的选择，还是台词的设计，都在向着更加客观的方向前进，在1994年版的《三国演义》电视剧中，周瑜还是一位十分懂得人情世故的人，这也一定程度上契合了当代对于智谋的新要义。虽然现代社会的人际关系相对复杂，但《三国演义》中的人物形象和人际关系依然具有一定的借鉴意义。例如，现代人在处理人际关系时，可以借鉴《三国演义》中刘备的仁爱、关羽的义气、诸葛亮的智谋等优秀品质，以建立良好的人际关系和推动社会的发展。

3. "今人不见古时月，今月曾经照古人"——古今审美的融合

其实，若要深挖《三国演义》的影视化改编，就必须要结合当时的历史文化背景，《三国演义》在《三国志》的基础之上，保留了其类似于春秋笔法的创作风格，以一种相对客观的角度，对于三国这段历史进行艺术加工。而这种叙事策略会在一定程度上导致作品本身略显枯燥与说教。而受到中国传统内敛氛围以及"点到为止"传统观念的影响，国产影视在一定程度上保持着一种冷峻型的美学风格，即一种淡而有味的银幕美学形态[①]。在现代影视改编的过程中，若是两者都保持原有的风格不变，那么最终呈现在观众面前的更像是纪录片，而不是影视作品，但若两者之间又过于离经叛道，则又有悖于"原文改编影视"这一出发点。

因此我们不妨在影视改编的过程当中，一方面让两者的审美方向保持相同，换言之就是让影视与原著之间不会出现过强的人物，情节等方向的割裂；另一方面更多发扬西方银幕艺术"热闹"的特点，让整部剧作的氛围活跃起来，让人物形象更加立体，让矛盾冲突更加对立，在保持原著风格的同时，强化艺术渲染，锐化视觉效果。这样，既有"言有尽而意无穷"，又有"明人不说暗话"，但是仍旧值得注意的是，多样化的叙事策略，并不等同于无效的堆砌拼凑，因此在改编的过程中也要注重相关理论的构建与积累，以防出现"过犹不及"的现象。

第二节　绘画美学与《红楼梦》图景的建构

古今中外文艺理论中都曾将"画"与"诗"两种艺术形式放

---

① 王譞,王紫研.从"六朝笔记"到"志怪动画"的跨媒介改编研究:以动画短片《中国奇谭》之《鹅鹅鹅》改编为例[J].电影评介,2023(18):48—51.

在一起来比较。《红楼梦》是一部将"语言"与"图画"结合得异常精妙的一部作品，积极地采用图像手段来叙事，将两种艺术形式不着痕迹地融合到一起，呈现出如梦似幻、温婉缱绻的美学画面，开辟了小说"图景叙事"的先河。脂砚斋、畸笏叟评《红楼梦》时指出曹雪芹深得绘画的"秘诀"①。

《红楼梦》中的图景大致分为三大类：园林图景、仕女图景、日常风物图景。此三类图景都有一定的参照素材，其中明代"吴门四家"（简称为"明四家"）的作品对之影响颇深。曹雪芹在作品中也有意无意地提到仇十洲的《双艳图》、唐寅的《海棠春睡图》等，尽管所说画作并非真实存在，但能从《红楼梦》中其他文字图景中索引出多幅吴中画派，特别是明四家的作品。中国传统绘画发展至明代中叶，在题材、图式和表现技法上有了长足发展，以沈周、文征明、唐寅、仇英为代表的明四家在对宋元文人画的继承发扬基础上融入了时代和地域因子，以刚柔并济、雅丽清逸、冲和平淡的艺术风貌逐渐成为明代画坛的主流。他们将自己对外界风物的观察、感悟、人生哲思、审美情趣等融入笔端，丰富了吴中画派作品的艺术内涵。同为文人画家、有着相似审美旨趣的曹雪芹应该十分关注此画派，在《红楼梦》的图景创作过程中留下了众多吴中画派的痕迹。

一、园林场景：具象和谐、自适内省

园林与苏州始终有着不解之缘，姑苏一地的园林、画派和诗文有着异曲同工之妙。吴中一地的绘画与园林的发展历程存在着一定的交叠和互动，两种艺术各自发展又相互成就，将文人的精神旨趣抒写到极致。明代弘治到嘉靖年间，由于政治高压的相对松弛、社会经济持续发展、学术思想空前活跃，使得江南一带民间造园风气日盛，园林绘画也随之兴盛起来，园林画逐渐成为吴中画派的代表性题材。明四家初始时期的园林画多数以自然山水

①曹雪芹.脂砚斋重评石头记[M].北京：人民文学出版社,2006:607.

作为背景，人工痕迹较少，主要突出画中的人物事件。如现藏于辽宁省博物馆的沈周所绘的《盆菊幽赏图》，整幅图篇幅较小，背景仍为自然山水，建筑设施也极为简约，却表现出人物游赏的雅趣。杂树中设一草亭，四周以曲栏隔成庭院，院里墙边有盛开的菊花若干盆。亭内三人对饮，饮酒赏菊，意态悠闲，侍者持壶侍立，整幅图布势疏朗，情景宜人，一派秋高气爽的意境。另有唐寅于正德己卯（1519年）所做的《双鉴行窝图》，以汪荣家乡的富溪之滨为构图对象，在景物处理上将人物放在主图的中央，较为直接地突出了人物的生活理想与文人意趣。整幅画面虽以景物为主，但在不经意间着上了文人士子的主观色彩。另有《毅庵图》，描绘的是友人逸士朱毅庵林泉高卧的情景，整幅图设色冷峻清雅，笔墨苍劲挺秀，庭院中松竹清幽、蕉石雅洁，茅屋中高士怡然静坐，作遐观之状。人物仍然是整幅画面的焦点。由此可看出唐寅的园林图是一种将人物的志向性情融入周围环境的"有我之境"，将人物的主观情感寄放在烟云风物当中。与唐寅交好的文征明亦热心于造园，他的园林画在本人的作品中占据了较高的比例。如《人日诗画图》为他中年早期的逸笔水墨画，格调简淡、澹泊，意境深远。同一时期的《雨余春树图》则是一个充满风雅之趣的送别图，以雨后烟树的淡褐与浅绿为主色调，色彩清新，层次分明，一改以往送别萧瑟清冷之境，整个画面自然清新而具有恬淡之趣。仇英的《东林图》则呈现出了更为浓郁的人间烟火图景。此图为东林先生而制，上有唐寅的题跋："百年旧宅黄茅厚，四座诸生绛帷垂"，描绘了东林先生于山间老屋中教授学生的情形。画面集中在画幅一侧，古木遒劲沧桑，老枝嵯峨挺拔，将黄旧的茅草屋掩映，师生屋檐下盘踞而坐，侍者汲水、煮茶不一而足。以上为明四家的山水之作，人景相合在一起，和谐而融洽，体现了人物内省式的心境，自由而舒展。

作为一个资深鉴画师，曹雪芹对距离当时不远的明代画作是谙熟于心的，他似乎隐约感觉到能够从这些画作的图像中生发出一些故事场景，或者说彼此之间是有一定内在关联的。浦安迪也曾提到：许多连接文人画与散文小说的那种相同的癖性倾向也遍及明末文学的其他每一种体裁①，因而在《红楼梦》与吴地画作之间所存在的关联绝非偶然所致，而是两者作为同一文化母体的产物，具有先天的共同性。就如同园林营造与园林画作同时呈现一样，园林空间的小说作品亦与园林画有着莫大关联，这是一种较为隐蔽的艺术逻辑关系。曹雪芹将这种日常园林的图景以大观园为具象移入了《红楼梦》的创作。大观园既是《红楼梦》小说情节展开的重要空间，也是曹雪芹以文学方式构建起来的一座古典园林，具有文学与建筑学的双重美学意义，除此之外还有第三重美学意义，那便是"有我之境"的意境之美。这里的亭台楼榭、异草奇花皆与人物性情、人物命运有机融合，曹公笔下的桃源胜境不单单是一种客观景物之美，也是一种融入了人物性情和思想情怀的空间载体。将孤僻好静，细腻善感的林黛玉安置于"绿竹森森龙吟细细"的潇湘馆，将"富贵闲公子"贾宝玉安排在"红香绿玉，花团锦簇"的怡红院，将处事淡然，沉稳凝重的薛宝钗安排在"一株花木也无""如雪洞一般"的蘅芜苑，人物的性情、思想、命运与园林中景观风物彼此交融，交织成一幅幅和谐而美好的园林画，构成一个异彩纷呈、云蒸霞蔚的大观园图像世界。《红楼梦》中，无论是天上的警幻仙境还是人间的大观园，都不是一个静态的遥不可及的桃源世界，都有人物置身其中，人物的行为与环境互动，演绎着生动鲜活的情节片段，生发无尽的美学情感。且看二十三回中的园林场景构图，此时大观园刚落成：

> 那一日正当三月中浣，早饭后，宝玉携了一套《会真记》，走到沁芳闸桥边桃花底下一块石上坐着，展开《会真记》，从头细玩。正看到"落红成阵"，只见一阵风过，把树头上桃花吹下一大半来，落的满身满书满地皆是。宝玉要抖将下来，恐

①浦安迪.明代小说四大奇书[M].沈亨寿译.北京：生活·读书·新知三联书店,2015:65.

怕脚步践踏了，只得兜了那花瓣，来至池边，抖在池内。那花瓣浮在水面，飘飘荡荡，竟流出沁芳闸去了。①

此段景物当中有石，有花，有树，有水，一幅落英缤纷的春暮之景，人物也占据了图景相当大的比重，所读《会真记》之情景与人物所处情景相当，亦让人物沉迷于其中不能自拔。

另有第四十九回"宝玉赏雪"一段：

> 掀开帐子一看，虽门窗尚掩，只见窗上光辉夺目，心内早踌躇起来，埋怨定是晴了，日光已出。一面忙起来揭起窗屉，从玻璃窗内往外一看，原来不是日光，竟是一夜大雪，下将有一尺多厚，天上仍是搓棉扯絮一般。……出了院门，四顾一望，并无二色，远远的是青松翠竹，自己却如装在玻璃盒内一般。于是走至山坡之下，顺着山脚刚转过去，已闻得一股寒香拂鼻。回头一看，恰是妙玉门前栊翠庵中有十数株红梅如胭脂一般，映着雪色，分外显得精神，好不有趣！

此段以宝玉的视角来构建园林雪景，视点分别选在账内、窗口、院门外、山坡下。随着人物的移动，视角不断发生改变，从平视变为鸟瞰，以"移步换景"的手法创作园林作品：屋内是表现真实生活形态的居所小空间，屋外是银装素裹、天然成趣的园林大空间。作者一直在现实诉求和理想之境中找寻平衡点。整个画面的构图利用山坡来构建起伏的层次感，雪白之境以红梅之红加以点缀，一幅赏雪之图赫然而出。以琉璃清亮的世界映衬了宝玉天然纯净的本性，人、情、景有机地融合在一起，创造了"有我之境"的意境之美。曹公笔下的大观园不单单是一种客观景物，更是一种融入了人物性情和思想情怀的空间载体。所构之景如"宝玉读《会真记》"、黛玉葬花、宝钗扑蝶、妙玉清茶、可卿春困……皆为人物与园林的有机融合，从日常之事中塑造人物之形，

① 本节所引原文，均出自中国艺术研究院红楼梦研究所校注的《红楼梦》，人民文学出版社2008年版。

用竹石、花卉、树木等园林布景去点染人物之美。从题材的选取、位置的经营、意境的创造上皆取法于明代的园林图。像大多数吴中派画家一样,《红楼梦》图景中少了几分仙气缭绕,多了些人间烟火。人物的描摹也不再囿于外形和神态的刻画,而更多表达某种内省式的静思,以一种淡然温和的姿态看待周遭。

　　明四家亦有描摹真实园林风貌的园林画作品,以沈周的《东庄图册》和文征明的《拙政园三十一图册》为代表,这一艺术形态也体现了人们对于园林美学的追求历程。以沈周为吴宽私家园林所制的《东庄图册》为例,此图是吴门园林画中较早的一幅作品,图记清晰地记录了东庄的园林景观,整个画面虽然仍以山水作为主要景致,但花木、建筑在其中的篇幅较之普通山水之作多了许多,人工营造的痕迹较为明显。图中呈现出了园林区域的划分,稻畦、麦山、竹田、桑洲、果林和菜圃一应俱全。整个画面空间呈现出平远之势,山丘、水流、建筑、花木依照园林的结构布局依次展开,与实际园景中的位置经营、布局章法呈现出一致性。文征明的《拙政园三十一图册》则呈现出了更为系统而齐全的园林全景。曹雪芹以他的如椽画笔绘制了《红楼梦》中的大观园全体风貌,在读者的接受层面,呈现出了具体、全面而系统的园林景象。这里有空间布局的形式之美:"转过山坡,穿花度柳,抚石依泉,过了荼蘼架,再入木香棚,越牡丹亭,度芍药圃,入蔷薇院,出芭蕉坞,盘旋曲折。忽闻水声潺湲,泻出石洞,上则萝薜倒垂,下则落花浮荡",虚实相间,疏密得体。有层次鲜明的立体之美:"进入石洞来。只见佳木茏葱,奇花闪烁,一带清流,从花木深处曲折泻于石隙之下。再进数步,渐向北边,平坦宽豁,两边飞楼插空,雕甍绣槛,皆隐于山坳树杪之间。俯而视之,则清溪泻雪,石磴穿云,白石为栏,环抱池沿,石桥三港,兽面衔吐。"近景的花木,中景的溪流,远景的楼台以绘画中的"三远"形式展现开来。亦有花木配置的和谐之美:"院中点衬几块山石,一边种着数本芭蕉;那一边乃是一棵西府海棠,其势若伞,丝垂翠缕，葩吐丹砂。"以形态和颜色的和谐搭配造就了人们视觉上的美好想象，成就了中国传统小说史中最为系统全面的环境空间。

二、仕女图景：闺阁叙事，温丽典雅

吴门四家另一个较为突出的题材作品便是仕女图。仕女图作为传统画作的一个重要类型在宋元两代的发展并没有太多的突破，直到明中期，仇英和唐寅的创作打破了之前的沉寂，将仕女图的创作带入一个新的高度。在他们的作品中，不单单专注于仕女的基本形态，更将人物所处的背景环境纳入整个画面的构图中，在环境中或展现闺阁仕女的日常形态，或讲述一段历史故事，或传达某一美好祝愿。闺阁本身是一个具有温婉意味的物理空间，闺阁文化亦具有特别的人文形态，仇英、唐寅一流的仕女图不单单是一种绘画类型，更具备典雅温丽的叙事特性，是一种闺阁叙事。如仇英的《捣衣图》（现藏于南京博物院），选用了传统诗词中闺阁捣寒衣以寄征夫的题材，整个画面集中在树与女子之间，以工笔白描的笔法简洁勾勒，笔墨细劲，意境萧疏。高耸如盖的秋桐下，女子静坐期间持槌捣衣，翘首以望。从女子这一神态中，能感受其对征人的无尽思念与惆怅。仇英的作品比较注重自我情感的抒发，如果说此幅作品展现了闺中女子的无尽哀怨的话，另一幅《春庭戏婴图轴》则呈现出了较为欢快的情感基调。图绘庭院一角，海棠花开，奇石错落，鸳鸯浴水，一女子正于花下携童赏春。人物以白描为主，运笔工细，树石勾染结合，意境闲淡。仇英的仕女图内容取材非常广泛，既有历史故事如《贵妃晓装》《明妃出塞》，又有民间传说如《吹箫引凤》；既有民间传说如《南华秋水》，又有诗词意境如《浔阳琵琶》《修竹仕女图》。仇英的《四季仕女图》创作于嘉靖三十年，是闺阁叙事的经典之作，亦是仕女群像图的精品。全图共有人物三十余个，展现了女子们春夏秋冬四季园中游乐的场景。画卷中以季节为单位来划分场景，对应了女子四项常有的娱乐活动，分别为秋千、采莲、赏月、蹴鞠等，四季以树石巧妙连接在一起，每一季的场景可单独地成为一张画卷，又可以连贯在一起欣赏而不觉脱节，设计十分精妙。这些都成为《红楼梦》闺阁叙事的重要参照。曹雪芹从画中生发场景，从画中提炼意境，从画境中捕捉灵感，最终全部融入故事文本的创作之中，因而无论从评论者的眼中还是读者的眼中都能够生发出一系列经典的画面"黛玉葬花""宝钗扑蝶""晴雯撕扇"……作者将绘画意境与情节故事进行有机结合，使作品中的审美精神外化为一种"有意味的形式"，融生命本体存在之意而非外在物象行迹于笔墨意趣之中，不拘滞于行迹而忘形忘质，这是《红楼梦》非常经典的一种叙事美学形式——闺阁叙事。

　　曹雪芹对唐寅画仕女图的参考痕迹亦非常明显。唐寅作为吴门画派的代表人物，在多个题材领域都有经典之作，其中仕女图最受瞩目。唐寅的仕女图能够跳出先前仕女题材中贵族女子的闲适雍容姿态，更加注重画中的人物神韵与故事背景，在逸笔淡墨之间兼工带写，画面气氛把握皆存古意于胸中，因而"故事性强、感情细腻""笔墨流动爽利、转折方劲、色彩明丽丰富"[1]成了唐寅仕女图的主要特点。唐寅于正德庚辰（1520年）作有《妒花觅句图》，所绘一位阔袖，瘦约的仕女右手执扇握于胸间，在高耸的太湖石及花荫之下寻辞觅句。整幅图以水墨着色，仕女衣带般飘逸洒脱，神情专注，仪态盈然，仿佛苦寻诗句而不得，此等专注、娇憨的作诗场景，让人不由联想到香菱学诗场景："如此茶饭无心，坐卧不定。……越发连房也不进去，只在池边树下，或坐在山石上出神，或蹲在地下抠土……只见他皱一回眉，又自己含笑一回。……"皆是在花园中寻辞觅句，神情、姿态、背景有着很大的相似性。再看藏于大都会艺术馆的《芭蕉美人图》，少女和衣执扇，侧卧酣睡于芭蕉叶之上，少女熟睡姿态娇憨可爱，让人见而忘忧。将这幅图与清代改琦的《红楼梦图咏》笔下的"湘云卧

　　① 朱良志.论唐寅的"视觉典故"[J].北京大学学报（哲学社会科学版），2012(2)：40.

中国古典小说的跨媒介叙事与美学研究

苟"图相比较，会发现整个的构图和意蕴惊人地相似。藏于沈阳博物馆的《杏花仕女图》，仕女居于画面主体部分，手持杏花凝神伫立，画中依山虬生的一株杏树，老干屈曲多姿，新枝曲直互见，树上杏花初绽，衬景绘有山石、树木、芳草等，环境清幽空旷，将此图与改琦的"宝琴立雪"图相较，亦有神似之处。《红楼梦》的创作经历了一个由图到文的过程，曹雪芹参照名家之画的色彩、构图与意境编织成文。而在《红楼梦》传播和接受阶段，又经历了一个由文到图的过程，一代又一代的读者以不同艺术形态再创作，改琦的《红楼梦图咏》笔下人物的形态容貌、精神面貌和环境背景被公认是最接近于原著的，从一个侧面表现了原著所呈现的内容。唐寅以非同寻常的眼光去看待世事并融入世俗，也使得他山水画中的人物较之沈周、文征明、周晨都更见风情百态。①唐寅不仅注重对人物形态的勾勒，更注重对所处场景的点染，由而让观者从中读出更多的故事情节，从而使得整幅画面内容丰盈，充斥着满眼"视觉典故"，故而在《红楼梦》中所呈现的图景亦是人景相合，故事情节感十足的。

最能展示闺阁叙事模式的为仕女群像图。仇英以深厚的绘画功力创作的《汉宫春晓图》，以长卷的形式通过空间转移手法，绘有113个人物，有妃嫔、仕女、儿童、侍卫等各类人物。所绘人物的形态、服饰、气质、动作各有不同。仕女三三两两聚在宫外，浇花、采摘、弈棋、赏景不一而足，宫廷建筑的走廊和围墙将零散的人物串联起来。建筑细节雕饰精细，人物造型灵动优雅，画面景象明丽祥和。仇英刻画仕女自然传神，笔触细腻，体态婀娜，面容细润，亭台楼宇的精细雕琢配之于人物鲜艳亮丽的服饰，更凸显宫闱春晨的绮丽之美。仇英塑造的仕女形象与唐代仕女的丰腴之姿相比略显纤瘦，与宋代仕女形象相比又多出几分灵动，整幅画面繁而不乱，布局疏密有致，情节安排充满了起承转合的丰

---

① 雷子人.人迹于山:明代山水画境中的人物、结构与旨趣[J].北京:北京大学出版社,2010:67.

富变化。可以看得出吴门四家绘画中的人物有一种"大家庭"叙事的意味，在上述作品中都有一处或几处类似关于家庭成员的描绘，这些成员各司其职，独立又互为一个连续的整体，强烈的叙事性就建立在这样的关系上。

人物群像图谱在《红楼梦》中也时有呈现，作者不止一次地向读者呈现出一幅幅众人游乐、宴饮、聚会的场面，且看第三十八回，为众人诗社聚会吃螃蟹宴之后的场景：

> 黛玉因不大吃酒，又不吃螃蟹，自令人掇了一个绣墩倚栏杆坐着，拿着钓竿钓鱼。宝钗手里拿着一枝桂花玩了一回，俯在窗槛上了桂蕊掷向水面，引的游鱼浮上来唼喋。湘云出一回神，又让一回袭人等，又招呼山坡下的众人只管放量吃。探春和李纨惜春立在垂柳阴中看鸥鹭。迎春又独在花阴下拿着花针穿茉莉花。宝玉又看了一回黛玉钓鱼，一回又俯在宝钗旁边说笑两句，一回又看袭人等吃螃蟹，自己也陪他饮两口酒。袭人又剥一壳肉给他吃。

脂砚斋对这段评道：看他各人各式，亦如画家有孤峰独出，有攒三聚五，疏疏密密，直是一幅《百美图》。脂砚斋给读者以暗示，读者亦能感受到类似的阅读体验，即此段文字的面面感十足。这里所说的"百美图"是较为经典传统的场景画作，即一幅图中将众多女子纳入其中，构图时往往将这些人物分散安置，依照人物的动作形态或数人一组或单人独处，将众人物千姿百态也呈现出来，体现作者对美好事物和人物的极致追求。同时也有评论家直接与仇英《百美图》比较：描写众人情态参差错落，使阅者应接不暇，若仇十洲《百美图》，转嫌肖形而不肖神。[①]这里所提到的仇十洲的《百美图》是不是真的存在，需要进一步考证，但仇英的《汉宫春晓图》是确然存在的，整体画工极为精湛，线条纤丽，色彩鲜明，布局繁而不乱，这幅美人群像图的技法在《红楼

① 冯其庸.重校八家评批红楼梦[J].南昌：江西教育出版社，2000：855.

中国古典小说的跨媒介叙事与美学研究

梦》的群像布局上得到了广泛应用。再看《红楼梦》第五十二回，宝玉得知宝琴等在黛玉的潇湘馆集会：

> 不但宝钗姊妹在此，且连邢岫烟也在那里，四人围坐在熏笼上叙家常。紫鹃倒坐在暖阁里，临窗作针黹。一见他来，都笑说："又来了一个！可没了你的坐处了。"宝玉笑道："好一幅《冬闺集艳图》！可惜我迟来了一步。横竖这屋子比各屋子暖，这椅子坐着并不冷。"说着，便坐在黛玉常坐的搭着灰鼠椅搭的一张椅上。

这种"百美图"式的写法，将整体空间分割为多个独立的小空间，从而将线性时间内的事件独立化、空间化，语言场面形成一种鲜明的画面感。巧合的是除了仇英的"百美图"，亦有唐寅的"百美图"，作于唐寅51岁（1520年）（庚辰），此图为传作，2014年底在"六如真如——吴门画派之唐寅特展"活动中展出。画面上描绘的是百个美女悠闲生活的场景。百美图的频繁出现为清代百美图的盛行奠定了艺术根基，清乾隆时期的《百美新咏图传》曾是中国版画史上一颗璀璨的明珠，是百美图全盛时期的代表作，由清代学者颜希源编撰，并由当时曾供奉内廷的画师王翙绘制。《百美新咏图传》收有历代名媛佳丽李夫人、西施、王昭君、大乔小乔等103人100幅图，集图像、传记、诗文于一身。袁枚为《百美新咏图传》作序称：天生人最易，生美人最难。自周秦以来，三千年中美人传者落落无几，岂山川灵秀之气，不种于巽方耶？抑生长闾阎无甚遭际，遂弊弊然如草亡木卒耶？要知物非美不著，美非文不传。古来和氏之璧、昆吾之剑，皆物之美而仗文士为之表彰者也；况人之美者哉！此段言论道出了世人画美人图的原因，这一观念与《红楼梦》的开篇很接近：念及当日所有之女子，一一细考较去，觉其行止见识，皆出于我之上……然闺阁中本自历历有人，万不可因我不肖，则一并使其泯灭也……何为不用假语村言，敷演出一段故事来，以悦人之耳目哉？美人图的创制者和曹雪芹都在潜意识中流露了对女性美好的赞赏，即画美人、书写美人的一个终极理由是人们爱美，希望借助艺术手段彰显和留存这人世间的美好。生机无限的园林同青春美好的女子相互映衬相互观照，造就了作品的共同美学风貌，这一点正是曹雪芹从明四家的作品中承袭而来的。

三、风物写真：兼工带写，真实天然

周汝昌认为，比起泼墨写意，曹雪芹当更擅长工笔细描，笔者亦持有此观点。曹雪芹的祖父曹荃是《康熙南巡图》的监画官，而《南巡图》实出王石谷之手。由此亦可悟知：曹氏家风工画的路数并非"扬州八怪"一派。仇英与唐寅是曹雪芹着力模仿的对象，两者皆喜用工笔重彩，笔下的形象细致精微、比例得当、形态自然、线条灵动。在人物图中特别注重人物妆容、神情、服饰的刻画，写实性较强，唐寅的仕女图如《孟蜀宫妓图》《秋风执扇图》等，用工笔重彩表现出人物的衣着装饰，青丝如墨，头饰精工细致，服饰花纹刻划精细，面部神情生动传神，设色明丽对比强烈。在日常风物的写生上亦笔法细腻，精妙传神。在市井文化盛行的情景之下，吴门四家以大隐于市的文人高士身份来将高雅至上的文人情怀与民间风物相结合，如沈周的《荔柿图》，民间谐音"利市"，带有浓浓民间驱吉的心理。采用兼工带写的笔法，水墨随意泼洒，却浓淡有序，造型真实拙朴，气骨与风姿并存。既具有文人画的雅致，又不刻意追求高雅脱俗，日常生活混融，使得在作品中呈现出了都市的生机与民间的烟火气。吴门画家在选择绘画题材的时候多从自己的生活中选取，追求意境，注重对生活情感的真实表达，使得其作品呈现出雅致生动、率真天然的美学风格。如沈周的《写生册》，成于明弘治甲寅（1494年），共有16幅小开写生图景，分别以鸭、猫、蛙、葡萄、荷、玉兰等主要表现对象，沈周在上面题跋："我于蠢动兼生植，弄笔还能窃化机。"他将日常所见的花鸟鱼虫的生机之趣都记录到这一画册当

中，并在册首标上了"观物之生"，从动植物的生机当中去探求天地万物的本质机理，追寻生活中的闲情逸趣，将人的主观情感则置于画面之外，用没骨画法与逼真写实的造型拓展了写意花鸟程式化的语言，丰富了传统写意的真实性与生活趣味性。董其昌在《画禅室随笔》中提到：写生与山水不能兼长，惟黄要叔能之……我朝则沈启南一人而已，此册写生更胜，山水间有本色，然皆真虎也。[①]指出了沈周将山水的技法运用到了花鸟的写生中，使得笔下风物自带天然本色，艺术效果能与五代黄荃相媲美。

四人皆具有经营山水的宏大格局，他们将这种格局也代入花鸟风物的创作中，将"意到情适"凝练到笔下风物逼真而灵动的造型当中，在各类题材中都能做到游目骋怀。

《红楼梦》中的风物图景亦呈现出精细逼真、率真天然的形态风貌。曹雪芹从自身的生活体验出发，参照自己所见所感的事物，凝聚成一幅幅色彩明丽、具象生动的写生图画，使整部小说荡漾着青春的美好情怀和天然纯净的灵秀气息。这里的芭蕉图为"烈日炎炎，芭蕉冉冉"，海棠图为"其势若伞，丝垂翠缕，葩吐丹砂"，绿竹图为"竿竿青欲滴，个个绿生凉""满地下竹影参差，苔痕浓淡"，梅花图为"如胭脂一般，映着雪色，分外显得精神，好不有趣"，所表现的形态与色泽都有着浑然天成之感，是对自然世界的深刻体悟和对万物之生命的礼赞式抒写。

曹雪芹与明四家有着相似审美体验和美学追求，都具备通过笔墨来书写人生、寄放情怀的高超画艺。明四家带给曹雪芹的不仅仅是园林环境背景的创设构建，还有温丽典雅的闺阁叙事和氤氲着三生花草之梦的红楼图景。

第三节 园林空间与世情小说叙事

明清时期，世情小说作为一种小说类型在平民社会中盛行开

---

①董其昌.画禅室随笔[M].周远斌点校.济南:山东画报出版社,2007:31.

来，此时园林艺术也处于鼎盛时期，受到文人士子们的青睐。他们将园林文化和空间意象化用到世情小说的创作当中，使园林充当了小说的叙事背景，完成了故事环境从奇幻向现实的一种回归，从根本上改变了世情小说的叙事风貌。园林艺术对世情小说叙事的影响表现在叙事主题、叙事结构和叙事节奏三个方面。

晚明之时，世情小说作为一类独立的小说类型进入了民众的视野，最终成了明清小说中的翘楚。自鲁迅在《中国小说史略》一书中将"世情小说"有意识地化为一类始，有关此类小说的关注和研究便层出不穷。世情小说把"耳目之内，日用起居"的现实生活纳入了民众视野。此时需要一个新的环境背景来承载人物的活动和故事的进展，于是创作者将目光投向了花园楼台，庭院闺阁。当此之时，园林艺术正处于鼎盛时期，其精湛的技艺，巧妙的匠意，成了当时文人士子钟爱的艺术之一。他们将园林文化和空间意象化用到世情小说的创作当中，完成了故事环境从奇幻向现实的一种回归，从根本上改变了世情小说的叙事风貌。

一、园林文化下的叙事主题多元化

一部小说作品的叙事主题作为一个客观存在，决定着一部作品的精神内涵和思维趋向。在中国古代小说中，"主题"的意思接近于"旨意""主脑""立意"之意，既是作者思想的反映，也是根据作品情节发展、人物言行等推导出来的基本观念。中国古代长篇小说在其发展过程中根据题材的不同，可分为三类：由史传文学发展演变而来的历史演义小说；由六朝志怪、宗教故事发展而来的神魔小说；由民间说话发展而来的世态人情小说。此三类小说的界限并不十分明显和绝对，往往史传中演义中夹有志怪，神魔志怪中兼有世情，几种类型彼此间交错渗透。而这几类小说的主题表达是有所区别的。历史演义小说的主题为通过一系列忠奸人物形象来演义朝代兴替，展示某一时期的社会面貌和历史发展的趋势。神魔小说则往往以神话般的神奇境界和光怪陆离的神鬼形象来宣扬佛道，给世间众生以精神寄托。这两类小说的叙事主线较为统一，叙事主题的前后也基本一致。而世情小说的主题似乎并不那么绝对和明晰，常常表现出多元化形式。由于受时代思潮，政治局势的影响，世情小说的创作者往往将作品主旨标榜为"劝诫世人，宣扬教化"，而实际在作品中所表达出的思想主题往往并不限于这一点，而是一种不稳定的多元态势，任由读者解读。如《红楼梦》主题，鲁迅曾在《〈绛洞花主〉小引》中做如下概括：因读者的眼光而有种种：经学家看见《易》，道学家看见淫，才子看见缠绵，革命家看见排满，流言家看见宫闱秘事。

小说主题的多元源于创作者创作思维观念的丰富，直接原因是叙事环境的复杂多样。时代思潮和意识形态的改变导致了创作者所选择的故事环境的变化，随即一系列典型性的人物和故事情节也随之更换，故事的主题自然就发生了改变。神魔、历史演义等小说类型，其故事环境较为广阔，环境构架较为粗略，作者的思维构造也较为单一和明朗，情节的发展容易被一个明确的主线贯穿，从而作品主题较为单一。世情小说的故事环境多设置于私家的园林庭院之中，这一环境具体而微，作者多着力细化这一环境，其曲折隐蔽的形态构造使得情节的进行呈现出片段性，人物的活动内容被细致如画卷式地展开，读者的视角被如此繁多画面和场景调动为多个，如游览者游园一般步步为景，目不暇接。这里似乎失去了贯穿整个故事的主线，故事主题也呈现出多元性特点。对于这样一个内容驳杂、情节繁复、人物众多、篇幅浩瀚的长篇世情巨制，作者是不可能做到由单一主题自始至终地贯穿其中的。正如李鹏飞所说的：像对于《红楼梦》这样的代表着古代小说最高艺术成就的典范之作，不管我们将其主题概括到何等抽象简明的程度，或者具体到何等广阔细致的程度，都绝对无法将其所包含的丰富内涵统一到某一个单纯的主题上去，即使勉强做了，也是很难得到广泛认同的。而从读者的角度来讲，不同读者也会根据自身的素质条件做出不同的解读。如明代东吴弄珠客在

《金瓶梅序》中道出：读《金瓶梅》而生怜悯心者，菩萨也；生畏惧心者，君子也；生欢喜心者，小人也；生效法心者，乃禽兽耳。①说明不同的群体对同一部作品有着不同的理解。叙事主题的多元化是世情小说普遍存在的一个特征，与之密切相关的是其叙事环境背景的复杂形态，园林庭院充当了世情小说叙事的主要背景。园林本身蕴含了多重文化形态：伦理与情感、理性与诗性……这些形态差异较大，却共存于园林这一空间之中，从而促使创作者生发出不同的思维调式，在这种情况下创作的作品很难保证主题的单一不变。

二、园林空间对叙事结构的建构

园林的空间由室内居所，亭台，花圃，假山水池等几大部分构成。园林空间的间隔性和连通性在世情小说的情节建构中发挥着重要作用，影响着小说叙事的面貌。金健人说，小说空间的真正集中，无论中西方都起始于家庭小说。中国是《金瓶梅》，西方是理查逊的《帕美拉》，这是小说从叙述离奇事物转向描写日常生活的一个转折。这里的家庭小说的性质与世情小说类似，说明了世情小说与日常生活空间的密切联系。其实早在唐传奇之时就有园林空间与故事结合的作品，如《古镜记》以古镜的传奇功效为明线来串联每一个小故事，而暗中以地点的变换作为整个故事的线索，空间的转换带动了情节的变化。各个事件单元通过对古镜追踪，被细针密线式地组接起来。古镜所经历的地点为：程雄家、台直暗室、河汾之间、河北道等，作者并未对这些空间场所进行细致的交代，只是粗略地将其道出，每换一个空间就有一个新情节展开，因而整个结构是念珠型的，虽有间断但并不松散，这是空间结构对叙事结构影响的最初形态。延续唐传奇这一空间叙事功能，明清世情小说中环境空间设置功效体现得更为具体而全面。一些小说评论家对于两者的关系有较敏锐的感知，如张竹坡评论

---

① 陈洪.中国小说理论史[M].天津:天津教育出版社,2005:121.

《金瓶梅》的创作：做文如盖房造屋，要使梁柱榫眼都合得无缝可见。再如《儒林外史》第三十三回回评：凡作一部大书，如石匠之营造宫室，必先具结构于胸中，孰为厅堂，孰为卧室，孰为书斋灶厨，一一布置停当，然后可以兴工。言外之意就是：作者就如建筑工匠一般，作品创作的过程中要安排好结构框架，呈现出空间网格的形式。当然这种使作品结构空间化的做法并非是要机械地模式化地分割或组合故事情节，而是在统筹全局的情况下，力求将各部分结合得浑然一体，气脉贯通。表现在创作者方面则更加注重以人物为聚集点，围绕人的性情和人物活动来布置和安排小说空间，从而使小说空间呈现出主客一体的特征。空间对叙事结构的影响表现形式之一为以园林空间场景的切换来串联故事情节。园林的空间本身是由一个个独立的空间结构构成，这些空间既有独立性又不乏关联性，每个空间承载一个故事片段，之后再通过某种联系连缀成一个有机整体。这种现象在小说的回目中就能表现出来，如《红楼梦》回目中的"滴翠亭杨妃戏彩蝶，埋香冢飞燕泣残红""秋爽斋偶结海棠社，蘅芜院夜拟菊花题""芦雪庵争联即景诗，暖香坞雅制春灯谜"。另一种形式表现在以园林空间为始发点和终结点，使得所记录的日常生活的琐事围绕这个点来循环反复，最终完成整个故事的叙述。如《金瓶梅》以清河县狮子街一带为具体的环境背景，主要集中于西门府中的庭院花园。在开场的第九回中，张竹坡评道：此回，金莲归花园内矣。须记清三间楼，一个院，一个独角门，且是无人迹到之处。记清，方许他往后读。后花园俨然起到聚合人物的功能，将众多妻妾聚集在一起，故事情节开始围绕这些人物展开，此后后花园成为众人宴会等活动的中心点，这些活动周而复始地进行着，作者也不厌其烦地一一道出，似乎在这个极乐世界中永无终结。而故事临近结束之时，依然以花园的出现为标志，以春梅为视角的引领者，表现故园依旧在、众人已离散的悲凉场景。《林兰香》《红楼梦》等同样以园林作为故事开端和终结的标志物，园林是一个能够将世间美好之人之物集于一身的承载点，也是见证这些人物命运变迁，离散飘零的特殊物象。园林这一空间的存在使得故事结构呈现出一个圆形的循环，一切从这里开始，又从这里结束。

由此可见世情小说的叙事不依赖人物的行为和事理的逻辑来对故事情节做周密地组织，多是依照事件的自然进程来进行铺叙，因而事件之间的衔接性并不像串珠那样紧紧相扣，而是彼此较为独立的，在叙事结构上呈现出分散化和缀段性特征。园林这一环境的出现和构建对小说整体构思、叙述图式、伏线设置都产生了重要的影响，它有助于小说结构的完整统一、脉络分明，也同时形成了小说叙事的程式化模式。

三、园林意象对叙事节奏的调控

"节奏"一词最初作为音乐的主要元素出现，是时间流程中规律性出现的强弱长短现象。小说的"叙事节奏"衍生于音乐节奏，主要表现在叙事情节的速度和叙事情感的力度两种形式上，是小说的叙事手段之一。世情小说的叙事常常给人一种细水潺潺，从容不迫的韵律感，但节奏并非单一不变的，所谓的"文似看山不喜平"就是如此。在许多情况下世情小说的叙事节奏是由园林意象作为媒介来调控的。园林意象是一个较为复杂综合的意象群，包括假山、池水、建筑、花木等。这些意象充当事件的引线和屏障来变换叙事的节奏。

首先是情感力度的调控，园林景物穿插在人的情感之中，随着叙事的进展，情感力度在平稳中逐步上升，最终在一系列园林意象的引发下达到高潮。如《林兰香》第五十八回中，具有理想人格的燕梦卿已逝，其婢女春畹从其所居的庭院中走过"想起当年晾绣鞋挂金铃，多少情事，不觉令人心孔欲迷，眼皮发绉"[1]。接着"望里一看，得见西壁上灰尘细细，南窗外日影溶溶。急忙

---

[1] 随缘下士.林兰香[M].于植元校点.沈阳:春风文艺出版社,1985:449—450.

忙蜘蛛结网，漫腾腾蚵蠃依墙，春畹见此光景，不觉得一声长叹"，"再从东游廊绕到前边的院门之外，望里一看，但见后种的荆花，难比前时的茂盛，新栽的蕉叶，未如旧日的青葱"，最终"含泪难舍。"从春畹的"眼皮发绉"到"长叹"再到"含泪"，人物的情感力度在一步步地加深加重，这些都由一系列园林意象来引发和传导的。作者透过春畹的视角将园林景物展现出来，景因人而愈凄，人因景而愈哀，同时也传达了作品的情感。

再看情节速度上的调控，即园林意象对叙事速度快慢的调控。20世纪20年代的珀西·卢伯克在《小说技巧》中较早注意到小说节奏问题，从场景与间接的叙述的对比切入来谈，他对概要的加速的描述与广阔的场景式的描述做了区分，主张慢吞吞的场景描写应该与加速描写的概述交替配合使用，使相得益彰，节奏感就在两种叙述的运用中得以传达。之后法国的热奈特在前人的基础上也认为，叙事时间与故事时间之间的非等时现象存在与否，是小说有没有节奏效果的决定性因素。①即在一定的叙事时间段内发生的事件越多，表明情节速度越快，反之则慢。园林意象往往是静态的平铺的，而故事事件却是突发的灵动的。创作者常常借助园景描绘来舒缓叙事。如《红楼梦》中表现得最为明显的是自大观园建成之后，故事的叙事节奏骤然放缓。作品开始用了二十余回铺叙了从女娲补天的远古时期到如今现世，却用了洋洋洒洒六十回记录了三年的光景。作者有意将时间放慢，向读者呈现出一幅诗情画意般的作品。再如《红楼梦》第二十六回，贾芸进入大观园，正在思索手帕之事，突然无意间听到了红玉与佳蕙的对话，随后宝玉派人来请贾芸，在去往宝玉处的路上又与红玉不期而遇，本来这是一个较为明快急促的叙事链条，作者偏偏在此时插入了一段园林景致：（贾芸）"只见院内略略有几点山石，种着芭蕉，那边有两只仙鹤，在松树下剔翎。一溜回廊上吊着各色笼子，笼

① 热拉尔·热奈特.叙事话语,新叙事话语[M].北京:中国社会科学出版社,1990:53—72.

着仙禽异鸟……"从而将叙事速度放缓，叙事时间逐渐大于故事时间，大篇幅的景物描写使读者的注意力由贾芸与红玉之事平稳过渡到贾芸与宝玉这边来，同时借此机会道出了怡红院的全景。这些园林意象在叙事节奏上起到了缓冲作用，避开了叙事的急促感，使读者的思维暂时舒缓，神思得以畅游。如此而来消除了叙事情节连缀的紧迫感，使得整体的叙事节奏明快柔缓，温情流转，如昆曲的曲调婉转悠长而充满了画面感。节奏作为小说审美生命的体现，无论是情感力度还是情节速度都传递了作者的一种特殊情绪，在世情小说中，作者将平静、安逸的园林画面插入一系列紧张热闹的事件中，以此来阻隔情节的连续进行，打破线性的叙事，使读者紧张与松弛的心理交替出现，这是一种起伏不定的美感。

综上所述，在明清这一特定的时间段内世情小说与园林艺术都呈现出繁盛的气象，二者并驾齐驱，在相互渗透和影响中走向融合。特别是园林意识对士人精神的濡染，使之不由自主地将创作思维收缩到这一微缩空间内，在以"芥子观须弥"的精神统摄下，完成了对世态人情的叙述。园林艺术对世情小说的叙事的影响表现在主旨、结构和节奏等多个方面。

四、园林空间与世情小说情节的建构

世情小说是明代中后期盛行起来的一个小说类型，在诸多代表性作品中普遍设有一个形貌鲜明的私家花园，一系列花园物象成就了世情小说独有的美学韵味和艺术效应，而不同类型的花园形态也影响着情节的建构，从而逐渐演变为一种叙事表达的需要。具体形式表现为通过花园的兴衰存亡、结构布局来构成情节之间的粘连、阻断、重构、排列等。花园的形态类型具有兴衰，对称与重置等形式，这些形式决定了情节之间的开合、对称与重置，使得情节建构与花园的形态变换形成了一致。

世情小说是明代中后期盛行起来的一个鲜明的小说类型，其通俗鲜明的人物形象、气象万千的社会风情以及真实细致的人性

剖析，使得这一类型的小说成了明清小说艺术的翘楚。世情小说的叙事空间近些年来广受研究者们的关注，细数众多的世情作品，无论长篇抑或短制都会设置一所具有代表性的花园来作为故事背景，如《金瓶梅》中的后花园，《林兰香》中的耿府花园，《红楼梦》中的大观园，《歧路灯》中的碧草轩……这些精致美妙的花园空间成就了世情小说独有的审美效应和艺术形态，之后逐步演变为一种叙事表达的需要，担当起构建情节的功能意义，其外在的形式表现为帮助情节之间粘连、阻断、重构、排列等。情节因素是小说叙事的主要组成部分，情节的建构方式决定了小说作品的审美效应和艺术形态。正如韩进廉所说的那样：小说在美学上的本体意义不是谈讲故事，而是叙述情节。如果说故事是小说的基本面，那么情节才是小说的逻辑面。[①]正是情节之间的逻辑组合构成了小说的美学结构。而世情小说的情节逻辑组合与文中的花园形态关系尤其密切，具体体现为以下几种形式：

1.花园的盛衰形态与情节的聚散结构

小说情节的聚散结构，顾名思义,是以聚和散的形式作为情节的组合方式，聚为将原本零碎琐屑的情节线索通过人物的聚合而统一到一个叙述层面来，散为将原本凝聚在一起的情节随着人物的离散而逐一分散开来，交代各自途径和归宿。此种聚散的结构形式经常会应用到古典小说作品中，一如《三国演义》的开篇："话说天下大势，分久必合，合久必分。"此种聚散思维渗透着人类社会发展的历史辩证法。在世情小说中花园形态则成为维系这种结构的一个媒介。统观世情类的小说作品，多数作品皆以某个家族的庭院花园作为主要情节的始发点和终结点，使得所记录的日常生活的琐事围绕这个点来循环反复，最终完成整个故事的叙述。从开篇大作《金瓶梅》开始，西门府中的花园就十分娴熟地发挥着这一功能。《金瓶梅》以清河县狮子街一带为具体的环境背

① 韩进廉.小说美学史[M].保定:河北大学出版社,2004:8.

景，在这个原本就很具体的环境中，作者又进一步把焦点集中到了几所寺庙花园和西门府中的后花园中。在第一回中就以玉皇庙为据点展开，我们可以理解为这是作者设置的一所寺庙花园，以西门庆要结拜兄弟为引线，将人物和事件集中在一起。应伯爵、谢希大、花子虚等十人轮番出场。作者点明了玉皇庙是一个雄峻之所，这里：殿宇嵯峨，宫墙高耸……三清圣祖庄严宝相列中央……两下都是些瑶草琪花，苍松翠竹。[①]

尽管如此，依然上演了众人在神像面前的无聊调侃，作者表面在用比衬的手法来讽刺这类人的粗鄙与低俗，实际上在不知不觉间又引出了景阳冈武松打虎一段，紧随其后则交代了女主角潘金莲的身世来历。作者通过王婆子的口述，不紧不慢地交代西门府中每个女子的来历和地位。寺院花园成了这些情节的一个聚集点。而伴随着女主人公们的一一到来，西门府后花园也开始崭露头角。西门花园的第一次出现是在第九回，张竹坡在此回评道：此回，金莲归花园内矣。须记清三间楼，一个院，一个独角门，且是无人迹到之处。记清，方许他往后读。

评论者在这里提醒读者切记花园这一环境，可见作者在设置这一环境时经历了一番慎重思索。潘金莲的到来，作者为之点明一次花园。每发生一次重要事件，几乎都不离开这一环境。随着李瓶儿这一重要角色的到来，花园扩建了一番，其规模景象达到了极致，在第十九回作者借吴月娘与众妻妾游玩之际对花园形态做了一个完美的展示：当先一座门楼，四下几多台榭。假山真水，翠竹苍松。高而不尖谓之台，巍而不峻谓之榭……

作者用极为华丽的辞藻，整齐划一的句式勾画出这一繁花似锦、景象万千的西门府花园，有意将之营构成为一个富贵繁华，热闹非凡的人间乐园。在花园建好之后的一段历程便是西门庆在情场得意和仕途高升的一段历程。情节集中在花园里，轮番上演了一幕幕宴饮行乐的场景。这样的历程往往占据一部作品的大半

① 兰陵笑笑生.金瓶梅[M].北京:中华书局,1998:5.

篇幅。这里的花园更具有一种象征意义，同前代仙道小说中的仙乡乐土一样，集中承载着人间的欢乐与美好。继《金瓶梅》之后的另一部世情小说《林兰香》同样是以这种花园聚合人物的形式来组织情节的，如在第七回中，以坟园为中心点聚集起几位主人公：宣安人、林夫人、宣爱娘要往北转，因出城太早，便在燕家坟上少息片时……一带土山，千株白杨瑟瑟。两湾秋水，万条绿藻沉沉。露润野花香，风吹黄土气。不免游看一番……随后的情节为爱娘的题诗被燕梦卿看到，燕梦卿随之和诗一首，最终两人的诗被耿郎看到，几位人物由此而结缘，郊外的坟园成了众人物的集合之地，情节也随之聚拢到一起。在此之后的另一篇巨著《红楼梦》中的大观园更是凸显了这一功能。大观园的作用实际上就是一个聚集众女儿的大舞台，作者对大观园的花园设计细微而精心，将这个"天上人间诸景备"的人间花园化作承载人们深情绵邈的情思和解之无穷的意蕴的一个载体，众人物在大观园中聚会、宴饮、游赏之时往往就是情节的密集多发之时。可见花园的鼎盛美好形态往往伴随着人物情节的聚合。

然而中国自古以来的二元对立的辩证思维决定了聚散之间的相互依附性。花园空间不仅仅是一个聚集点也同样是见证这些人物命运变迁，离散飘零的特殊物象。《金瓶梅》中的西门花园随着西门庆的暴亡和众人的离开而日渐衰落，《林兰香》中也时常出现对景思人的大段描写，《红楼梦》中的大观园更是以景物的变换昭示着人物的离去。纵观世情小说作品，花园空间的存在使得情节呈现出一个圆形的循环，一切从这里开始又一切从这里结束。故事往往是从人物聚合于花园这一奇特境界开始，伴随着情路和事态的曲折坎坷，最终又回到了原始起点，或者大团圆，或者万事皆空。因而在花园草木荣衰的背后就隐含了一个家族兴衰荣败的周期：《金瓶梅》中的西门后花园贯穿了西门一家由极盛到离散的变化；《林兰香》透过耿府花园的迷幻使人悟出人生的空无；《红楼梦》中的大观园上演了一场家族的盛筵由聚到散的过程；《歧路灯》中的碧草轩完成了从主人手中流落到复归的循环。因而世情小说中的花园空间并不只是一个旁置的没有生命力的机械式的空间存在形态，它蕴含着多个哲理意味，具有造梦和警世的双重意义。将红尘迷恋者引入一个声色繁华的梦幻世界，使人们能够纵情享乐、畅快其意，然而梦终有醒，聚终有散，最终都会又回到本真的世界当中，这就是以花园为据点的情节聚散模式。

这种模式的运用与其说是为了揭露和描绘众生之悲欢离合、聚散无常，不如说是为了表达对人生空无的反思和体悟。一如梧桐主人在《空空幻序》中所道：百年瞬息，人生有几何哉？而其间悲欢离合，何非一空，何非一幻？这种醒人悟道的模式具有原始宗教的色彩，这里有道家学说的影子，如《庄子·在宥》载："广成子曰：'来！余语汝。彼其物无穷，而人皆以为有终；彼其物无测，而人皆以为有极。"也有佛家色空的精神，如《金刚经》末尾之偈：一切有为法，如梦幻泡影，如露亦如电，应作如是观。世情小说以花园作为相对恒定不变的坐标来观照人世的变迁，世间的情爱与富贵皆在人的一念之间，正如《金瓶梅》《林兰香》《红楼梦》等作品中的人物皆随着时间的流逝最终归于虚无，而其所居的花园和所用的旧物也只是局外人的。人的存在和命运在庞大微茫的天道之间显得那么浅淡卑微，耿府的"迁易靡常，倏如传舍"都是由于外部因素的使然，人力是无法对之抗衡的。作者将人物个体的命运置于广阔的宇宙时空范围之内，表现出了一种超脱个体观念的宇宙情怀。这种以花园来作为起结，以轮回果报的形式来演义家族的盛衰，其实是一种"出发—变形—回归"的事物循环的三部曲，是对人生常态的一种演义。总归世情小说借助花园空间将原本分散的人物集中起来，情节也随之聚合到一起。花园空间作为一个具有梦幻色彩的神秘媒介，沟通现实世界与理想世界。同时又作为一个相对封闭的空间，具有一定的排他性，因而在这一空间中始终是固定的几位人物，很少有不相干的外来人物介入。

2.花园空间的对称与情节的对应结构

在世情小说中，许多的花园空间是以对称的形式出现的，在这样的对称空间下演绎着对应的情节。情节结构的对应在明清小说中并不罕见，尤其是有回目的长篇作品中，创作者会有意无意地安排一种情节内容对称的形态，这种对称形态是小说技巧成熟的一种体现，也是创作者对整部作品构造的精思熟虑的结果，正如韩南说的：《金瓶梅》崇祯本第一回所显示的精心对称反映了中国17世纪小说更趋完善的结构形式。[①]对称形态的情节安排充分反映了来自外部环境的对称空间思维意识对创作者思维的一种影响，而这种对称的空间思维又源于中国传统阴阳互补的大的思维模式背景中。可以说这种辩证对立的思维模式是自古以来就存在的一种审美模式，是中国文学以及一切艺术的明显特色之一。传统小说中回目的对称并非一开始就具备，早期小说多采用因文生目的创作方式。这类的回目是根据正文而生成的，因而与正文的叙事情节安排构不成影响。而世情类小说的出现已是晚近时期，随着创作意识和观念的提升，此时期的小说创作多是采用先目后文的形式，因而目录的编排形式决定了行文的内容和结构。在世情类作品中人物与事件的联合对称是常见的形式，如《隔帘花影》中"武女客乘高兴林下结盟，文学官怜孤寡雪中送炭""南宫吉梦谈今昔事，皮员外魂断绣帘前"，《金瓶梅》中"西门庆热结十弟兄，武二郎冷遇亲哥嫂""何九受贿瞒天，王婆帮闲遇雨"。随着花园这一叙事环境的引入和盛行，花园空间与事件或人物的联合对称逐渐地突显出来，如《金瓶梅》第十回"义士充配孟州道，妻妾玩赏芙蓉亭"、第十三回"李瓶姐墙头密约，迎春儿隙底私窥"、第十五回"佳人笑赏玩灯楼，狎客帮嫖丽春院"、第二十七回"李瓶儿私语翡翠轩，潘金莲醉闹葡萄架"，故事的情节结构就是在这样的标题大纲之下构建而来的，呈现出齐整的对称特征。

---

① 韩南.中国小说论集[M].北京：北京大学出版社,2008:17.

将这种手法运用得最到位的为《红楼梦》中的情节结构安排，许多章节中情节的展开以花园的景点为据点开始生发情节，如"滴翠亭杨妃戏彩蝶，埋香冢飞燕泣残红""秋爽斋偶结海棠社，蘅芜院夜拟菊花题""芦雪庵争联即景诗，暖香坞雅制春灯谜"。以"滴翠亭杨妃戏彩蝶，埋香冢飞燕泣残红"来分析：前一个情节为宝钗于滴翠亭扑蝶，曹雪芹抓住彩蝶的飞姿动态，几笔就描绘得足以传神魅人，动情生趣。随着蝴蝶的引线，人物的位置随之转移，最终由滴翠亭转移到了假山前。随之引来了小红丢失手帕，贾芸无意中捡来的故事情节。而作者笔锋一转将读者目光转移到埋香冢之中，这样就上演了林黛玉葬花一情节。滴翠亭与埋香冢，杨妃与飞燕都呈现出了精致的对应。这种对应的空间设置所对应的情节篇幅也多数相当，同时通过空间的对应显示了情节当中的冷热、动静的交替之美。如果说宝钗扑蝶是热是动，那么黛玉葬花则是冷是静。

世情小说中所列出的对称的花园空间，不仅仅指实际空间的对应，也包括真实空间与虚幻空间的对称。虚拟空间下的故事情节只是现实空间的一个影射，如《红楼梦》中的太虚幻境与大观园，看似不相关的两个空间，而太虚幻境中所上演的故事情节正是对大观园中故事情节的一个预演。《林兰香》中燕梦卿所梦到花园中的兰花、萱草、彩云等景象，也正是之后在现实环境中上演的故事。这些虚实相间的花园空间共同构建起世情小说瑰丽的艺术空间。而在情节的对应上，虚静空间的情节往往要超前于实境的空间，是对实境空间情节的一种预演，人物的命运走向在虚静空间中都被给出了暗示。此种对应技法的一个重要功能在于能够将两种看似不同的场景，最终并置于同一个画面之中，将现实与幻境，即刻与未来归为一体，实质上是将过程与结局寄寓于同一时刻之中。花园空间是以平面的形式横向对应的，情节的发生并非是两个空间的同时进行，而是时间的前后连续进行，具有时间流动的线性特征。时间的线性与空间的横向性交织在一起，构成了较为鲜明的美学冲突，完成了自然与人文的对应，理想与现实的对应。

3.花园的扩建修整与情节的重置结构

世情小说作品中的花园并非一开始就完完整整地存在，多是经历一番扩建和修整而焕然一新，人物的方位设置也趋于明朗，情节的组合方式也随之产生改变。由之前小规模小范围的人物之间的叙述一变而为大规模大范围人物之间的叙述。如《金瓶梅》中西门府花园是在原来旧花园的基础上扩充了李瓶儿带来的花园。花园空间的变换预示了新的情节和新的人物的出现，伴随着西门府中的花园改建，就引来了西门庆谋娶李瓶儿一事。李瓶儿的丈夫花子虚已被二人设计害死，李瓶儿将家私已悄悄地转运到了西门府中，为其进入这一环境埋下引线。新的花园的出现引来了新的人员，李瓶儿的踪迹始终与花园有着密切的联系。李瓶儿在园中立足，与之前独占旧花园一隅的潘金莲形成了威慑，情节的走向从最初的以潘金莲为主逐渐偏重于金瓶两人之间的冲突。作品《林兰香》也同样有这样的一个环境变幻的历程。最初之时众人所居之地为泗国公旧府，那是一个花园式的庭院：

> 原来耿朗所住，乃泗国公旧府，其余伯叔皆另有宅室，故此处是他独居，进大门有二门，二门前左右有旁门二座，门内分门别户，无数房室，直通着周围群墙，乃众家丁居住……当日耿朗的小书斋就是重门内正房的右耳房。康夫人住在正房，云屏是东厢，香儿是西厢。

人物只有耿朗、林云屏和任香儿三个人物，人物之间的关系简单明朗，情节也较为集中和单一。从作者对环境的粗略描绘中可以看出作者并未打算将这一环境作为主要的叙事环境。随着燕梦卿、宣爱娘、平彩云等人的聚齐，情节走向了集中。作者立即又设置了一个全新的花园环境以供故事的演绎。至《林兰香》第十五回"燕梦卿让居别院 林云屏承理家私"中，作者对这一新的花园环境进行描绘：

> 其东一所，令梦卿居住。爱娘又住在东一所之后，另一所内，西一所作耿朗习静书斋。任香儿移居东厢，平彩云住居西厢。西厢后有揽秀轩三间，穿廊一带，看山小楼一座，北与西一所相通。西一所内有卧游轩、目耕楼、蕉鹿庵、百花台、如斯亭诸胜，又与正楼的西配楼相通。东厢后有晓翠亭、午梦亭、晚香亭三座，花木繁多。由假山洞内穿过，便是东一所。东一所内，有九畹轩、九皋亭、九回廊诸景，西与正楼的东配楼相联。

此处花园环境的设定标志着人物的齐全，展现了众人齐聚一堂的热闹场面。五人各自的处所代表了其在耿府的地位，从林云屏到燕梦卿、宣爱娘再到任香儿、平彩云依次排开。作者一方面以花园的景物布局来彰显人物的人格内蕴，着力于日常生活中题诗、作画、弹琴、舞剑、理家及嬉戏、赏花等情景描写，以此来渲染每个人的性格特点，另一方面通过对几位人物的性格和处世方式的不同来展开彼此之间的矛盾与冲突。人物与花园环境达到了彼此交融，相互映照。花园环境的重置为人物关系的展开提供了崭新和适宜的场所。

此种花园环境的重置同样表现在《红楼梦》中。整部作品的前半部分，主要围绕荣宁二府来开展的，展现了一个不折不扣的世俗之所。府中唯一的花园"会芳园"往往成为家庭聚会和众人游赏的必经之处，此园第一次出现是在第五回"因东边宁府花园内梅花盛开就在会芳园"，在这所富贵人家的普通花园中上演着一系列世俗的人情世故。"会芳园"成了众人游赏和聚会的必经之所。作者在貌似不经意之间点出了这一花园并非偶然，他的真实目的是为大观园的出现奏响前奏，会芳园就是大观园的前身与引子。在会芳园中所呈现的情节是由贾府中的世俗之人来演绎的，这里上演着日常的人物聚会，贾瑞贪恋凤姐的欲念和凤姐的狠辣心计。总之在会芳园中的情节基调是世俗而污秽的。直至第二十二回中，随着众女儿的一一到来，焕然一新的大观园开始登场。从这一空间环境出现开始美好、纯净的情节就开始在这里上演开来。每一情节的发生都有一个代表性的空间地点，情节的走向也更为凝固集中。

综上所述，几乎每部世情小说作品都经历一个花园变形的历程，作者通过环境的改变而变更着情节的组合方式。花园空间重置的思维结构很大程度上受佛教空间思维的影响。佛教的空间意识是主观的唯心的，因而会有"须弥纳芥子，微尘容虚空"的空间形式。提倡以内心的空间去容纳万千世界，世间万象皆存于内心之间，因而空间世界是多重的，各个空间相互转换，相互融合。空间的回转与变换更是在一瞬之间。新花园的设置意味着人为的伊甸园的落成，新一轮的内容开始上演。花园空间的置换变形实际是作者从普通的叙述朝向理想型叙述的一种过渡，这就决定了世情小说的叙事从一开始的世俗日常逐渐走向幻化理想，情节结构从小规模的叙事走向了大规模的集中叙事。

世情小说的叙事特点为不依赖人物的行为和事理的逻辑来对故事情节做周密地组织，多是依照事件的自然进程来进行铺叙，因而事件之间的衔接性并不像其他类型小说那样紧紧相扣，在叙事结构上呈现出分散化和缀段性的空间化特征。[1]花园空间参与情节构建就是这种空间化叙事的一种体现，其不同的形态辅助情节粘连、阻断、重构、排列等，从而对小说整体构思和叙述图式都产生非常重要的影响。以花园空间为基本点来整合叙事情节，意味着小说叙事情节组合形式与花园空间的表现形式相吻合相协调，这具体体现为彼此之间的调整与重置。由于花园形态具有封闭性，回环性和曲折性的特征使得世情小说情节建构的独特性。

---

① 杨义.中国叙事学[M].北京:人民出版社,2009:68.

五、园林空间与世情小说的美学交融

世情小说是明代中后期盛行起来的小说类型，在诸多代表性作品中普遍设有一个形貌鲜明的花园空间，一系列花园意象成就了世情小说独有的美学韵味和艺术效应，并且逐渐演变为一种叙事表达的需要。花园与小说分属于空间和时间两种艺术类型，当两者邂逅时势必发生激烈的冲撞，在彼此磨合的过程当中或相容或疏离，从而生发出一种独特的美学意蕴。可以归之为世情之真与花园之幻的交织、世情之俗与花园之雅的对接和世情之伦理与园林之情欲的对抗等三种美学形式，这些形式成就了世情小说的美学风貌，使得世情作品充满了张力和复杂多元的艺术风貌。

1.世情之真与花园之幻的交织

"真与幻"是中国古代小说评点中常常出现的一组词语。张无咎在《三遂平妖传叙》中说："小说家以真为正，以幻为奇。"①关于这组词的讨论更多地集中在对故事内容的"实写"与"虚写"的辩证关系之上。许多创作者采用了虚实相间的叙事方法，而不少评点者也能准确深刻地对之做出解释，如谢肇淛说："凡为小说及杂剧戏文，须是虚实相半，方为游戏三昧之笔，亦要景情造极而止，不必问其有无也。"②因此说小说中"真与幻"现象的出现往往与小说的创作笔法相关联。笔者所讨论的"真与幻"则有别于上述传统的评论范畴。此处所述的世情之"真"是指世情小说作品中的环境背景之真和风土民情之真，世情小说一改历史演义和神魔志怪的脱离世俗，转而将目光投向了现实的生活之中，真正做到了"极摹人情世态之歧，备写悲欢离合之致"。而对世态人情的真实剖析也是世情小说的本质属性之一。从文学理论的角度来看，此类小说的兴起与当时"尚真"的美学主张不无关系。从

---

① 罗贯中.三遂平妖传[M].北京:北京大学出版社,1983:2.

② 谢肇淛.五杂俎[M].上海:上海古籍出版社,2005:1532.

明中叶沈德符的"描真"、公安派的"物真则贵",到明后期冯梦龙的"事真"、笑花主人的"真奇"出于"庸常",到清初张竹坡的"真有其事",再到清中叶李绿园要求小说要表现"本来面目"和曹雪芹"按跻循踪"的主张,现实主义文艺观的确立为世情小说的兴起和繁荣做了理论上的准备,从而在明中叶到清中叶两百余年间涌现出了数以百计表现人间世态之真的世情小说,从长篇到短制,从独立创作到仿作,这些作品以精妙的布局结构和表现技巧,向世人展现了真实而广阔的生活画面。当然这里的世情之"真"不能理解为在现实中实有其事。世情小说之所以被称为小说,而不是"世情史"和"世情笔记",是因为在现实事件和故事的基础上进行了一番演绎。笔者所说的世情之真是专指世情小说的不同于神魔小说和历史小说的虚幻而更接近于现实生活的真实品格。如《金瓶梅》中的人物和事件多是虚构的,属"风影之谈",但这虚构的人与事却反映着真实的现实生活体验。张竹坡在《读法》六十三条中肯定《金瓶梅》的写实成就:"读之似有一人亲曾执笔在清河县前,西门家里,大大小小,前前后后,碟儿碗儿,一一记之,似乎真有实事,不敢谓为操笔伸纸作出来的。"[①]因此说世情小说之"真"是一种写实性的虚构,一方面必须合乎社会生活的逻辑,合乎情理;另一方面又不能运用史笔一一实录,作者依照自己的生活体验对现实素材进行艺术处理,使其符合艺术真实,具有一定的审美特性。

如果说世情小说的故事内容是在写实的基础上演绎出来的话,那么小说中的花园则更多地表现为一种写意式的诗性意象。这就是笔者所说的"花园之幻"。世情小说中花园是以语言词汇为材料营建而来,有别于现实当中的花园空间,作者往往将其作为心中畅想的理想境地来加以描绘渲染。如果说现实中的花园是一幅工笔画的话,那么小说中的花园更像是一幅没有具体而微的表现形态的写意之作,因此给读者的印象始终若即若离、若隐若现,如

---

① 兰陵笑笑生.金瓶梅[M].张道深评.济南:齐鲁书社,1991:4.

《醒名花》中男主人公深入花园深处：

> 转过一带花栏，又出了一重园门，沿着鱼池走去。一派假山流水，只见：险峻峻，烟峦壁立，弯曲曲石磴通凿。小涧寒泉流出，似迷阮声；深野径引来，欲误渔郎。水欲穷而山又接，分明林屋洞天；峰怎转而路方回，何异武陵渡口。只道此地自应通玉岛，谁知个中原来出尘寰。

再如《蝴蝶媒》中写到蒋青岩的寻访：

> 行过一带回廊，转过茉香棚行过一带回廊，转过茉香棚、茶架，只见一湾流水，两岸桃花，真个可爱。蒋青岩看了半晌，远远望见对岸的楼阁缥缈，欲待过去，奈无舟可渡，只得沿岸走来。忽见几株深柳，笼住一条板桥 ……

这些花园花木掩映、峰峦缥缈、脱离尘世，皆呈现出一番迷离梦幻的形态。《红楼梦》中的大观园可谓将园林之幻演绎到极致，小说中以高超的描绘手法记述了大观园"佳木茏葱，奇花闪灼""飞楼插空，雕甍绣槛"的超尘脱俗之姿态。大观园的幻美表现在景物配置的高远隐约、若隐若现，更表现在从字里行间流露出的那种情景交融、虚实相生、充满活力、韵味无穷的诗意空间，这种幻美是司空图所说的"脱有形似，握手已违"的难以企及之美，更是朦胧缥缈的梦中幻境、空妄虚无的精神状态。

世情之真与园林之幻看似对立的两组范畴，最终的走向却是一致的，俱在佛教色空思维的统摄下归于空无，真正地实现了真幻合一的美学形态。《红楼梦》中的大观园可谓是"天上人间诸景备"的可观之色的极限，以"大观"命名正是取之于美好宏大壮观之意。这里的大观不仅仅包罗着世间少有的园林景色，更包罗一系列的俗人俗事。这里有众人不拘礼节大快朵颐地割腥啖膻，也有醉卧酣眠的滑稽姿态，有纷繁缭乱的闺阁琐事，也有算计猜疑的生活细节。这些如现实生活镜像般的人物事件统统被笼罩在大观园的梦幻之象中，使读者游走于真实和梦幻之间。虚无缥缈的梦幻基调与生活纪录片式的写实描写统一于整部文本中，分不清究竟哪个是真哪个是幻，也许"假作真时真亦假，无为有处有还无"的楹联才是真正的答案。无论是真也好假也罢，最终的结果都不免于归向"茫茫大地一片真干净"的幻灭虚无。另一部世情作品《蜃楼志》以洋商苏吉士的生活经历为主线穿插着商人、官僚、文士、僧侣等各个阶层，向世人展现了一个在世纪之交的关头上一个浮华而真切的世界。在这样一部表现真实世态人生的作品中作者也不忘设置几所花园，这些花园"花草缤纷，修竹疏雅""树木参差，韭畦菜垄"[①]，如其题目中所示的"蜃楼"一般，以虚幻的姿态暗示浮华的人生。中国美学始终追求一种镜花水月和缥缈无痕之美，园林之幻是世情之真的大背景之下的一个调味剂，为平实无奇的日常叙事点缀灵光，最终形成了真中有幻，幻中有真的审美享受，一种未知的飘忽不定之美充斥于作品之间。园林的幻美之所以具有特殊魅力，引发人们无限的美感，在于它的未定性和自由性的特质。幻美之所以称之为幻就在于这种美不会长久留存，它的出现就注定着它消失的一刻，留下的是无穷无尽的真实人生之悲凉。幻美是若隐若现，飘忽不定，杳渺微茫的，是一种未定的神秘之美。用伊瑟尔和尧斯的话说就是，这种"未定性"能够"召唤结构"，又会在审美主体的"期待视野"中生发无限丰富的"意义和效果"，唤起审美主体的无穷联想，产生特殊的审美效应。从审美主体的审美活动方面来看，审美主体的审美活动在本质上是一种自由的、创造性的想象活动，是理性和情感相融合的一种精神体验，它是一种沉醉，一种神往，一种想象，一种精神追寻，它总是不断地突破有限进入无限，从实像进入虚像，从实境进入意境。审美本质上是从有限向无限的超越，情感由现实向理想境界升华。幻美的情思使读者由有限的实境进入无限的幻象，将真实与虚幻融为一体，从而获得一种难以形容的至

---

① 瘦岭劳人.蜃楼志[M].南京:凤凰出版社,2013:42.

乐之美，在人们心理上形成一种缓解和调适。

2.世情之俗与园林之雅的对接

'雅'与'俗'是中国美学史上一对既古老又弥新的范畴。所谓雅俗的对立，实际上就是雅正与礼俗、天理与人欲的对立。在世情小说中，小说内容之通俗与花园之雅在对接中也呈现出特有的美学意蕴。

通俗是世情小说的基本形态，也是此类小说的本质特征。世情小说以工笔式的细致手法将生活之俗和世态之俗表现得淋漓尽致。欣欣子评价《金瓶梅》："寄意于世俗。"满文本《金瓶梅序》中曾做出了这样的解释：自寻常之夫妻，以及和尚、道士、尼姑、喇嘛、医巫、命相士、卜卦、方士、乐工、优人、娼妓、杂耍、商贾，乃至水陆杂物、衣用器皿、谑浪戏言、旦曲琐屑，无不包罗。叙述详尽，栩栩如生，如跃眼前，是书实可谓四奇书中之尤奇者矣。这是针对《金瓶梅》的，也同样适用于世情类小说。世情之情即人情，人情物欲乃是世情小说所表达的核心内容。明代后期反对假道学提倡真性情的学术思潮涌动期便是世情小说的生成之时，而离开道学的束缚不能免俗，人们对声色物欲的追求毫无保留地反映在作品之中，体现出了世情小说所独有的描述真性情的特点。世情小说之俗，首先体现在人物角色上。世情作品所涉及的人物角色多为普通的市民阶层，对人物言语行为的塑造上多脱离不了市井俗人的面目。而真正决定世情小说之俗的并非只是此类的世俗人物，更主要的是叙述世俗之事，刻绘世俗之境。即所叙之事和所绘之境都是人们日常所能见到，甚至亲身经历过的。因而世情小说之俗的另一种体现便是人物的心理和情感上的真实表述。

"雅"作为"俗"的对立面，具有与俗相对应的审美品格。笔者所讲的花园之"雅"是附着于园林这门古老的艺术上的。与世情之俗相接应，雅致是一种至美的境界，是文人寄情山水，追求闲情的独得之乐。小说花园的雅致之美是文人以闲笔来写真情的真实写照，也是当时文人的普遍追求。如《林兰香》第十六回，秋夜园中一景："是时乃宣德四年九月中旬，清商淡淡，良夜迢迢，桂魄一庭，菊香满座。"寥寥几笔，深秋的清凉雅致之意被渲染出来。以理性贯穿全文的《歧路灯》也不免跟随这一风尚，塑造了"碧草轩"这一清幽之地，第五十八回呈现出雨中清丽的景象："细雨洒砌，清风纳窗，粉节绿柯，修竹千竿添静气。虬枝铁干，苍松一株增幽情。"

在世情小说通篇的俗论中插入园林之雅，有其深厚的历史文化根源。明清时期文人们的生活方式是既俗又雅的，他们在日常生活中巧妙地融入艺术气息，既不是入世的，又不是出世的，而是审美的，是审美的艺术与审美的人生的有机统一。明清的士人们既最大限度地追求世俗逸乐，同时又尽可能地展现高雅情趣，其中既有雅韵亦有俗趣，且往往寓雅韵于俗趣之中。在浸润和陶冶的过程中形成一种臻于极致的雅俗合一的生活形态与文化品位，世情之俗与园林之雅的交合成了必然性，在大篇幅俗人俗世的世情小说中穿插这门雅致的园林艺术是不足为奇的。从第一部世情书《金瓶梅》始，花园之雅就伴随着世情之俗而到来。《金瓶梅》所描绘的世俗生活可谓与普通民众的真实生活相差无几，其人其事便是芸芸众生真实生活的生动速写，《金瓶梅》的日常叙事真正触及社会及人性的深处与本质，成为世俗的一面镜子。然而在这样一个俗不可耐的世界之中，作者却安置了一个雅致的花园作为背景，并且不止一次地修缮和扩建它，将其以较为美好的姿态呈现在读者面前：当先一座门楼，四下几多台榭。假山真水，翠竹苍松。高而不尖谓之台，巍而不峻谓之榭……作者用模式化的描述性词汇，整齐划一的句式勾画出这一繁花似锦、景象万千的西门府花园，有意地将之营构为一个具有文人气质、士大夫情怀的雅正之所。甚至在一系列粗俗不堪的事件和人物之间，也不忘穿插雅致美好的花园场景，如潘金莲雪夜弄琵琶一段，西门庆雪夜思念李瓶儿一景，作者一次又一次地对花园中的清幽雅致之境作出描绘，文人的烟霞寄傲之情，诗情画意之感充斥其间。这是第一部将世情之俗与花园之雅相结合在一起的世情作品，显然在美学风格设置上透着不成熟的一面。花园雅致的场景似乎是被强加上去的，带有一种陈旧的模式痕迹，使得这些场景与作品中的人物形象和叙事基调极不相符，甚至呈现出一种明显的反差。这种俗雅格调的不相符，我们可以理解为是文人描述性笔法的一种惯性的蔓延。如果说《金瓶梅》创作技法的不成熟而将俗雅牵强组合的话，而《红楼梦》则以高妙的技法将俗雅结合得自然无痕。在第十一回中透过王熙凤的视角对会芳园进行了一番描绘，大观园的初始面目首次呈现出来：

> 黄花满地，白柳横坡。小桥通若耶之溪，曲径接天台之路。石中清流激湍，篱落飘香；树头红叶翩翩，疏林如画。西风乍紧，初罢莺啼；暖日当暄，又添蛩语。遥望东南，建几处依山之榭；纵观西北，结三间临水之轩。笙簧盈耳，别有幽情；罗绮穿林，倍添韵致。①

王熙凤看到这样的景致，禁不住观赏起来，她的驻足欣赏似乎与之不识书墨的世俗身份并不相符，然而作者却偏偏设计这样的一幕，让如此世俗之人停留在花树楼台，溪桥林泉的精美雅致之中，给人以审美的冲击。特别是在接下来的一幕，卑琐淫邪的小人物贾瑞如跳梁小丑般跳出来更是大煞风景。同样是一俗一雅的美学对接，在《红楼梦》中这种对接显得自然许多。

创作者在创作作品时有意地开辟出一个雅正脱俗的花园空间，最初的目的是要隔离世俗，容纳自我，承载闲情雅致。园林物象可以看作是这些文人士大夫情怀的一个表征，在其中汇集着人类最为原始的情感，那是一种自然的、活泼的、美好的情感。小说中的园林空间不仅是故事情节的发生之地，同时可视为士人人格

中国古典小说的跨媒介叙事与美学研究

---

① 曹雪芹.脂砚斋重评石头记[M].郑州:中州古籍出版社,2010:53.

之寄寓，生命情状之投射的空间形式。闲适的心境、清雅的趣味和艺术的情调无不超俗出尘，三者融合为一，最终构成了闲情雅致的人生境界。园林之雅与世情之俗相结合的美学意义在于将传统文人所固有的古雅情怀和情感体验浸润到园林这一物象之中，从而创造出一种空间美感，将原本世俗的文本内容艺术化，将读者从世俗的情节故事中引领出来。世情小说的花园之"雅"与世情之俗相对接，将原本世俗的生活艺术化，将读者从沉重的世俗生活中救赎出来。创作者们在作品中既最大限度地追求世俗逸乐，同时尽可能地展现高雅情趣，使得世情作品在俚俗基调的叙述中收获诗性之美。在浸润和陶冶的过程中形成一种臻于极致的雅俗合一的作品形态与美学意蕴。

3.世情之伦理与园林之情欲的对抗

世情小说沿袭着话本小说的创作宗旨，把劝惩说教看作是行文的最终目标，在其主旨寓意上时常呈现出浓郁的礼教色彩，作者坚持不懈地强调其作品的社会功能与政治的教化作用，用来迎合人们的审美品位和价值观念。与之同时在作品中也不乏娱情的桥段，作者一方面打着劝惩的旗帜来使作品安身立命，又情不自禁地忠于自身的创作理念醉心于笔下所经营的那片乐土，于是在作品中常常会出现花间林下恣肆纵情之后立即转向劝解说教的情况。

世情小说盛行的明代是一个文化大聚集的时代，儒释道三教文化经历了漫漫历史长路，深深地影响着人们的思维和情感。随着三教思潮在文化历程中的蜕变逐渐形成了相互交融和相互补充的结构形态。这种结构形态影响到了人们的思维方式，随后又将这种思维顺化成一种人生情态。世情小说在创作的过程中，往往以儒家的"人格"来规劝读者大众，以道家的"仙格"来暂寄心灵，最后又以释家的"佛格"来做整体的统摄。而其中的儒家学说仍是世情小说主旨寓意的主要文化构成，创作者以一种教化世人的思维结构主导着世情小说的结构和形态。吴士余曾说："儒学以伦理为本位的文化建构奠定了中国小说注重道德伦理教化的主题思维图式。由此促成了中国小说对文学功利性的热衷和偏执。"①而以伦理本位审美为主体框架的思维结构在世情小说的创作中便自然而然地呈现了直线型思维递次渐进的三个思维级次：强化主题意识，摹写社会与人生，营构理想人格。特别是伦理性的主旨，一直作为中国多种形式文艺作品的最终创作价值而存在。世情小说以人们的现实生活为本位，具有较强的映射性和时代性，因而其主旨的寓意性更为强烈。世情小说的开篇之作《金瓶梅》以对违背人伦纲常的西门一族的讽刺来达到劝诫世人的目的。位于之后的《醒世姻缘传》则以"夫不肖，妻不贤"这样的违背儒家伦理的行为作为故事情节的起结点，最终以佛教的轮回说来终结这场孽缘。到了清代，李绿园以"伦理范世"以及"正人心、淳风俗"作为《歧路灯》的基调，其中关于忠孝节义的价值主张，反映了李绿园作为正统道学家对于传统道德观念的普遍认同。而紧随其后世情大作《红楼梦》也同样隐现着儒家伦理教化的痕迹，在第一回中作者以石者的身份道出平生经历：锦衣纨绔之时，饫甘餍肥之日，背父兄教育之恩，负师友规谈之德，以致今日一技无成、半生潦倒之罪，编述一集，以告天下人。②似乎是在依照世俗的价值观来介绍此作品的来历。由此可见世情小说的伦理寓意是一张无形的大网，不仅圈定了作品的思想内蕴，也圈定了读者和评论者对其价值的认同，而作品本身依靠这张网来"安身立命"。

然而再强烈的传统观念，再浓厚的理学色彩，再正统的伦理纲常也难于压制住人们对欲望和情感的追寻。随着明末社会思潮和经济结构的改变，逐渐涌现出了一批敢于挑战旧制，敢于突破防线、不顾来世、只求今生享乐的人物，他们贪婪地聚集着财富、

①吴士余.中国小说美学论稿[M].上海：复旦大学出版社,2006:72.
②曹雪芹.脂砚斋重评石头记[M].郑州：中州古籍出版社,2010:1.

肆无忌惮地同之前束缚欲望的理念唱反调。而世情小说中被开辟出的花园空间成为情欲张扬的庇护所，如人间的伊甸园将俗世隔离开来。最早将男女情感同花园联系在一起的文学作品可以追溯到《诗经》，在《诗经·郑风》中有仲子逾园追寻爱情的篇章，仲子逾园举动破坏了礼仪，从而遭到礼教拥护者的反对。可见当时的"花园"成为一种让人突破礼仪的一种动力和前奏。至唐传奇时，其绵邈的内蕴、婉曲的情节，赋予了花园更多的灵性与功能意象。沿着唐传奇的路线，元明以来的戏曲赋予其更为深刻的审美意义，使花园生情的模式进一步稳固。明清小说传承着戏曲花园的功能意象，将这一功能发挥到极致，最终使花园成为一个男女邂逅相遇不可缺少的场所。这里有男女之间的爱慕之情，有女子感叹韶华易逝之情，有家族盛衰人世变迁之情，这些情感都汇聚在这特殊的领域之中。李渔的《十二楼》是典型的以花园楼阁为楔子来演绎人间之情的世情作品，其中所叙写的情大抵可分为爱情、友情、亲情三种类型，其中《合影楼》《夏宜楼》《拂云楼》《鹤归楼》以花园楼阁为媒介来成就男女主人公的因缘，《夺锦楼》《奉先楼》《三与楼》《闻过楼》以花园楼阁为引线叙写亲情的绵长和友情的真挚。园中的花开花落，物象的频繁交替，人物于此触景生情，由自然的兴衰联想到人生命运的悲怆感和时遇感，表现出园中人的感伤情怀和自然悲剧意识。花园不单单只是寻常情欲的载体，当世情小说发展到成熟阶段之时，更是将其作为一种诗性情感的化身，如《红楼梦》中的大观园，承载着人间最为圣洁美好的青春感怀与缠绵情丝。

创作者一方面承载着济世救民的社会责任，另一方面又情不自禁地忠于自身的创作理念，醉心于所经营的那片仙乡乐土，于是劝惩说教成了挡箭牌，创作者以随俗适意的创作心态变通了理学治世的古板，将娱乐精神与儒家的治世精神放置在一起形成了强烈的碰撞冲击，作品中的人物形象也在情理对抗中被塑造起来。然而这种情理的对抗之美是激烈而短暂的，在两股力量的抗衡之中总会有偏颇出现。故而每当作者浓墨重彩、酣畅淋漓地渲染发生于后花园中的情思欲望之时，笔锋会突然发生逆转，将故事的结局归于理性。如兰陵笑笑生对《金瓶梅》发生在后花园中的情欲行为是肆意泼墨、毫无顾忌的，在字里行间表现出对人欲的崇拜向往。然而在作者的内心中，始终存有一把礼教纲常的量尺，总会在不经意间抽出这把量尺来衡量人物的行为，最终给笔下的人物以不同的命运安排，因此在后花园中淫乱无度的西门庆与潘金莲二人都有着不得善终的下场，无论最初多么风流恣肆不可一世，都逃离不了命运的惩罚，对于行为本分的吴月娘和孟玉楼则给予了较美好的结局。另一部清代的世情作品《十二楼》清晰地表现出了伦理与情欲的抗衡历程。李渔最初的本意是要追求风流与道学的对等融合的："若还有才有貌，又能循规蹈矩，不作妨伦背理之事，方才叫做真风流。"他匠心独具地营造了一座名为"合影楼"的花园楼阁，将专于至情和专于至理的两家人放置在一起，以达到将风流与道学合而为一。作者巧妙地以花园水池为媒介演绎了男女主人公的相互爱慕，并着力渲染了人物之间情不得发的苦闷之感，并且对至情的屠家也不时地流露出赞誉之情。即使如此，终究向世人所持有的价值观念偏倒，最终将教化至上、评点生活作为了此篇作品的创作旨归。可见世情小说花园以翠树繁花、峰峦泉溪、亭台楼阁、画栋雕梁的美好装载着创作者的原始情感，从而成为不折不扣的感性形态的化身，但这种形态的存在并未弱化作品的教化观念和伦理意识。两者虽然有共存的时刻，创作者们也一直在寻求言志与缘情思维的平衡点，但这种双向的审美思维总有被打破的一瞬间，多数作品中园林的形象最终以幻灭的形式走到尽头，尽管文人士子们可能在花园领域中寻找过一种与主流意识背离的自我意识，有过出离和反叛礼教的欲望冲动，但最终还是走向了主流意识，"桃源仙境"只是 "伦理纲常"途中的一个小小驿站。

花园与世情小说打破了各自艺术门类的界限，在叙事中交织、碰撞生发出一系列美学意蕴，这是一种原始而又广泛存在的对立之美，又是一种时而相容时而冲撞的奇特之美，它使得世情作品充满了张力和复杂多元的艺术风貌，引领着读者冲破惯性期待和陈规俗套而获得意料之外的全新艺术享受。

第七章　明清章回小说的跨媒介研究

第八章　文学、作家与纪录片

第一节　文学类纪录片的独特性

文学与影像如何构建联结？这个问题的探讨往往围绕着改编电影展开，比如由《乱世佳人》《教父》《活着》等经典作品而衍生出的电影，往往会因为其出色的影像表达、演员表演以及与原著血脉相通的思想内涵而收获广泛的赞誉，长久傲立于世界影坛之中；以琼瑶、金庸的小说改编的影视剧早已数不胜数，数十年来充斥着几代人的青春记忆，让本土文化的魅力不断在影像中延展。当文字成为一种具象化的视觉艺术，当文学作者与导演的思想相融合，当人们的阅读想象被构建展示出来时，一种兼具着商业性与艺术性的文化产品就会诞生，并具有着超乎想象的吸引力与影响力。当下，热门小说IP依托于扎实的粉丝基础与广泛的传播力，"滋养"着众多影视剧的创作生产，这些IP改编在网络媒体的加持下，更是加速攀上了流量时代的收益顶峰。似乎用影像表达文学，在不同时代都有不同的渠道可以完成，但在这一发展过程中，一种隐含的危机也在逐渐显现出来——影像所带来的价值与影响远远覆盖了文学作品本身，文学与作家逐渐蜕变为概念化的工具，甚至成了某种宣传方式与噱头。当部分改编作品朝着魔改、娱乐化的方向进行时，其最根本的精神意蕴也随之逐渐流失。

这些问题的解决自然需要回归作品创作本身，但如果将目光投向另一领域，文学与影像的融合则呈现出截然不同的形态。即以文学作品与作家为对象拍摄的文学作家纪录片。隐藏在作品背后的作者现身于镜头前，其作品的内容、精神、创作背景也一一被毫无掩饰地记录与展现，而导演隐藏在摄影机之后，给予拍摄对象极大的发挥空间。在这一状态下，文学影像则被赋予了新的意义与内涵。我国的纪录片创作者们逐渐看到本土所包含的丰富的历史文化资源与饱含时代叙事的文学作品，并将其挖掘进行非虚构创作，产生了如《摇摇晃晃的人间》（范俭，2016）、《文学的日常》（王圣志，2020）、《文学的故乡》（张同道，2020）等文学纪录片或纪录电影。2020年的一部由中国第六代导演贾樟柯执导的《一直游到海水变蓝》则更加广泛地引起了学界对文学纪录片的探讨，该片分段展现四位作家对人生与创作经历的口述，并以多角度主题进行切入，融合诗意的镜头语言与文学意象，构建出文学与历史中的个体命运，实现多媒体融合语境下电影与文学的互动，延展了非虚构影像与文学相连的意义。

在学术界，并未有针对文学作家纪录片的明确定义。但若将其进行拆分，则可以归纳出该类型影片的两个特点，即传记性与文学性。在内容本质上，文学作家纪录片与传记文学有着十分相似的建构原则。在表现形式上，纪录片的视听设置、画面构图、媒介运用等等方面都与一般的传记纪录片不同，其既要对作者所生产的文字作品进行影像上的转译，又要营造符合传主个人即作品特色的文学基调。因此，如何调和传记性与文学性，是文学作家纪录片在制作时所要注重的命题。

一、传记文学的本质

1.史学和文学的有机结合

相比于传记纪录片，传记文学拥有极为悠长的发展历史，在世界各个国家与地区的时代进程中，无数英雄名人都在此留下印迹，关于他们的传记也广为继承与流传。然而这一门类很少得到更加深入的研究与探讨。在中国古代，传记属于历史的范畴，司马迁的《史记》是中国历史上第一部"正史"，其作为纪传体通史，正是以人物传记的方式来进行历史的书写的，此外很多民间写作的历史著作也以传记体作为主要的方式。在漫长的历史长河中，传记一直被纳入历史学的体系下，甚至成了展现历史最主要的方式之一。在西方，很长时间也认为传记和历史之间并无明确的界限，直到1683年，英国文艺评论家约翰·德莱顿在为英译本的《希腊罗马名人传》写序时注意到普鲁塔克"写下名人的生世"这句话，并给"传记"下了一个定义，说传记是"特定的人的生平的历史"①，1886年一位美国学者菲力普斯·布鲁克斯（Phillips Brooks，1835—1893）提出："传记，就其真正含义来说，是生平的文学，特别是个人生平的文学。"传记的定义在这一过程中逐渐向文学范畴偏移，其正式被纳入的标志则是1928年英国出版的《牛津字典》对其的界定，即"作为文学分支的个别人的生平的历史"。而后也有其他学者针对这一定义进行争辩，认为以真实为主体的传记作品也不能与文学作品这一虚构的艺术相提并论。由此可以看出，传记本身与历史和文学都有着密不可分的关系，但随着时代的发展，艺术表达不断多元，传主类型也在不断拓展，"历史性"的传记逐渐向"文学性"的传记过渡，中间所留下的空白给予了传记性质上强烈的暧昧性，其既不等同于历史书写也不能看作文学作品，而是用其独特的艺术表达，在其本身的书写范畴中，真实与虚构，主观与客观也延伸出了不同于其他领域的文学作品的定义。

在众多有关传记文学的探讨中，越来越多的学者认为传记文学是历史与文学的有机结合。传记文学作家叶永烈提到："史学注重科学性，文学注重形象性。取史学的科学性，取文学的形象性，

① 杨正润.现代传记学[M].南京:南京大学出版社,2009:543.

熔于一炉，这就是我努力的目标。"①杨正润指出："传记是历史的和真实的，又是文学的和诗的。"②郭久麟则认为，传记的性质是可以进一步划分的，即"历史的、学术的、艺术的"，这三类的文学加工程度有大有小，但都要秉承一个原则，即传主必须具有历史的真实性，同时也要达到传记文学的最高目标，"就是要写出传主生平和性格的真实，写出传主的成因及心灵发展的轨迹，写出传主的生活及家庭和社会的风貌，写出社会对传主的作用及传主对社会的反作用"③。这也表明了传记作品是一种以历史真实为基础实现文学艺术的写作门类，这种结合真正地确立了传记文学的独特性，也拓展了其艺术表达的空间。

2. 文化的独特体现

如果放大视野，传记也可以被看作是一个国家、民族或是地区文化的代表。如果说时代精神如同横向坐标，那么文化传统则是纵向坐标，传记就在两者的交汇点上，既是时代精神的表征，也是文化传统的载体。其以完整、真实的人为表现对象，带有整体考察与审视的倾向，相比于单从一个方面进行探讨的文学门类，传记蕴含更加丰富的文化因素，且由于其传主的真实存在，不同于小说作品中虚构的人物，传记在展现文化生活时的真实性、具体性与精确性也是独一无二的。

同时，文化也是传记的决定因素之一。文化结构可以生产出自己的传记家，一个传记作者必然会受其所处环境、时代背景的影响，形成自身的观察角度与叙述方式，从而创作出特定形态的传记作品；更重要的是，文化也同时决定了传主，英国传记作家鲁丝·肯尼迪曾提出一个观点："无论资料是些什么，我们是按照

---

① 叶永烈. 传记文学史纲[M]. 北京：作家出版社，1999：9.

② 杨正润. 传记文学史纲[M]. 南京：江苏教育出版社，1994：1.

③ 郭久麟. 史学与文学的有机结合：关于传记文学的性质的思考[J]. 重庆社会科学，2002(2)：52.

我们当代的和我们自己的意象来重造我们的传主。这是传记的一个特点，我可以用来证明的是我的一位传主，600年前的乔叟，他被重造出来的意象大多是同事实分离的。"这也就意味作者对于传主的摹写也由于文化结构产生变化，每个时代都有自己喜爱的传主，对同一个传主，不同时代需要不同的写法，这正是传记具有强大生命力和风格多样化的源泉。

在不断的文化发展中，传记所要树立的对象不再局限于英雄人物或时代偶像，大众文化的崛起赋予不同身份的人物被撰写的可能，且在科技手段飞速发展的当下，传记突破了以文字为媒介的传统，以电影电视、网络、纪录片等各种形式流传，这也让传记突破了文学门类划分的局限，形成了具有广泛传播性与巨大影响力的文化产品。因此，研究传记不仅仅要从其历史与文学的双重因素出发，更重要的是要展现其背后所体现的文化结构与所产生的文化影响力。

3.想象与虚构

在传记写作中，无法真正做到纯粹的客观与真实，无论传记作家多么了解传主的性格与人生经历，也必然会存在对其认知上的"空白"，这也就涉及了对传主形象的再塑造，而这一过程往往需要作者发挥其个人想象，抑或是使用恰当的虚构手法。与此同时，传记文学随着其读者范围的扩大，也突破了仅仅记录传主生平的传统模式，读者在了解传主是什么样以外，更想知道他为什么这样，因此，传记作者还需要对传主进行个人的解释与评价。可以说：没有一个传记家是仅仅记录人的生平的，无论他自称多么客观，他总是在解释一个人的生平。

早在1927年，伍尔芙在其论文《新传记》中提出："事实的真实和虚构的真实再也不是不相容的了，现在比任何时候都更要求把两者结合起来。似乎是这样，对我们来说，越来越真实的似乎是虚构的生活，真实存在于人格而不是行动之中。……这样传记家的想象被激发，利用小说家布局和暗示的艺术以及戏剧化的效果，去解释私人的生活。"这足以证明，文学传记绝非排斥想象与虚构。在传记文学中，作家的想象自然也要依据事实，将细节的虚构与史料的真实相结合，在此基础上进行推导与引申，在这一过程中，事实也制约着传记家的想象，从而使得真实与虚构形成了一种张力，使得传记文学焕发出不一样的光彩。

那么应该如何平衡传记文学中的这些想象、虚构、个人解释的因素呢？杨正润在其著作《现代传记学》中，细致地对虚构的类型进行了划分。[①]

（1）填补型虚构

传记家通过想象填补传材中的个别缺漏，依据传主的境遇、个性、人物关系以及历史背景等因素，再加以合理的猜测和推想，用故事、轶事和细节把空白的历史片段填补完整。

（2）扩张型虚构

在比较简单的史实中想象出各种细节以增加故事化的效果，在事实的基础上传记家充分运用想象，把材料加以集中，再加上渲染、铺垫，乃至一定的夸张，使事件的叙述更加生动，人物的形象更加丰满，传记也更富有故事性和戏剧性，产生强烈的感染力打动读者。

（3）转移型虚构

传记家对历史材料进行时间、地点或形式上的转移，这些材料或是其含义不明，或是原来的时间、地点、形式不符合需要，传记家为了更充分发挥它们的作用，把它们转移到更适合的地方。

（4）明示型虚构

传记家运用没有事实依据，甚至已被证明不符事实的材料，对传主进行想象与虚构，并向读者明示这是一种作者本人的猜测，以此引起读者的思考。这种虚构方式不同于以上三种依据事实进行细节上的延展，而是将传主未被证实的奇闻逸事、已经被证伪

① 杨正润.现代传记学[M].南京:南京大学出版社,2009:542—548.

的传说，抑或是作者依据人物或事件逻辑进行的凭空猜想加入作品之中，尽管这种手法会对传记文学的真实原则造成挑战，但适当运用则也会增强作品的故事性与可读性，将作者身份融入作品之中，对展现其在写作环境下所表现出的文化视角有着很大的帮助。

以上的几种虚构方式，展现出传记文学是如何经过作者的合理加工与想象，最终呈现出一种真实形态与叙事张力相结合的文学种类的。这种对细节以及人物本身的延展也与传主类型有着很大的关联，且随着影视传记的出现与发展，这种虚构手法也转化成了拍摄技巧，进一步拓展人物传记的表达空间。

二、文学作家传记的本质

在文学传记的类型中，作家传记在很久以前就已经出现了，且随着作家成为一种重要的职业与独立的社会身份，其本身及文学作品也对国家民族的历史文化产生了巨大的影响力与传播力。西方现代传记的奠基之作如鲍斯威尔的《约翰生传》、卢梭的自传《忏悔录》、歌德的自传《诗与真》等也都属于作家传记的范畴。在中国的传记文学发展过程中，作家传记也逐渐成为最受关注、最为重要的传记类型之一，如郁达夫、沈从文、巴金等文坛巨匠的自传与他传，现如今几乎每一位在中国文学史上有所建树的文学作家都有其传记传播。

对于这一类型传记的兴盛，杨正润也指出："传记家作为作家的一部分，给自己的同行写作传记是最方便、也最有吸引力的；他们对作家的生活方式、心理活动、长处和弱点也都比较熟悉，最容易理解和把握；而且传记家也更容易写出自己的人生感受，抒发自己的情感，得到精神的宣泄和满足。"与此同时，"作为传主的作家一般都有比较丰富的人生经历，同各式各样的人物有所交往和联系，他们大都有不少恋爱故事，心理世界也丰富多彩。这些都为传记家的写作提供了宽阔的平台，可以更好地展现历史的横断面，把重要的历史事件同作家的生平联系和穿插起来，从传主的生平中发现冲突、清理线索、找出故事，吸引读者的兴趣。"[1]

可以看出，作家传记可以引起传记作者与传主本身的共鸣，从而使得传主的心理活动、行为逻辑等可以更为透彻地被表现出来。且作家传记可以更清晰地勾连个人与历史的关系，在文学领域，作家敏感、细腻、充满情感的内心世界被挖掘出来，形成其个人的独特之处，而将其置于时代风起云涌的长河中，又能通过个体的经历观照历史的变化，更重要的是，这些个体的动荡、环境的转变、人生的领悟也都可以从作家的文学作品中体现出来，作家传记于是便拥有了双重视角，其一是外在的观者即作者与传主的心灵对话，第二是文学作品与传主个体的彼此呼应，最终形成繁复交错的作家传记文学。

吴倍华在《文学作家传记纪录片中的人物形象叙事策略》一文中，引用了Benton文学传记基本二元论，更好地展现了文学传记的创作理念，并明确展现出了传记作者、传主、读者之间的独特关系。首先，作为纪录片创作者，其通过搜集实证性资料追溯传主的人生轨迹，从而使得文本呈现出最基础的纪实性与历史性，而后，为了填补自身与传主之间的距离，如面对过去时代、已不在世间的传主，作者会进行想象性移情（imaginative empathy），在实证资料的基础上进行虚构与想象，从而形成真实的材料与想象移情之间的持续对话，而让观众在这一过程中把握传主的人物形象，在Benton看来，文学传记既可以满足观众接受讯息、获取知识的基本需求，同时也使其在阅读过程中形成美感体验，获得独特的精神冲击。[2]从作者、写作文本、接受三个层面，文学传记都体现出了真实与想象、纪实与虚构、获取与感知的双向结构。对

---

① 杨正润.现代传记学[M].南京:南京大学出版社,2009:264—265.

② 吴倍华.文学作家传记纪录片中的人物形象叙事策略:以《寻找背海的人》为例[D].世新大学,2013:37—40.

于文学作家传记，其文学性、个体性的鲜明特点则使其更贴合文学传记二元论的概念描述，当文学作家传记转变为文学作家传记纪录片，其影像美学、人物塑造、叙事艺术则得到了更深广的表达。

三、文学作家纪录片

影视传记随着电影、电视的广泛应用逐渐兴起，在很长一段时间以来，都被直接地分为两种类型，一种即较为严肃的传记历史文献片，传主大多为一个国家或民族的英雄人物或行业名人，通常这种传记片集中于传主一生的光辉事迹，往往由于传主的身份，其中所发生的故事与经历也被大众所熟知，而这些则通过文献、采访、传主遗物著作、画像等一一展示出来，在纪录片领域这种拍摄手法较为死板，平铺直叙，其最终目的在于向大众传递历史知识或展现纪念意义。而在电影中，对此类名人的人生传记则加以渲染，创作者偏向于通过个体经历反映国家历史，并赋予其超越真实性的光环特质，这种光环也被称为"卡里斯马"，德国社会学家马克思·韦伯指出，具有卡里斯马气质的人，是那些"特殊的、被设想为超自然的身体和精神的体现者。"《电影手册》就通过研究传记电影《少年林肯》，联系传主以及创作者所处时代下美国的历史发展与政治背景，深度挖掘了林肯这个人物在影片中是如何被修饰乃至被神话，从而进行了一系列意识形态层面的批评。我国传记片大多也以革命英雄与政治领袖为主，传主背后是宏大的历史背景与民族意识的体现。

传记片的第二种类型则走向了另一端——在后现代社会中传统价值准则出现了危机，人们从各种角度消解历史文本，否认历史的可知性，与此同时现代人对娱乐和消闲的巨大市场需求，致使对历史的戏说成为一种普遍的风气。传记历史片逐渐向传记故事片偏移，影视所带来的远超文字的传播力与影响力，使其极其注重商业性与娱乐性，而很多传记片突破了历史实证资料的限制，

中国古典小说的跨媒介叙事与美学研究

甚至将传主化名为其他人，引入其真假难辨的奇闻逸事，进行大量的主观描写与渲染，从而引发观众的好奇心与窥私欲，在获得争议的同时也收获了票房。中西方的传记电影如《社交网络》《中国合伙人》《南海十三郎》等等都以这种模式获得双赢。

可以说，以上两种类型分别代表着传记片的两极，在这一维度中，文学作家纪录片似乎并不属于任何一类。相比于民族英雄人物，作家很少直接参与国家历史的重大进程，更多的是受其影响与推动，且如前文所说，其自身更为丰富的内心世界以及文学作品自身的个人化、多义性的特点，使得作者与观众不得不进行"想象性移情"来虚构或感悟，但与此同时，文学作家纪录片所涉及的文献与历史资料又是极为丰富的，因此，其自身的性质则开辟了传记片叙事的另一维度，其中个体与历史，真实与虚构，文字与影像所形成的张力也成了这一类型纪录片的核心灵感来源。

1."文学性"的体现

波兰美学家罗曼·英伽登（Roman Ingarden)在其著作《文学的艺术作品》中提到了"形而上质"这一概念。形而上质超脱于文学作品的字音、意义、图示层，而是指"不是客体的性质，不是心态的特征，而是作为一种超乎环境和事件之上，而又暗渗于环境和事件之中的一种氛围"[①]。这一概念强调读者对文学的境界，整体的氛围上的把握，是一种于文本、作者之间的心灵沟通，而这种充斥的个体性与暧昧性的阅读体验最主要也是来自文学作品本身，往往其内容上会有大量意境的描绘，人物心理状态的描写，在作者独特的思维模式引导下，这些字句、叙事、篇章都可以为读者留下充分想象的空间。当影视等视觉艺术兴盛，文学便很快与其联结，形成密不可分的关系，就这样文学以更鲜活立体的姿态呈现在大众面前，但与此同时，文学的表意系统也不得不转换

---

① 吴菲.形而上质：文学体裁影视转轨过程中的阵痛[J].文艺争鸣,2014(3):
212—215.

到影视领域的表意系统中来，媒介的变化也会造成观众理解上的错位与误读。

但相比于文学改编的影视作品，文学纪录片则更注重对文学文本的真实还原，且更接近于其作品中的本质核心与作者心理。这种贴合一是体现在叙事结构上，当文学文本作为直接的表达对象，那么纪录片在结构上也会自然而然地进行呼应，在《苏东坡》纪录片中，叙事结构呈现出章回体的模式，古典章回小说是中国传统文学特有的写作形式，每一章单独形成叙事，以章回进行串联，增强阅读时的连续性，赋予作品独有的节奏感，《苏东坡》则充分将传统文学写作形式与视听艺术相结合，将作家口述、文学标题、画外音、文学符号的视觉呈现等填充进错落有致的叙事段落中，实现文学与影像的交融与统一。在文学纪录片《苏东坡》《书简阅中国》中，叙事形式则呼应所要表现的文学对象的特性，引用"诗性思维"进行创作，"诗性思维"本身源自文学体系下的一种诗情画意的情绪。在中国古典文学中，诗性是和谐、圆满、理性和客观。[1]其特点在于没有固定的表现焦点，以散点透视全局，类似与中国卷轴画一般的图像叙事。于是在如《苏东坡》这类文学纪录片中，围绕人物的小故事，作者在不同时期的词作成了串联整个故事的节点，人物的命运走向则作为暗线贯穿其中，这也就使得文学创作的诗意气质与纪录片本身成功结合，视听技术与艺术在这一领域不被滥用，而是成了辅助观众更好理解文学作品的先进工具。

此外文学纪录片也注重运用影像符号对文学意象进行转译，文学中带给人们形而上质层面的特殊魅力，在视觉符号的影响下被推至新的高度。这种基于真实的文学文本与历史资料的改编，往往可以促进观众对原著、对作者本身更深入的理解。张同道导演的文学纪录片《文学的故乡》以六位乡土作家的故乡为主题，展现其文学作品与个体怀乡情节密不可分的血脉联结，在纪录片

---

① 孙炜宸、李书春.绘画的诗性溯源[J].百家争鸣,2020(12):191.

中，影像将文学地理、作家心理进行了外在化表达，不仅将作家作品中出现的童年场景、故乡回忆进行了场景化的还原，还进一步进行了"想象性移情"，透过景观、建筑、书信、仪式等影像符号构建作家的文学经历与艺术追求，成了具有象征内涵的文学转译，再配合作家在场景中的口述、朗读，实现真实与想象的交融，也迎合了中国文化中"天人合一"的意境之美。在由陈传兴导演的作家纪录片《掬水月在手》中，则更为鲜明地以壁画、石窟、碑刻、明月等附着古意的意象物穿插在影像叙事中，呈现出古典诗词中常见的意境空间。

在当下，"泛文学化"的兴起不断冲击着传统文学观念，不断挑战着文学表意系统的边界，而文学作家纪录片则具有以真实史料为基础，以影像媒介的力量承载文学精神的特征，通过影像语言彰显文学话语的力量与美感，形成以"跨体裁叙述"与"跨媒介融合"为基本特质的新型文学表意形态①，从而形成属于自身的独特美学。

2."传记性"的体现

然而，文学作家纪录片与文学纪录片仍有一定的差别。文学纪录片从文学主题、文学精神的层面出发，通过作者的现身说法与旁白解说，强化观众对文学本身的理解。如《文学的故乡》主题为作者笔下的故乡情结，纪录片便围绕这一主题进行书写，作家的人生经历也紧扣怀乡主题，并没有对其完整的人生经历有过多的聚焦。对于作家纪录片，对作家生命轨迹的追寻与人格的展现则尤为重要，其笔下的文学作品则被视为作家人生经历的一部分，映射的是某一阶段传主的生命体验与领悟，基于这一不同之处，文学作家纪录片则呈现出更加多元丰富的艺术形态，既具有对文学本身影像的转译与书写，也会对文学作家个人进行人物形象的塑造，且后者一般主导前者，形成以传主为中心影像叙事。

① 黄文虎."泛文学化"的挑战与机遇[N].中国社会科学报,2022—02—28(4).

在文学作家纪录片中，往往会展现两种叙事线索，即作家的个人生活与写作生活，对于不同作家而言，这两种有可能极为相似，或是极为殊异，这其中的相似与不同之处便也为纪录片拓展了叙事空间，其一方面展现作家从出生以来的家庭背景、恋爱婚姻、社会关系，直至死亡，另一方面又展现作家的文学生命，即其写作思想的起源转变，外界与他人带来的影响，文学观念的个体呈现等等，两条叙事线索并行交错，混杂了生命的连续与静止，预期与记忆，日常生活与突发事件，让传记不同于单纯的人物纪录片，而是充斥着现实与精神，想象与真实的交融，为观众提供丰富多元的观看体验。[①]

3."电影性"的体现

近年来许多纪录片都以纪录电影的形式播映，且人物传记占据很大的比例，如《寻找英格玛·伯格曼》（2018）、《坂本龙一·终曲》（2017）、《坂本龙一·异步）（2018）、《火山挚恋》（2022）等，这些影片在各大电影节上映，收获了赞誉，也使得纪录电影的魅力在银幕上大放异彩。若提到纪录电影的起源，也同电影一样可以追溯到早期卢米埃尔兄弟的纪录短片《火车进站》《工厂大门》等，而后英国纪录片之父格里尔逊先后吸收爱森斯坦、维尔托夫、弗拉哈迪等人的电影理论与创作观念，自成一套独特的纪录电影理论体系。其中爱森斯坦的蒙太奇电影理论与格里尔逊"创造性处理现实"的观念不谋而合，也促成了其具有诗意气质的经典作品《漂网渔船》，而弗拉哈迪的《北方的纳努克》首次将"扮演""悬念"运用到纪实影像中，增强了纪录片的可看性。一直秉承着纪录片教育民众，改造社会观点的格里尔逊在形式上寻找到了属于纪录电影的美学表达，以此促进其广泛传播。可以说纪录电影在早期就与电影血脉相连，电影美学也深深影响着纪录

---

① 吴倍华.文学作家传记纪录片中的人物形象叙事策略：以《寻找背海的人》为例[D].世新大学，2013：34—35.

电影的发展。现实主义评论家巴赞也在阐释电影美学中指出："艺术的真实显然只能经由人为的方法实现，任何一种美学形式都必然进行：什么值得保留，什么应当删除或摒弃；但是，如果一种美学的本质在于创造现实的幻景（如同电影的做法）……因为只有经过这种选择，艺术才能存在。"[①]"没有选择的话，我们恐怕又回到现实中去了。"[②]但同时"选择毕竟会削弱电影旨在完整再现的这个现实……其实，电影艺术正是从这种矛盾下得到滋养。"[③]可以看出，这种电影艺术的二律背反也让电影的真实具有了很多面向。具有电影结构的纪录片，也在这一传播媒介的影响下，区别于普通的电视传记片，拥有更多美学表达的空间。

文学纪录片也在不断演进的过程中寻找到了属于自己的影像美学与叙事美学，在当下新媒体时代，人们阅读文学的方式发生了翻天覆地的变化，传统的纸质图书逐渐被电子书、短视频等新兴平台所替代，与此同时，文学作品的内容也在快餐文化、消费主义盛行的社会显得更加珍贵，因此如何让文学以另一种方式重生也就成了十分关键的命题，媒介记忆研究者埃尔曾提到"文学来世"这一概念，意在探讨文学作品的后续影响，它们如何"存活"，持续被使用且对读者产生意义，同时也聚焦复杂的社会、文本和跨媒介的过程。而文学的影像化逐渐成了其得以存续的新道路。当前沿科技的表达方式与传统的文艺形式交融碰撞，有关文学作品以及作家故事的叙事艺术也随之呈现出多元化的表达形态，人物、故事、历史、媒介等元素融为一体，形成了多线交错、立体多维、贯通古今的叙事视角与叙事模式，再加上影像转译文字时所展现出的包含隐喻与意境的光影魅力，文学纪录片也便逐渐

---

① 周振华.再论"虚构"的纪录片：兼论纪录电影叙事的本质[J].江苏广播电视大学学报,2006(5):58.

② 周振华.再论"虚构"的纪录片：兼论纪录电影叙事的本质[J].江苏广播电视大学学报,2006(5):58.

③ 周振华.再论"虚构"的纪录片：兼论纪录电影叙事的本质[J].江苏广播电视大学学报,2006(5):59.

具有了电影美学的特征。《唐之韵》《宋之韵》《苏东坡》《掬水月在手》等作品也很好地反映出中国文学作家纪录片如何在一部电影的架构下展现文学、塑造人物，在真实与虚构的交融中拓展不一样的叙事空间。

中国文学纪录片在发展过程中拥有着更广泛的观看与讨论空间以及更深入的美学表达。且在类型生产上也愈加丰富多样，并与自然地理、历史进程、社会事件等因素紧密相连，如《掬水月在手》《苏东坡》《红楼梦与曹雪芹》等纪录片，饱含对本土自然风光、人文环境的眷恋与热爱，倾注浓厚的情感色彩，引起广泛的民众共鸣，一次次创下院线票房纪录。《他们在文学写作》系列在上映之初，也接连数周在院线放映，由于题材的原因，尽管在票房上并没有如其他纪录片获得明显的成功，但其自身突破性的美学表达，又一次扩宽了院线纪录片的发展道路，并获得了观众的广泛赞誉，在影院之外的网络、学术讲座等平台也产生了不小的探讨声量，更重要的是，其作为文学作家纪录片，真正实现了将电影美学与传播融合进来，使得文学以影像的方式进入公众视野，结合本土历史与文学史，不仅唤起了本土观众的情感与追寻，还使得文学变身"文学电影"，突破传统纪录片的表达形式，超越地域限制，让更多的观众了解，走近文学与历史。

第二节　古典文学文化系列纪录片的影像美学

纪录片作为影视艺术，具有独特的视听表达手段，也随之产生了自身的影像美学。如同绘画中的色彩与线条，音乐中的节奏与韵律，电影中的表演与视觉符号等等，纪录片的语言系统也由不同视听元素构成，蕴含着诸如画面构图、景别、光影色彩、声画结合等多种表达层次，且同样具有激发人们审美情感的作用，而这种属于纪录片的形式美长久以来却一直被单一的图文解说，单向的人物口述，单义的场景摄影等文献式的纪录方式所取代。

这种影像美就如同古典主义美学毕达哥拉斯所提出的围绕比例、平衡、节奏、变化、和谐所产生的"形式美"，在内涵与意味上没有过多丰富的表达。而20世纪英国著名的形式主义美学家克莱夫·贝尔在此基础上提出了"有意味的形式"（Significant form），即每件作品中，激起我们审美情感的是一种独特方式组合起来的线条和色彩，以及某些形式及其相互关系，这些线条和色彩的相互关系与组合以及带给人们的审美感受。①在这一含义下，影像所带来的视觉意象是复杂的、有层次的，而放在纪录片语境中，其影像美学不再是单一的画面或声音元素，而是几种元素的交织组合所生成的有意味的"形式美"。

在古典文学文化纪录片系列，这种深层次的影像美学展现得更加一览无遗，其不仅仅是画面本身元素的组合与意境的展现，而是拓宽了新的表达空间，具体可以分为影像对文字作品、对群像历史、对文学意境的"转译"，在这一过程中，文字与画面或是并置或是交替出现，文学作品在其中得到了视觉化呈现，融合着多元形态的美；群像式的口述以及书信、报刊等历史资料的交汇编织，又进一步将文学史的叙述空间拓展至影像之中；配合以作品本身的文学意境与基调，又通过多维度的声音剪接，音乐的串联，声画结合的表达方式所传递出来，使得整体形成了对文学从表到里多维度、多层次、多内涵的影像转译与美学表达。

在文学作家纪录片中，最直观的问题就是该如何用影像表现作家作品中的文字性内容。文学文化纪录片的题目往往是作家的某部核心作品，叙事主线也迎合着作品的内容架构，如《红楼梦与曹雪芹》既是曹雪芹的代表作，又呈现出曹雪芹作为文人的细腻真切的情感体验；《群星闪耀时》既是众多作家一生中的高光时刻，又展现出他们精彩烂漫、波澜起伏的人生际遇。此外，《书简阅中国》等一系列纪录片也都是以作品名称实现对传主人生的点题。那么在纪录片拍摄中，这些作品该怎么直观又有内涵地呈现

① 克莱夫·贝尔.艺术[M].北京:中国文艺联合出版公司,1984:14。

给观众呢？此类纪录片对观众的视听系统进行分解组合，运用画面与文字、朗诵与场景、配乐与旁白等等元素的组合，"交响乐"式传递作品的文字内容与文学意象。

一、视听元素的运用：多层次展现作家作品

1.影片画面与文字的搭配

在传统纪录片中，文字往往以字幕的形式出现在荧幕上，并随着旁白的解说词与访谈者的言语而逐次出现，产生的作用局限于帮助观众更好收取并理解纪录片的内容，而与影像并没有产生过多的互动。但文学纪录片中，文字不只具有简单的辅助功能，更多的是需要配合影像，传递出文学的多义性与复杂性。

在文学纪录片系列中，大量作家的诗句、散文、随笔出现在纪录片影像的正中间，并以在书中的形式进行或横或竖的铺排，配合以人物的旁白与音乐的交织，将视听元素同时组合展现出来，形成一本立体多维，感官体验丰富的"流动影像文集"。

这种组合呈现方式更重要的是延伸观众的文学想象，促进其在观看过程中产生超越单一阅读与欣赏的情感体验。这也是纪录片在真实之外向虚构空间的延伸。如在《逍遥游》纪录片中，导演陈怀恩运用影像为架构与诗结合，在画面中频繁加入余光中的诗与散文旁白，使得影像充满象征性。其在拍摄中提到，每个人对《逍遥游》都充满想象，大家都想逍遥一下，既然如此，这部片就轻松带领大家跟余老人生同步，也跟中国近代文化同步；看中国文化何去何从，以及余光中的人生选择。①而纪录片也确实在以《逍遥游》为主线，将其诗集中的文字一一对照江南景色，如开篇就以文学作品《逍遥游》开头的文字，配以余光中在黄昏桥头散步的背影作为点题画面，营造出诗人从作品中徐徐走出的既

---

① 王耿瑜.他们在岛屿写作：文学大师系列电影[M].北京：新星出版社，2014：136。

视感，自然让文字开始在影像中流淌，顺而勾出观众的想象，在脑海中描摹属于自己的文学空间与作家形象。纪录片将文字的意象与物的意象相融合，使得观众同时接收到两种意象的相辅相成，最大化地实现文字的影像化。

除了将文字配合画面的直接呈现，其本身也可以作为"物"的存在。比如在纪录片《如雾起时》中，郑愁予的诗《错误》由现代场景中一个孩子在教室中所写的黑板报来展开，孩子的书写过程被切割成一个个碎片化场景，穿插在纪录片的叙事中，在这样的处理中，"黑板上的诗"与"诗的书写过程"本身承担着激发观众联想与串联叙事的功能，当文字代替自然事物，融合进日常生活场景时，其本身也焕发出更大的能量，突破本身的叙事空间，延伸人们的想象。此外，在文学纪录片中，文字常以书信、报刊、书本内容的形式直接呈现，在这一过程中，文字也成了历史的符号，在激发审美情感之外，也以沉浸式的视角，令观众在由文字创造的历史空间中一同追溯传主的文学生命。

2.朗诵的运用——听觉维度的文学呈现

在纪录片中，声音也具有多层次的表达形式。如不同人称的旁白，解说，配乐等。在文学纪录片中，对文学作品的朗诵则是一类独特的声音呈现，其或是与文字相配合展开，或是直接展现作家或他人的朗诵场景，与文字的直接呈现不同，朗诵是从听觉的维度上对作品进行解读与呈现，如何与影像相配合，以此达到突破仅传达作品内容本身的效果，也是文学纪录片需要实现的另一种"形式美"。

比尔·尼克斯在进行纪录片分类时，将其分为了六种模式，即诗意模式、说明模式、观察模式、参与模式、反身模式与表现模式[①]，这几种类型的纪录片在阐述观点、叙事视角、旁白运用等

---

① 比尔·尼克斯.纪录片导论[M].2版.陈犀禾,刘宇清译.北京:中国电影出版社,2015:156.

方面各有不同，由此也产生出不同风格的影像表达。从旁白的角度出发，说明类纪录片中的旁白是主要引导观众理解影像与影片的关键因素，且往往采用第三人称的叙事方式，由此也会令观众处于较为被动的位置；反身性纪录片则更多的是第一人称的主观表达，让观众能够更好代入与对话；在诗意纪录片中，影像则成了更主要的表达因素，旁白则更多地被用来辅助影像进行诗意的表达。可见旁白的不同运用也能让纪录片呈现出完全不同的影像美学。朗诵这一特殊的旁白形式，也在不同的运用过程中使得文学作家纪录片展现出不同的影像气质。

学者王慰慈在比尔·尼克斯的六种纪录片模式基础上指出，在纪录片历史里，表现模式最早出现于文学自传式纪录片类型，当作者面临如何诠释文学作家的精神与风格，如何将文学艺术影像化等等需求时，许多影片就会加入主观的情感与经验，融合了许多想象性的美学手段。①可以说文学类纪录片多以拍摄者以及作家的主观视角切入，所呈现出一系列个人化、风格化的影像特征。其中，念白以作者的口吻进行作品的朗诵，就是其表现手段之一。在文学系列纪录片中，文字与图像之外，还常伴随着人声的朗诵，尽管这种旁白既不属于作者也不产生于对话之中，但并不是说明式纪录片一般的"上帝之音"，是融入了作者的主观情感，再以具有情感与韵律的诵读将这种情感流露出来，不仅起到引导与解释的作用，也不仅仅限于抒发感情，而是配合影像与文字，真正展现出属于作者个人的文学表达。

在文学文化纪录片中，朗诵不仅作为配合影像与文字的画外音出现，还参与了影像的叙事与美学表达，在早期的作家纪录片如"作家身影"系列中，大多旁白多为客观冷静的解说语调，在对作品进行解读时插入作家身影或场景图像，在表达上较为刻板生硬，旁白与解说并没有真正参与进影像叙事中。对作品的朗读

---

① 王慰慈.纪录片的类型发展与分析:以比尔·尼克斯的六种模式为研究基础[J].广播与电视.2013(20):26.

本身也构成了影片对文学作品的转译，比如陈传兴导演的《掬水月在手》中，有大量传主叶嘉莹用其独特的语调与口音进行作品朗读的场景，作者的在场与现身不同于文学场景的复现，开辟了另一维度上的叙事空间，在这个空间中诵读给予了观众的想象空间，让其在文学与朗读本身的氛围感中形成对文本的深层理解。在《苏东坡》中，剧中人物苏东坡抑扬顿挫的自白和朗诵贯穿全片，成了纪录片中的"声音主线"，串联起碎片化的影像线索，也让纪录片在听觉的维度实现真实与虚构的张力。此外，群像朗诵也是一种对作品的另类诠释，在《我城》中，就有数位来自不同地域不同年龄的作家共同朗诵西西的经典作品《飞毡》，且让朗诵者保留自己独特的方言语调，而场景也随之变换，伴随着配乐逐渐高昂，朗诵的内容突破了作品本身成为点题的核心，群像朗诵又赋予了作品多样的观看视角，视听形成了高度的统一，并结合出具有韵律与诗意的影像艺术。

作为旁白中的独特一隅，"文学"系列中的朗诵既突破了对作家作品的单向诠释，又凸显文学语言本身的魅力，赋予影像韵律与节奏，与画面和文字结合形成文学化、风格化、个人化的影像美学。

二、虚拟影像拓展文学表达空间

中国文学纪录片中影像对作品内容的呈现，除了文字的直接呈现抑或是朗诵，还运用了大量丰富的虚拟影像，如动画、舞台剧、搬演等等，以此对作家的人生经历、作品中出现的情节与场景进行艺术化再现与想象性延展。虚拟影像的起源可以追溯至纪录片的发展初期，《北方的纳努克》运用搬演等一系列非纪实手法实现纪录片拍摄的连续性与完整性，当时虚拟的手段在于拍摄过程中所使用的一系列技巧，其目的是让纪录片更具有真实性。而现如今更为先进的虚拟制作技术的引入，开拓了影像技术的语言范畴，也使得纪录片的真实感以更为明显的人工制造所生产出来，大量虚拟数字特效对纪录片进行模拟与还原，增强了纪录片的可看性与趣味性，扩大了传播效果，也同时让纪录片的真实性原则迎来了新的挑战。对于文学作家纪录片而言，现代先进的虚拟影像与传统文学内容交汇碰撞，让经典有了更广阔的书写空间，且创作者的主观表达也在其中得到了丰满，令纪录片在展现文学性之外，也呈现出别样的影像艺术特色。

1.动画素材的使用

在纪录片制作中，动画这种媒体素材的使用往往可以以更为生动的方式将影片中的抽象概念展示出来。一般来说，"抽象概念"与"实体概念"相对，所反映出的是事物在表面上无法被看到的部分，是事物深层的内涵。比尔·尼克斯则认为纪录片的视听表达能够将这些"抽象概念"展现出来：我们可以通过语言文字为它们命名，然后通过拍摄与这些概念相关的特定符号与征兆，将它们同这些概念联系起来。[1]在文学作家纪录片中，抽象的文学意象与作者的心理空间则可以通过虚拟手段具象化地展现在观众面前。对于动画而言，其并非运用虚拟特效技术来"以假乱真"，使得真实场景最大程度得到还原，艺术化地表现事物的本质所在，学者Nelmes认为，制作动画就是去赋予设计生命和灵魂，但不是通过复制真实，而是通过转换真实。纪录片中的真实并非仅限于对真实事物的纪实性还原，其更深层的真实在于对人物心理、事物本质的探索。《寻找背海的人》中，传主王文兴的作品以晦涩难懂，表达抽象著称，在纪录片中，大量丰富的动画素材被使用，每段动画一一对应王文兴的几部重要作品如《欠缺》《草原底盛夏》《家变》《背海的人》等，这些动画表达出了作品文字中的文学意象，创造出了文学作家纪录片所要传递的核心，即文学世界与作者的内心世界；与此同时，动画的运用也使得影像本身呈现

---

① 比尔·尼克斯.纪录片导论[M].2版.陈犀禾,刘宇清译.北京:中国电影出版社,2015:99.

出诗意性与韵律感。在《寻》中，动画素材在对文字内容进行意象转译之外，其每段运用不同的画面风格来展现，如铅笔素描、水彩渲染等等，在线条之间的组合与音乐的律动中，一种更为抽象的内心情感与文字情绪也被影像所表达。此外，《两地》也多次运用了动画素材，如展现林海音《城南旧事》时的剪纸画，让这部耳熟能详的经典之作有了别样的叙事空间，营造出具有诗意气质的影像美学。

2. 搬演与扮演

在文学类纪录片中，虚拟影像的手段不仅在于运用数字技术进行人物和场景的再现，也沿用了搬演与扮演这类纪录片拍摄中常用的表现手法，即用人为的方法创造空间与环境，跨时空重现历史中所发生的场景，或是展现从未存在过的虚构场景。在一般的纪录片中，这类手法往往意在场景的复现与还原，从而增强影片的真实性效果，在文学纪录片中，搬演与扮演的场景则与作家本人的经历、心理状态与文学作品中的情景概念紧密相连，且不局限于对历史与事物本身的还原，更多起到串联时空、营造具象化的文学空间与心理空间的作用，在拍摄手段和创作理念同时做到了"对现实的创造性处理"。文学大师系列中的搬演形式较为丰富，如还原作家本人过往的人生经历，《逍遥游》中导演设计年轻演员饰演余光中，复现其在海边沉思、读诗的场景；《朝向一首诗的完成》里，则让一个小孩子扮演杨牧小时候在花莲的时光；《读中文系的人》中，制作团队则依照作家的文字叙述和旧照片重建台静农书房，将个体记忆化作更为具象的实体观感。[①]这种搬演效果即一种个人历史的复原，也将作者与文学作品之间的关系构建出来，让过去的场景作为文学的灵感源头展现在观众面前。

针对于作品内容本身，文学系列纪录片则更为大胆地引入其他的媒介素材，将更为抽象的作家心理活动与写作时的文学灵感

---

① 黄钟军.作家纪录片与港台文学的影像传播[J].当代电影,2021(9):101.

诠释出来。如《寻找背海的人》中，导演将王文兴的代表作之一《家变》用舞台剧的形式表演了出来，创作者指出传主本人在书写文学作品时，就是以舞台剧的概念在创作，因此以此方式可以更清晰地展现作者所要表达的文学概念与意图，也能让观众更靠近作者本人的思维方式，理解本身较为晦涩难懂的文学作品所要传达的内涵。此外对于纪录片本身，舞台剧的引用打破了影像表达的连贯性，体现出更多的媒介混合性与异质性，让观众产生间离状态的同时，投入更为鲜明且特殊的"文学转译"的过程中。舞台剧在本质上注重演员之间的互动，会对故事中的关键场景进行更加有力的诠释，在《寻》中所引用的舞台剧内容，对应《家变》中最具冲突性的几段场景，按照作品结构依次展现出来，真正做到对文学作品结构、内容乃至核心内涵的影像书写。

到了文学大师系列的第三季，搬演场景化为了更为主观的实验影像，甚至模糊了纪录片与电影的界限。在《消瘦的灵魂》中，开篇即进入一段没有任何介绍与对话的黑白影像，只是用文字呈现小说字句，画面中的表演也不带有任何与外界的沟通，与电影场景的表演别无二致。在开篇的黑白影像过后，紧接着即为传主彩色的纪实影像，且纪录片通篇以黑白彩色的交织，交替展现传主外在的现实生活与混沌抽象的文学世界，并在戏剧部分以导演本人的画外音进行文字内容的朗诵，在这一状态下，创作者的主观意识与作者的文学观念达到了正面的碰撞，其搬演场景并无过多的阐述，在展现传主青年时期孤独隔绝的心理状态时，导演甚至将京剧表演的形式插入现实影像中，呈现混杂的拼贴模式。这一过程使得搬演场景不再作为文学作品某一部分的再现与论述，而是与纪录片结构交织，融入传主更为完整的文学表达之中。这一突破也推动了纪录片对真实性界限的又一延展，使得文学与影像的转译拥有了更为广阔的创作空间。

第三节　文学电影的影像质感：文学之美的视听呈现

"文学大师"系列在当下被评价为"风格化的文学电影"，其中的风格化既表现在对于文学与历史多元化的转译，也体现在对整体文学意境与气氛的把握上。纪录片不仅传递了具体的信息与知识，也用影像将抽象的概念所外化，运用镜头语言、剪接、配乐等等，传递出影片核心的情绪基调，且随着纪录片拍摄对象的个体性格、文学身份与作品体裁的不同，影片的风格也随之改变，表达出不一样的文学意境。与此同时，充满情绪渲染色彩的影像美，也为影片增添了可看性与欣赏性，一定程度上迎合了影片的市场化以及商业化的需求。推动其成功走向院线，以"文学电影"的姿态登上银幕。

一、镜头的符号化表达——东方美学的诗意表现

"文学大师"系列的总监制陈传兴在电影符号学领域有着深入的探索与研究。其作品《岸萤》《银盐热》展现了其对于影像美学与电影叙事的看法。在传统电影叙事学与符号学的基础上，陈传兴将麦茨、拉康等人的电影理论与对中国诗歌、古典东方美学的思想与修辞的看法相对接。如将古典文学中的"象"与电影精神分析理论中"镜像"相关联。从陈传兴的纪录片创作中，也能够看到其从精神分析的视角发现了人的自我意识与电影成像之间的关系，借助中国古代诗学的语言修辞手法，用影像展现出文字之"象"，将现实世界与精神世界融为一体。[①]在"文学大师"系列中，其拍摄了《化城再来人》与《如雾起时》，为周梦蝶与郑愁予两位现代诗诗人立传，在2020年，其执导的《掬水月在手》则以中国古典文学家叶嘉莹为传主，至此三部纪录片形成了陈传兴的

---

① 许莹.论陈传兴文学纪录片影像释诗的表意实践[J].世界华文文学论坛，2021(4):52.

个人的"诗词三部曲"，在《如雾起时》中，影片表达"诗和历史"，《化城再来人》中寻找"诗与信仰"，《掬水月在手》则用诗化的影像语言诠释"诗与存在"。①在这些纪录片中，诗和影像交汇融合，镜头被赋予了象征性与隐喻性，具有东方美学的审美特性。也使得纪录片具备了电影的叙事与质感，成了独属于中国文学的"诗电影"。《掬水月在手》在人物口述与诗歌旁白的基础上，通过对照片、空间、器物等实体的镜头展现，与诗词意象与气韵相接，符号化地赋予影像诗歌之美，也在整体隐喻着叶嘉莹跌宕起伏的诗词人生。如影片开篇就以雅乐的吟唱伴着慢慢流转的空镜头，朦胧的月夜，空寂的庭院，古朴的石窟、壁画等，在增强现实的光影艺术手法下充满空灵的禅意，点染成诗中意象。种种意象组合成意境，完成影像对诗的注解，也解码了观众对古调吟诵的困惑。针对传主的人生经历，影像则以空间为符号，用影像将时间与空间相融合，也点明了影片"诗与存在"的核心命题，影片根据北京四合院的空间结构，分为大门、脉房、庭院等六个章节，分别对应着叶嘉莹从童年到老年不同的人生阶段，随着空间结构的变换和深入，传主的诗歌生命也得到了完整的诠释。在有限的空间内，宏大的历史与曲折的人生化作意象被展现，纪录片本身也超越了传统的非虚构记录手法，将外在真实与内在隐喻相融合，形成独特的镜头语言。

此外，《如雾起时》也是对电影符号学理论的实践，片名本身就隐喻着个体命运在历史长河中的飘忽不定，影像上以码头、邮轮、海洋对应着诗文内容的意象符号，同时镜头跟随传主旧地重游，在相同的空间下延展出过去与现在两种时间的人生境遇与情感表达，在纪录片中，空间在影片中承载着多重含义，也表达着传主的诗意情怀。在《化城再来人》中，导演跟拍传主的日常生活，但又利用镜头隐喻着传主空灵广袤的精神世界，如通过寺庙、

① 陈雍.《掬水月在手》:媒介间互文建构的影像美学[J].电影评介，2023(1):93。

佛像表达周梦蝶与佛学的关联与沟通，作为转场空镜的海洋与帆船映射着人物命运的起伏不定与历史的漫长无垠。而电影本身也在影片中承载了隐喻之义，《处女之泉》《吸血鬼》等电影片段的插入，不仅仅是因为被提及而展示，更多的是对传主本人的人性欲望、精神世界的映射。这些影像展现出一种东方文学之美，将电影的叙事方式与质感融入其中，也代表着"文学大师"系列整体"文学电影"影像的表达风格。

二、剪辑的运用——文学的韵律与流动的情绪

在"文学大师"系列中，剪辑也是构成纪录片独特的影像美学的重要部分。在电影里，剪辑在重构叙事时空，展现人物情绪，表达创作者观点等方面发挥着重要的作用。让·米特里认为剪辑作为电影语言的第一要素，通过剪辑手段实现'时空'重构下进行动态信息传递，超越了影像对现实的简单复刻摹写，将电影文本外延上升至艺术内涵，创造出审美与社会价值，最终完成了"外延至内涵"，从符号元素、叙事文本到独特艺术价值与社会意义跨越。[①]"文学大师"系列纪录片，则是通过剪辑实现了纪录片中的艺术表达，在几乎都为纪实片段与历史材料的拍摄素材中，其依照不同文学领域作家的个人性格与写作特色，进行风格化的组合编排，使镜头连贯的同时，又展现出符合主题的叙事气氛，传递出超越了真实素材以及现实时空之外的影像表达，也更为立体地塑造了作家形象，展现出其隐秘的心理空间，并更为深刻地将文学的意境与情绪融入其中，给予纪录片诗意的影像风格与具有创造力的想象时空。在陈传兴"诗的三部曲"中，作为文学符号的镜头如同诗歌般在银幕中缓慢、隐喻地呈现，影片的剪辑始终保持自然与流畅，并没有强烈的冲突与转折，人物与环境在情景交融，物我合一的状态下交替或同时出现，让观众逐渐进入其

---

① 戴琪,陶涛.从符号、叙事到诗意:当代电视纪录片剪辑艺术修辞分析[J].当代电视,2023(6):80.

中，感受影片所传达出的流动的情绪与诗意的表达。在《化城再来人》中，剪接师王婉柔提到周公缓慢的声音与动作，对于剪辑的节奏来说是极大的挑战："我们尽量以不破坏诗人本身节奏的方式，努力表现周公生命中的悠长、缠绕，与诗人九十余年回忆长河中时间的跳跃。"①在影片中，摄影机跟随周梦蝶拍摄其日常生活的种种细节，且这一过程没有过多的对话与口述，为了避免叙事上的平铺直叙与影像的单一呈现，导演则在其中穿插大量空镜头、历史影像、人物口述等，让历史与现实时空交替呈现，同时以镜头的转换呈现文学的意境，并让诗歌的朗诵作为旁白随时、自然地融入其中，如在展现周公坐车的情景时，窗外流动的景色配合周公念诗的声音一并前行，跟此时现实中变换的景色成了历史进程的隐喻，随着诗歌内容的变化，影像开始依次呈现过往的黑白照片、泛黄的书信字迹，随后又随着念白进入尾声，树木、湖水作为空镜头既展现出诗歌所传递的文学意境，同时又成了"影像诗"的收尾，伴随音乐营造出诗意的韵律。在这一过程中，影片既传递了文学的内容，也在用现实的影像开辟出历史与文学的叙事空间，这些都是在慢节奏、抒情的镜头剪辑中所呈现出来的。

"文学大师"系列由于导演并不统一，且传主身份的多样性，其影像的剪辑并非只是诗意且缓慢的。如在《姹紫嫣红开遍》中，纪录片结构分明规整，依次按照白先勇的文学道路、对昆曲事业的推广、对友人的怀念、对童年家乡的追寻四部分推进，而细分至每一部分，剪辑风格也进行着相应的变换，如文学成就部分，由于白先勇善于言辞，性格活泼，因此其大量的口述影像成了叙述主线，而在其依次讲述《永远的尹雪艳》《一把青》《孽子》等作品时，剪辑节奏也十分统一，围绕内容呈现出文字——改编电影影像——他人评价——传主自我陈述四个段落，且每部作品都

① 王耿瑜.他们在岛屿写作:文学大师系列电影[M]。北京:新星出版社，2014:89.

按这种顺序所呈现，使得影片节奏统一明快，观众也能够更好地掌握叙事节奏并融入其中，在后面的部分中，剪辑节奏也发生了改变，如展现《树犹如此》这一作品时穿插了更多的空镜头与文字内容，人物口述的部分明显减弱，镜头的衔接也变得缓慢，配合音乐的交融，传递给观众一种无言的悲伤与哀痛。

在"文学大师"系列的其他作品中，也有很多富有挑战性甚至争议性的影像剪辑手法。如《寻找背海的人》中，创作者展现出多线索、多面向、拼贴式的叙事风格与人物塑造，融合动画、舞台剧、口述等多种媒介素材，配合传主复杂多变的写作调性，展现出极具表现性与多元性的剪辑风格，混合多种展现模式、主客观角度不断交错进行，创作者的个人意识糅杂其中，使得全片呈现出个性化的影像特色。在《我城》中，导演陈果则刻意以零碎影像拼组作家形象，单个镜头超过两分钟的少之又少，同一人物访谈剪断成数个段落，错落地放置在影片中，此外还有很多极具导演个人拍摄风格的影像穿插其中，对此也有部分学者进行了批评，如缺乏影像的历史感，忽视西西的文学作品与成就等等。可以看出，导演对素材的编排与剪辑也决定着影片本身对主题的契合程度，过度个人化的发挥也会导致影像文学性与艺术性的失衡，如何处理这一问题也需要创作者进一步探索。

总体来看，"文学大师"系列的剪辑风格十分多样，呈现出不同的文学风格，对传统纪录片的叙事节奏、人物塑造来说具有很大的突破性，但由于剪辑一种主观性较强的创作工作，面对大量的拍摄素材，如何能够最大程度保持传主的个人特色，与自身的创作主观性达成平衡，也是值得进一步探讨的问题

三、背景音乐的交融配合——文学的风格化体现

在影视艺术中，音乐也起着重要的表达作用。其既可以进行情绪的渲染，也可以参与影像叙事。对背景音乐的恰当使用能够与影像的表达紧密呼应与贴合，更加丰富视听体验，增强观众的

情感代入，提高其对于作品的理解。苏珊·桑塔格曾提出可以用音乐来表达生命的节奏，因为音乐本身是最高级的生命反应，是人类情感生活的符号性表现：音乐的最大作用就是把我们的情感概念组织成一个感情潮动的非偶然的认识，也就是使我们透彻地了解什么是真正的"情感生命"，了解作为主观整体的经验。这一点，则是根据把物理存在组织成一种生物学图式——节奏这样一种相同的原则做到的。①可以说，音乐的结构、音调、旋律等等可以与人们的主观情感形式相呼应，从而捕捉其内心更深层次的情绪感受，让观众也能够从影像中把握叙事中更为抽象的节奏与表达。在纪录片中，音乐也愈来愈成为必不可少的组成因素，且其突破了传统配乐的表现范畴，更加灵活多样地参与纪实影像的表达形式与叙事节奏。作为一种高度抽象的艺术，音乐以更加纯粹的形式塑造着影像美学。

　　"文学大师"系列纪录片在音乐上也做到了专业化与多元化，几乎每部主题影片都配以专门的音乐家进行原创作曲配乐，且音乐调性与影像中的文学风格十分贴合。在《如雾起时》中，作曲家在创作时先是以影像画面的表达为核心，勾画出声响主轴，最终以禅定、纯粹、深入切题为大方向，找到适当位置契合，创造出知性低调，但又具有无限性的想象空间。同样一位作曲家在面对《朝向一首诗的完成》时，则又根据影片的风格特征采取了不同的配乐形式：在影片中导演在运镜创作上极为鲜明，大胆的意象画面安排成了学者形象的主角，因此在音乐上采取了开放的态度，提取现代乐、古典乐、极简主义等不同的形式，探索主角笔触下的开创性、生命体认，及对于美感的执着。②在这些影片中，音乐与导演的主观表达形成了和谐交融，并寻找到了适当的表现

　　① 刘伟生,郭金龙.电影音乐叙事要素综论[J].中北大学学报(社会科学版),
2014(3):2.

　　② 王耿瑜.他们在岛屿写作:文学大师系列电影[M].北京:新星出版社,
2014:241.

位置，不一味进行烘托与渲染，而是适时进行文学母题的点缀，丰富影像的视听表达层次。

此外，音乐在纪录片中也参与叙事，作为符号与线索成为影像表达的核心。《掬水月在手》的音乐由日本作曲家佐藤聪明创作，其乐曲创作的灵感则来自杜甫的《秋兴八首》。《秋兴八首》在整部影片中，既是传主本人重要的文学研究对象，也隐喻着传主所经历的动荡波折的中国近代社会，其对历史，对人生都是一种映照与投射。在音乐层面，作曲家以雅乐和咏叹调制作组曲，构成了影片叙事层内重要的叙事线索。在影片结构中，导演以叶嘉莹所注的《秋兴八首》反过来注释叶嘉莹的人生，由此而来的音乐组曲也成了影片中的一条故事线，汇织了一条"音响空间"叙事。①

在小说《城南旧事》中，《送别》一曲代表着小英子对父亲、童年的追忆与告别，在这部以林海音为传主的作家纪录片中，《送别》一曲同样作为了全片线索，林海音的女儿夏祖丽面对已经逝去的母亲清唱《送别》，也让此曲拥有了另一层叙事含义，即女儿对母亲的思念，这也使得《城南旧事》超越了其故事本身的含义，与现实联结在一起，同音乐共同构成纪录片的影像叙事。针对影片的叙事结构，配乐师也进行了精巧的设计，将弦乐四重奏作为影片主干，将音乐的两大系统德奥系与俄系做并置展现，以此对应影片"两两相融"的表达结构，音乐本身的旋律温柔细腻，对传主乃至其文学风格作出了适当的配合。

音乐作为"文学大师"系列中的重要一环，同镜头表达、剪辑风格一样超出了纪实性影像的表达范畴，但又精确地抓住了文学与人物的核心，丰富了影像美学，抵达了更深层次的"艺术真实"。

---

① 陈雍.《掬水月在手》：媒介间互文建构的影像美学[J].电影评介，2023(1):95.

附　录

盆菊幽赏图（沈周）

双鉴行窝图（唐寅）

东林图（仇英）

芭蕉美人图（唐寅）

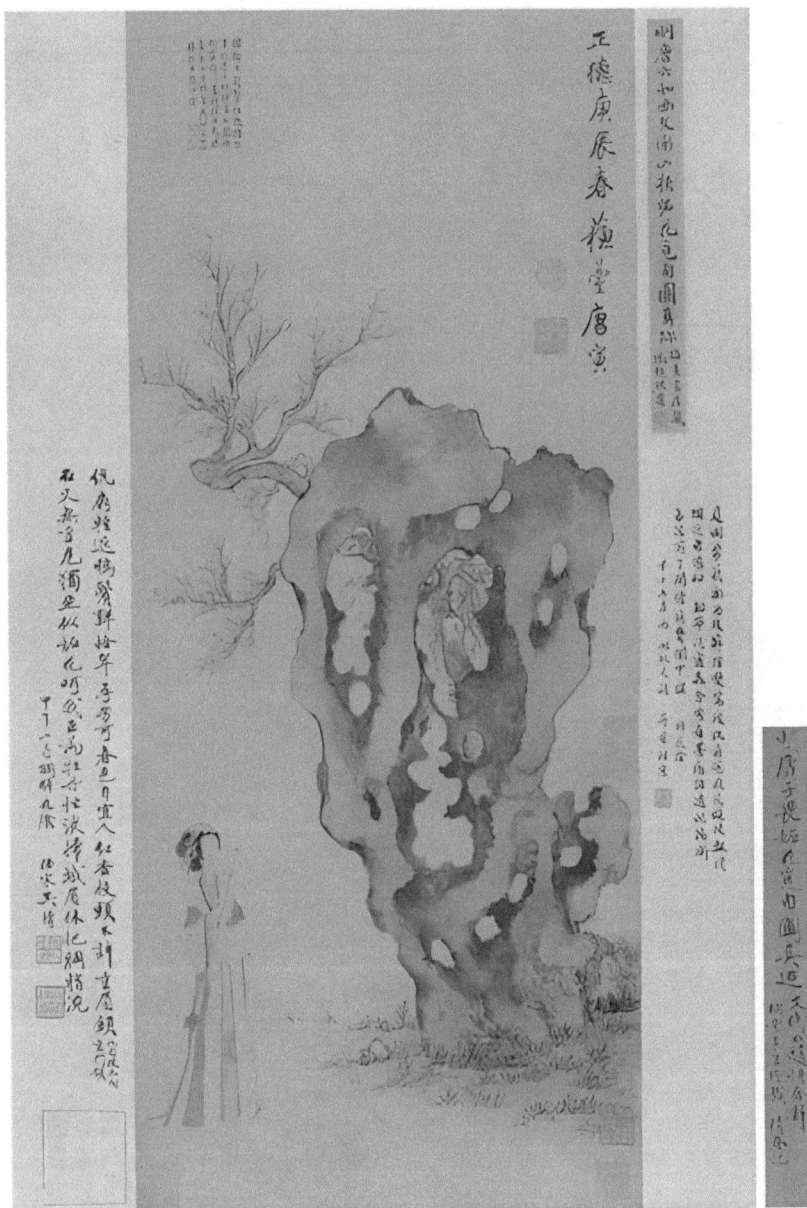

炉花觅句图（唐寅）

湘云卧芍图（改琦）^①

---

① 改琦.红楼梦图咏[M].北京:国家图书馆出版社,2017:7.

杏花仕女图（唐寅）

宝琴立雪图（改琦）①

---

① 改琦:红楼梦图咏[M].北京:国家图书馆出版社,2017:40.

写生册（沈周）

主要参考文献

一、论文

[1]周汝昌.曹雪芹书画管窥[J].中国书画,2003(11):110.

[2]龙迪勇.时间性叙事媒介的空间表现[J].江西社会科学,2007(4):18—32.

[3]凌逾.小说与电影的可叙述与不可叙述之事:论《色,戒》的跨媒介叙事[J].常州工学院学报(社科版),2009,27(2):7—11.

[4]龙迪勇.从戏剧表演到图像再现:试论汉画像的跨媒介叙事[J].学术研究,2018(11):144—157,178.

[5]单永军.昆曲电影《红楼梦》的跨媒介考察[J].四川戏剧,2023(8):95—99.

[6]喻爽,黄葵.重构与再造:《千里江山图》的跨媒介传播研究[J].吉林艺术学院学报,2023(3):21—26.

[7]车晨菲.细说《山楂树之恋》的跨媒介传播[J].新闻传播,2011(4):141.

[8]周悟拿,樊文茜.《时间里的痴人》中的跨媒介叙事策略[J].湘潭大学学报(哲学社会科学版),2023(4):151—157,163.

[9]凌逾.复兴传统的跨媒介创意[J].中国文艺评论,2018(3):38—46.

[10]张伊扬.从散文到电视剧:跨媒介叙事转换的困境与可能[J].河北画报,2022(1):164—167.

[11]张伟.当代文学批评的媒介间性及其话语生产:兼及构建

跨媒介文学阐释学之可能[J].中州学刊,2023(3):163—170.

[12]喻子涵,周天逸.跨媒介文学视野下的文学性探寻[J].贵州民族大学学报(哲学社会科学版),2023(3):167—178.

[13]钟雅琴.超越的"故事世界":文学跨媒介叙事的运行模式与研究进路[J].文艺争鸣,2019(8):126—134.

[14]喻国明,丁汉青,刘彧晗.媒介何往:媒介演进的逻辑、机制与未来可能[J].新闻大学,2022(1):96—104.

[15]鲁德才,雷勇.小说戏曲关系漫谈纪要[J].明清小说研究,1994(2):209—220.

[16]晏青,杨莉,杨娇娇.电视剧跨媒体叙事的转向与逻辑[J].中国电视,2017(8):14—18.

[17]朱良志.论唐寅的"视觉典故"[J].北京大学学报(哲学社会科学版),2012(2):39—51。

[18]王英志.《百美新咏图传》袁枚集外诗文考释[J].文艺研究,2007(10):159—161。

[19]潘建国.《大观园图》、咏林黛玉俳句与《甘州曲·忆潇湘妃子》[J].红楼梦学刊,2020(4):46—61.

二、专著

[1]玛丽—劳尔·瑞安.跨媒介叙事[M].张新军、林文娟译.成都:四川大学出版社,2019.

[2]亨利·詹金斯.融合文化:新媒体和旧媒体的冲突地带[M].杜永明译.北京:商务印书馆,2012.

[3]玛丽—劳尔·瑞安.故事的变身[M].张新军译.南京:译林出版社,2014.

[4]凌逾.跨媒介叙事:论西西小说新生态[M].北京:人民出版社,2009.

[5]凌逾.跨媒介香港[M].北京:社会科学文献出版社,2015.

[6]李晶.魔方:小说电影改编的艺术[M].北京:电子工业出版

社,2020.

[7]尹邦满.刚好遇见你:从小说到电影[M].北京:清华大学出版社,2017.

[8]托马斯·库恩.科学革命的结构[M].金吾伦、胡新和译.北京:北京大学出版社,2003.

[9]单小曦.媒介与文学[M].北京:商务印书馆,2015.

[10]米歇尔.图像理论[M].陈永国译.北京:北京大学出版社,2006.

[11]祝重寿.中国插图艺术史话[M].北京:清华大学出版社,2005.

[12]鲁道夫·阿恩海姆.艺术与视知觉[M].滕守尧、朱疆源译.成都:四川人民出版社,1998.

[13]安德烈·巴赞.电影是什么[M].崔君衍译.南京:江苏教育出版社,2005.

[14]陈广浩.新编石头记脂砚斋评语辑校[M].北京:中国友谊出版公司,1987.

[15]冯其庸.重校《八家评批红楼梦》[M].青岛:青岛出版社,2015.

[16]雷子人.人迹于山:明代山水画境中的人物、结构与旨趣[M].北京:北京大学出版社,2010。

[17]莱辛.拉奥孔[M].北京:人民文学出版社,2000.

[18]曹雪芹.脂砚斋重评石头记[M].北京:人民文学出版社,2006.

[19]曹雪芹.红楼梦[M].中国艺术研究院红楼梦研究所校注.北京:人民文学出版社,2008.

[20]浦安迪.明代小说四大奇书[M].沈亨寿译.北京:生活·读书·新知三联书店,2015.

[21]董其昌.画禅室随笔[M].周远斌点校.济南:山东画报出版社,2007.

[22]改琦.红楼梦图咏[M].北京:国家图书馆出版社,2017.